外国文学
经典阅读丛书

法国文学经典

巴黎姑娘

bali guniang

[法]都 德／著

徐吉贵／译

百花洲文艺出版社
BAIHUAZHOU LITERATURE AND ART PRESS

目　次

第一卷

diyijuan

一

弗富尔①的婚礼

"谢伯太太！"

"什么，亲爱的？"

"我有福气……"

黎斯莱在这一天几乎重复了二十次，说他有福气，而且总是装出那种叫人心软的温和样子，低声慢气，激动得说话都磕磕巴巴，为了不使眼泪一下涌出来，他不敢把声音提得太高。

说什么黎斯莱也不愿意在这会儿哭出声来——您想，要是一个新郎在大摆筵席的当儿大动感情，这像什么话！

而实际上他差点就克制不住。幸福压得他喘不过气，堵住了他的嗓子，妨碍着他说话。他唯一能说的就是时而微微哆嗦着嘴唇："我有福气，我有福气……"

说起来也是事出有因。

打清早起可怜人就似乎觉得他是在做梦，而且是那种唯恐突然醒来的黄粱美梦。但他的梦倒像是没有止境。

它从早晨五点开始，到了晚上十点——弗富尔饭店的钟也就是九点光景——还在继续着……

在这一天里出现了多少好事，而所有这些细枝末节又都

---

① 都德时代坐落在王宫广场的一家豪华饭店。以店主弗富尔命名。

使他刻骨难忘!

你看，一大早他就乐不可支地在自己的单身房间里成了热锅上的蚂蚁，脸也刮了，衣服也穿好了，口袋里还装了两副白手套……接着就来了几辆办喜事的轿式马车，就在打头那辆白马白缰、蒙着黄色花缎的马车里，新嫁娘准备行大礼的一身打扮恰似白云出岫一般……而后双双进了教堂，而这团白云却老在眼前晃动，袅袅然照得他眼睛发花……风琴、台婚、神父说教，与蜡烛光焰交相辉映的珠翠宝石、女人的春日倩妆……圣器室里的杂沓拥挤……白云不见了，湮没了，人们把他团团围住，吻他，而作为新郎的他，还得和那些因为他们的光临而使他倍感荣幸的巴黎商业界巨头们轮番地握手……最后风琴奏起了收场的和声，但这下更热闹：教堂敞开的大门像在广告，这儿有喜事。台阶上观众与来宾的阵阵哄笑声与街上的呼叫声汇成了一片，这时黎斯莱听到有个穿拉毛围裙的妇女在评论："新郎倒不怎么漂亮，可新娘简直是个天仙!……"

不用说，对新娘的这种褒奖，新婚男子自然心里感到美滋滋。

而后来到工厂，在张灯结彩的工作室进午餐，到布洛涅森林郊游——这是顺着岳母谢伯太太，这位典型的巴黎小市民的意思，在她看来要是婚礼少了郊游，如到湖畔绕弯和看瀑布……那就不是婚礼。接着又回来举行晚宴。这时林荫道上华灯初上，人们都停下来想看看婚礼，看看这种坐着办喜事的马车直奔弗富尔饭店来的真正有钱人家的婚礼。

所有这一切宛如做梦。

而现在，当由于疲劳和喜兴过度给弄得精神懒散之际，黎斯莱犹如雾中看花那样看到一张巨大的，供八十人进餐的两边末端连成马蹄形的大餐台，餐台上一片笑盈盈的熟悉的脸，而他似乎觉得所有的眼睛里都映照着他的喜气。

饭局行将结束。空气中开始有嘈杂的说话声。桌子边闪动着交头接耳的侧脸，花篮后面隐现着黑燕尾服的衣袖，扑在果子冻上的儿童的笑脸，色彩缤纷、流光溢彩使台布显得生气蓬勃的齐眉的高脚甜食盘子……

呵！黎斯莱真是有福气！

除了他弟弟法朗士外，所有至爱亲朋都到齐了。他的对面坐着西陀涅，昨天还是个小毛丫头的西陀涅，今天成了他的妻子。入席前她卸去了头纱——从白云中走了出来。白色纯丝的连衣裙更衬托出这张俏脸的滋润而光洁的肤泽，而她那花环式的头发——虽说效法别人但编得那么精巧——含有一种挑衅味道，仿佛是一个个隐隐欲飞的小翅膀。但是丈夫们大都看不透这类玩意儿。

除了西陀涅和法朗士，黎斯莱在这世界上最喜爱的就莫过于自己的合伙人乔治·弗罗蒙的妻子——他把她叫成"绍什夫人"，她是他的前主人和神明，已故老弗罗蒙的女儿。他把她的座位安排在自己身边，而且从他的神气里可以看到，他对她是百般殷勤和尊敬。她完全还是个少妇，跟西陀涅年华相仿，但姿色显得端庄和娴静。她感到自己在这个混杂的社交场里是个外人，因而很少说话，但尽量表现出亲切的样子。

黎斯莱的另一边坐着谢伯太太，新娘的母亲。她喜气洋洋，穿着一件甲壳般亮晶晶的绿羽缎连衣裙，浑身闪闪发光。这个可敬的妇女打一早起全部思想就跟羽缎的吉祥颜色一样放着异彩①。她不住地跟自己念叨着："我女儿要嫁给维耶·霍

————————

① 法国人认为绿色是希望的象征。

德里特街的'弗罗蒙小弟与黎斯莱大哥'……"在她的想象中，她女儿出阁不仅是嫁给黎斯莱大哥，而且是嫁给整个这家在巴黎商业界素享盛名的公司。

而且每当谢伯太太一想到这件难得的大事，她就要使劲挺挺腰板，这时她那甲壳上的丝线也就绷得咯咯直响。

这和坐在几张椅子外的谢伯先生的心情正成了对比！常常同一个起因在贤伉俪间会得出不同的结果。现在这位有着像气球那样又光又鼓又空的幻想家大脑门的小广告人，其怒气之盛在程度上足堪与他妻子的得意之情相比拟。其实这也不是什么新鲜的事，因为谢伯先生总是流年不利。

但在这晚上他毕竟还是与他平时脸上的那股倒霉相截然不同，因为他与他那件大而无档、口袋老让那些商品样品——至于该是牛酪、葡萄酒，还是地菇、香醋，得看时令而定——弄得鼓鼓囊囊的外套分了家。现在他那件新制的气派十足的黑燕尾服完全比得上太太那件绿缎连衣裙；但遗憾的是，他的思想也完全比得上燕尾服的颜色……是啊，为什么不把他安排在与新娘一起的位置，难道这不是他的权利？……为什么他的位置让弗罗蒙小弟给顶了？……而老伽蒂努瓦，弗罗蒙家的老外公，他倒又坐在西陀涅身边？！就这么回事！……弗罗蒙一家——什么都得就着他们，谢伯家——没关系……还得让这些人尝尝革命的苦头！……

也算是这个狂怒的小广告人有运气，他终于找到了一个诉苦对象：他的老朋友德洛贝尔就坐在他的旁边，一个过时的无人问津的演员，正装着一副不动声色的要人架势听他讲话，这种架势德洛贝尔到了大场面从来不会落空。

可不是，十五年来由于剧院老板存心对他刁难，他没能在舞台上露面，但有时会遇到合适的机会露一手。今天晚上德洛贝尔演的是《婚礼》一场：半庄重半微笑的脸，带着对"俗世小人物"勉强俯就的表情，随便而不失高贵的手式。

似乎，他是在整个观众大厅里，在众目睽睽之下坐在大菜盘子面前，正参加戏中的豪华宴会；而使人感到这位举世无双的德洛贝尔是在演戏的最强烈的印象是，由于他盘算着要给大家来一招，所以宾客刚刚落座他就开始默诵自己保留剧目里一段最精彩的台词，这就使他的脸部平添了一种做作而又心不在焉的表情，出现了那种舞台演员所惯有的假作注意的神态，说他是在听对方说话吧，实际只是想着自己的道白。

要说这是个怪事，可是在新娘的脸上几乎也有同样的表情。在她那张虽然兴奋但终无喜色的青春的娇靥上，能看得出有某种牵挂，并时时地——仿佛她在跟自己说话——唇角间飘动着一丝微笑。

她现在对伽蒂努瓦外公的逗趣，就报以这样的微笑，老头就坐在她的右边。

"啊哈，这真是我的西陀涅! ……"老头开着玩笑。"真了不得，两个月前她还说要进修道院去……这些修女院我们算知道得最清楚! ……这就像俗话所说'圣约瑟夫修道院[1]——床铺前头四只靴……'"

于是所有在座的人都被这位旧贝里松农民的乡村俚语逗得哈哈大笑。他的巨大的产业顶替了他生活中的爱情，遮盖了教育和善心的不足，可就是遮盖不住他的才智，因为这个老滑头的才智本来就比所有这些资产者加在一起的全部才智还多。在能够博得他某种好感的少数人中，小谢伯打做小姑娘起他就认识，也特别喜爱。从西陀涅来说，自己才刚露锋芒，

---

[1]　圣约瑟夫修道院是 19 世纪法国一所著名的大修道院。

想不敬财神为时还早，所以对自己右手的这位客人总是露着一种明显的尊敬和卖弄风情的味道。

可是和自己左边——乔治·弗罗蒙，她丈夫的合伙人——显得非常克制。他们的谈话仅限于一般席间的客套，甚至像是特别要显出彼此间毫无关系。

这时座席间开始有轻微响动，预示客人们准备离座；接着是一片丝绸的声音，挪动椅子的声音，短语频频和笑声哗起……就在这笑语声刚一落下时，谢伯太太忽然一反常态，向一个外省的什么表兄高声说起话来，原来新娘在搀着伽蒂努瓦起座，而这位表兄对新娘的这种落落大方惊叹不止。

"您不明白，表兄，这孩子……从来是谁也不知道她心里想的什么……"

至此席散，全体向大厅转移。

应邀来参加夜舞会的客人这时也纷至沓来，与宴会下来的客人混在一起；乐队开始调试乐器音响；戴着单眼镜的舞客在穿着白色盛装的急不可待的淑女前傲慢地逶巡踏步。新郎感到自己在这盛大的社交场不太习惯，就找了老朋友西吉斯蒙·泼拉纽斯，进了小走廊，走廊里陈设着鲜花，墙纸上满是郁郁葱葱的爬蔓图案，就像是金碧辉煌的弗富尔厅堂镶上一道绿色背景。在这里两个朋友至少能凑在一块儿谈谈心。

"西吉斯蒙，老朋友……我有福气……"

西吉斯蒙也很高兴，可是黎斯莱不让他有开口的机会。

现在，黎斯莱已不怕在人前哭出声来，他那满腔欢喜就直往外倒："真是不可思议，朋友……这岂不是怪事，这么漂亮的姑娘忽然想到要跟我? 我长得又不好看。这不用上午那个臭婆娘说，我也知道……我可是已经四十二了……而她那么娇嫩! ……她满可以挑一个比我又年轻又有钱的。至于可怜的法朗士更不用说了，他是那样地爱她！可她偏不，反倒看上了老黎斯莱……这事来得有多蹊跷……我打早就看出来，她有心事，人有点变了。我立刻想到她多半是害了相思病。我和妈妈把所有熟人都琢磨了个够，弄得头昏脑涨，就不知道她究竟想的是谁……没料到一天早晨谢伯太太踏进我的房间眼泪汪汪地说：'她爱的是您，我的朋友！'弄了半天原来是我……我……真是，谁能料到有这等事？这下可好，今年一年我是双喜临门：弗罗蒙公司合伙人和西陀涅的丈夫……"

这时，随着华尔兹悠扬的嘣嚓声，有一对舞伴转着转着就飞进了小客厅里。这是新娘和黎斯莱的合伙人乔治·弗罗蒙。两人都那么年少，那么风度翩翩，他们轻声说着话，每当乐曲节奏微弱时又闭上了嘴。

"您撒谎。"西陀涅说着，她脸色发白，但嘴角仍带着惯有的微笑。

他，脸色比她的还白，这时回答说："不，我没撒谎。这桩婚事是我舅舅做的主。当时他在弥留之际……您已走了……我不敢违抗他。"

黎斯莱从远处不胜赞美地看着他们。

"她多漂亮！他们的舞姿有多美！"

两个舞伴一望见他就分了手，西陀涅匆匆向丈夫跑来。

"是您呀？……你们在这儿做什么？……大家到处找您。您为什么不上那儿去？"

说着，她像一个不安定的女人那样千娇百媚地整了整他的领结。黎斯莱兴奋得融化了，向着西吉斯蒙偷偷作笑，他与这只紧套在手套里的纤手相接触委实太幸福了，他想让西吉斯蒙看看她那尖细的手指抖动得有多厉害。

"您挽着我的手。"西陀涅说，于是他们一起进了大厅。

曳着长长拖裙的白礼服，更突出了那件裁制得不太合身的黑燕尾服的笨拙。但燕尾服可不像领带能整过来，只好对它睁一眼闭一眼。他们一路对所有向他们献媚作笑的人点头致意，此时西陀涅感到颇为自豪，虚荣心得到巨大满足。遗憾的是它没能保持多久。在客厅的一角坐着一位年轻的美妇人，没人请她跳舞，她正以一种安静的、流露着第一次做母亲的喜悦的眼光注视着舞会。黎斯莱一见到她就向她走去，并让西陀涅坐在她身旁。不用说，这就是"绍什夫人"了。换个另外的女人，他说话能这样敬重和温柔？能叫自己的西陀涅把手往她手里放？只听黎斯莱跟"绍什夫人"说："您会喜欢她的，嗯？您那样善良……她如此需要您的抬爱，需要您多方指点……"

"可我和西陀涅是老朋友了，不是吗？当然，我们会像过去那样相爱无间……"

同时她那平静而坦率的眼光费心地探索着旧友的眼光。

黎斯莱并不了解妇人家的事，而且总把西陀涅当成个囡囡，所以他一个劲地还往下说："你要向她学，囡囡……世上像绍什夫人这样的女性再没有第二人……她跟她父亲一模一样……真是弗罗蒙家的人！"

西陀涅耷拉着眼皮，默默点着头，有那么一丝轻微的颤动从她缎鞋尖传到香橙花①的最末一根花茎。但黎斯莱毫无觉察。激动、舞会、音乐，所有这些花儿，这整个世界……他简直陶醉了，失去了知觉。他认为所有其他人也都沉醉在围绕着他的无边幸福的气氛中。他看不出在所有这些衣着不同的人们的头脑里会有什么嫉妒和狭隘的仇恨。

---

① 一种常青酸橙树花，常用于新娘服装上的装饰。

他没有看见德洛贝尔，德洛贝尔这时一手插在背心上，一手——拿着帽子——固定在胯股边，身子靠着壁炉站着，正为这没有尽头的摆姿弄得疲惫不堪：时间过去了，竟然谁也没有想到利用他的天才。黎斯莱没有看到的还有那个灰溜溜的谢伯，他苦闷透顶，一个房间出来一个房间进去，比任何时候都恨弗罗蒙家人……哼，这些个弗罗蒙！

这婚礼跟他们有什么关系！……这儿到处是他们的人，带着自己老婆、孩子、朋友，朋友的朋友……就像是他们家族里哪个亲戚在成亲……有谁来关心黎斯莱和谢伯家的人？……他，做父亲的，甚至都没人理！……但最使这个小广告人生气的是谢伯太太的一举一动，她老装着做母亲的样子向四周的人送笑脸，闪动着那件变色的缎子连衣裙。

其实，就像在千家万户的婚礼上一样，这里也有两条泾渭分明的渊流，它们相互接近但不掺和。一方很快就让位给另一方，那些曾经使谢伯先生如此气恼，俨如舞会上的贵族的"弗罗蒙家人"，以及商业院主席，商务法庭领袖，著名的巧克力厂厂主（立法团代表[1]）和百万富翁伽蒂努瓦所有这些人一过午夜就都退了场。在他们后面坐着自己轿车离开的还有乔治·弗罗蒙夫妇。剩下的光是黎斯莱和谢伯方面的客人，这下大喜日子立即变了样，开始格外闹腾。

有名的德洛贝尔，由于不耐烦再等人来请，索性就来个毛遂自荐，趁着大伙正挤在小卖部前喝可可和混合饮料之际，用打雷似的嗓门念开了吕依·布拉斯的独白："祝诸位加餐，先生们！"[2]穿着朴素的廉价服装的女士们坐在一条长椅上，

---

[1] 根据法国 1852 年宪法，立法团系国会三院之一；在第二帝国时期由皇帝本人操纵，执行有利于拿破仑三世的改革。

[2] 维克多·雨果的一个剧本《吕依·布拉斯》(1838)。此话出诸无业者德洛贝尔之口，有自我嘲弄的味道。

感到终于轮到自己来大出风头而满腔高兴；而那些年轻的小铺老板，心急如火地想露一手，也敢于在卡德里尔四人舞里逗着趣。新娘早就想着要离开，终于她和黎斯莱偕谢伯太太一起走了。可是那位重新获得自己全部尊严的谢伯先生是不能走的。不是总得要有人应酬吗？见它的鬼去！这我敢和诸位打赌，他干得够认真的！他紧张得满脸通红，来回地跑，在他的举动里好像有一种要造反的味道。

在底下就能听到他怎样在跟弗富尔的领班交谈政府改革，话说得那么放肆……

……新娘的马车沉重地沿着寂无人声的街道向马拉斯①方向驰去。疲劳和酒醉得脑袋发沉的车夫几乎连缰绳都牵不住。

谢伯太太的嘴没有停过。她把在这个大喜日子里见到的所有眼花缭乱的事情絮絮叨叨说个没完，特别对那顿晚餐尤为欣赏，这种普普通通的菜单在她看来是一种高级奢侈。

西陀涅盯住轿车的一个角落，在出神遐思，面对面坐着的黎斯莱虽已不再念叨"我有福气"，可浑身上下透着幸福。

一次，他试着把靠在稍为升起的玻璃窗上的那只白白的小手抓过来，但它急忙缩了回去，这下他傻了，只好老老实实地坐着。

他们经过了哈雷斯②，过了挤满菜园主大车的伦布托街，而后在弗朗·布尔乔亚街尽头绕过档案馆，进了白拉克街。车子在那儿停了下来。谢伯太太在自己门口下了车，对她那件华丽的丝袍来说这道门实在太窄了，无怪当它在门道中消失时要发出沙沙的抗议声，所有绉边也都怨声不绝……几分钟

————————

① 巴黎塞纳河右岸的老居民区。原为商人住宅区，在都德时代是官吏、手工业者、工商业者聚居地；几条主要街道把一些寄居着巴黎贫民的小胡同结成一个居民网。
② 巴黎的中央市场。

以后，维耶·霍德里特大街上一所旧式住宅的两扇巨大而笨重的大门拉了开来，放进去一辆漂亮的轿车，大门上半磨损的徽记下隐约能看出一个蓝色的字迹："花纸"。

在这以前一直一动不动地像是在打瞌睡的新娘，似乎突然醒了过来，而且要不是院内那几排高大的作场和库房的灯都熄了的话，黎斯莱还能看到西陀涅美丽而使人费解的脸上焕发出多么得意的微笑。轿车在花园林荫道的砂土上轻轻滑过，很快就在一所不大的两层住宅的台阶边停下来。这里第一层住的是年轻的弗罗蒙夫妇，而黎斯莱大哥和妻子住在他们上面。房子的格局显得很有气派。富商巨贾大概是因为创造了阴惨的胡同和繁华的市区而以此来犒劳自己。楼梯铺着地毯，穿堂陈设着鲜花；处处是光洁的大理石，明亮的镜子和锃亮的铜饰。

当黎斯莱喜形于色地在新居到处浏览时，西陀涅独自留在自己那间有着柔和的浅蓝色灯光的房里。最先映入她眼帘的是那面把她从头到脚整个身子都照了出来的镜子，她细细端详着这件新奇的，对她来说是异乎寻常的奢侈品，而后她不是去睡觉而是打开了窗子，在窗台上支起胳膊一动不动地发着愣。

夜是那么暖和、清明。西陀涅能清楚地看到整个工厂：一层层没有护窗板的窗台，巨大发亮的玻璃，高耸入云的烟囱，还有紧贴着这所老宅大墙的精致的小花园。而四周，则是一片穷家鄙舍和暗浊的街道……她蓦地打了个寒战。

那儿，就在这些鳞次栉比相依为命的最暗最丑的顶楼中，她看到在五层楼上有个黑魆魆的大窗口。她一下就认了出来。这是一扇对着楼梯口的窗子，那儿住着她的父母亲。

楼台窗子！……多少往事都在这几个字眼里！多少时刻、

多少日子，她在那儿度过，趴着潮湿而没有栏杆和阳台的窗沿，目不转睛望着工厂。就是现在，她似乎觉得在那上面还能见到有小谢伯的那张小脸蛋，而在这种穷人家的窗框内，她的整个童年，一个巴黎少女的悲惨的生活，又浮现在她的眼前。

二

西陀涅·谢伯的身世

——一个楼台上的三户人家

　　在巴黎，对蛰居在小住所里的穷家小户来说，楼梯过道上的公共平台就像是白送给房客的一个房间。一到夏天，户外有一丝凉风向这块平台上吹来，女人们就聚在这里谈家常，孩子们也在这里玩。

　　当小不点西陀涅在家里吵得太厉害时，做母亲的就跟她说："你弄得我烦死了……去，上楼台玩去。"于是女孩子急忙跑到那里去了。

　　这种并不把面积看得很重要的老式房子的楼台，实际像一条高高长长的走道，楼梯那面挡着生铁栏杆，一面有个采光的大窗子，从这里能看到人家的屋顶、院子和窗子，而稍远一点就是弗罗蒙工厂的花园，一小块圈在老式大墙之间的绿茵。

　　所有这些原本就没什么意思，但小孩子在这里比在自己家里高兴得多。家里总是那么阴郁，特别是碰到下雨天，费奇南德无处可去的时候。

　　费奇南德·谢伯，经常被层出不穷的谋划弄得不知所措，可惜这些谋划从来没有能付诸实践，他是那种在巴黎比比皆是的老是在异想天开的懒汉典型。他那老婆，最初对他看走了眼，不久就看出他不会有什么出息，所以对他想发横财的幻想和随之而来的失望养成了一种耐心，再不把它放在心里。

她带来的八万法郎陪嫁，经他三番五次折腾，所剩年金也就寥寥无几，但这笔小小年金到了邻居眼里还是能给他增添某种身价，另外还有谢伯太太一块历经沧桑的披巾，她做新娘时的丝边和藏在五斗橱柜底一个古老匣子里的两颗小小的钻石扣子，匣子的白色丝绒还依稀能看出已磨损的二十年前珠宝商的烫金字母名字。西陀涅常黏着母亲絮聒不休，要看看这副扣子，它算得上是这个小食利者穷房子里的唯一珍品。

很久很久以来，谢伯就想找一个能增加他们小小年金的事由。可他只能在"跑腿生意"里去找，因为据他说，他的健康状况不容许他整天坐着。

事情经过是这样的，他婚后没多久，当时他还在一家大企业里工作，有专用的单套双轮马车去各处办理公司业务，但有一次他运气不好，从马车上摔了下来。经过这一摔，就像他一得机会就津津乐道的那样，似乎成了他这个懒汉可以被原谅的理由。

谁要是和谢伯一起待上几分钟，就准能听到他那一套："您知道奥尔良公爵事件吗①？"说到这，他往自己谢顶的脑袋上一拍巴掌，像什么机密似的悄声说："年轻时候我也出过那么一桩事。"

打这次所谓的坠车事故以后，任何室内工作都会引致他的头晕病，他也认为自己命里注定要做"跑腿生意"。为此，他当过推销员，轮番地做过书刊、葡萄酒、地菇、钟表和其他物品的代销人。遗憾的是，什么事情他一干就腻，什么都好像与当年有过专用马车的商业家地位不相称，而且慢慢地，

---

① 这里可能指路易·菲利普之子费奇南德·奥尔良（1810–1842）因车祸丧生事件。

由于总认为各种营生对自己来说都是屈才，人一下也显老了，什么也不能干，变成一个游手好闲的地道二流子。

人们经常对演员的怪脾气和稀奇古怪的想法横加议论，指摘他们冒犯了俗世公认的礼节，指摘他们不务正业。可是谁能说得清，游手好闲的资产者为填补本身生活空虚能想出多少可笑的主意，有多少愚蠢的行径？例如谢伯，他就认为规矩人有时就应该出门溜达。就在修筑塞瓦斯托波尔林荫道的整个期间，他总是一天两趟跑去看，问铺有多少啦。

哪里有出名的百货商店和专业商店，谁也没有他清楚；因此，当谢伯太太紧着要补衣裳，对老是坐在窗口无事可做的丈夫感到心烦时，就把他支使到一个什么地方去：

"你还是上街去吧……嗯，看看有什么买的。你知道哪儿常有那种好吃的卜里奥什①。这可以做一道很美味的甜食。"

于是丈夫走了。他到林荫道闲逛，到商店里乱挤，等公共马车，直到因买两个值三个苏一个的卜里奥什而逛荡掉半天时间以后，才得意扬扬地擦着额角上的汗水把它们带回家来。

谢伯非常喜欢夏天和星期天，喜欢徒步旅行，沿着尘土飞扬的公路，上克拉玛尔或罗门维尔去，喜欢节日的喧闹和人挤人。他是那帮在八月十五日②前整星期都要跑去观赏还没点燃的油盏、彩灯支架和露天戏台的人里面的一个。他老婆对这从未有过一丁点不满的表示，这样倒可以摆脱这个怨天尤人的讨厌东西，省得他成天围着她的椅子转，一会儿计划办大企业，一会儿又是形形色色事先就知道实现不了的新主意，再不就是扯一阵千百年前的往事，这样她就看不到这个

---

① 一种特殊形状的小白面包。
② 拿破仑一世的生日。

老怨恨自己赚不到大钱的人。

可怜的女人同样也是一文不挣，但她是一个如此出色的主妇，她那令人惊叹的节俭奇迹般弥补了长年的拮据，以至贫困——穷光蛋的邻居——还从未能钻入这三间老是那么干净的房间，使小心缝补起来的衣服和蒙着套子的老家具落到不得不报废的地步。

在谢伯那扇有着锃亮的铜把手的门对面，还有两扇较小的门。

第一家门上，就像在企业界服务的艺术家的习惯做法，挂着一块四角用铆钉固定的牌子，上面写着：

黎斯莱　工艺美术师

第二家——一块不大的革制招牌，上面烫着金字：

德洛贝尔母女

专做各色虫鸟饰品

德洛贝尔家的门经常是开着的，能看到里面铺着方块地板的大房间，房间里有两个女人，母亲和女儿——女儿还完全是个孩子——两人都那么苍白和憔悴，在干着一项特殊的手艺，它也算是生产所谓"巴黎小玩意儿"行业中成千上百种稀奇古怪的手艺之一。

在那年代，时兴给帽子和舞衫缀上各种可爱的南美虫鸟，这种虫鸟的光色一眼望去就像宝石般璀璨夺目。德洛贝尔母女俩就制作这种装饰品。

有家批发公司，一收到安提耳群岛发来的货色，就原封不动地转寄给她们，长长的轻巧的箱子，一揭盖子就从里面冒出一股发霉的气味和含砷的灰尘。有时是一大堆亮晶晶别在大头针上的苍蝇，有时是一只只用细绵绳扎着翅膀挤在一块儿的小鸟。所有这些都得一个个拾掇，要让苍蝇在一根根细铜丝上颤颤抖动，使蜂鸟的翅膀张开，理顺毛色，把折断的珊瑚红的小爪用丝线接好，把死眼珠抠掉，另嵌上两粒晶莹的珍珠，最后使昆虫或小鸟具有原来那种轻盈多姿和栩栩如生的神态。

母亲干活得依从女儿的指导，因为别看戴西蕾年龄小，却有着高雅的审美感，有着女巫般的创造力，在往小鸟脑袋上嵌珍珠眼和调理僵硬的小翅膀方面，谁也没有她能干。

戴西蕾·德洛贝尔自小落了个瘸子。可是话说回来，作为不幸事故的牺牲品，她那讨人喜欢的清秀的小脸蛋在事故中却一点没受到委屈，同时她那种与世隔绝的生活方式使她的脸庞具有一种贵族式的苍白，特别是她那一双手。

她总是把头发梳得精巧雅致，在堆满时装图样和各色小鸟的桌子前，坐在一把大扶手椅里打发日子，在对自己的手艺精益求精中忘掉自身的不幸，并似乎认为这是对自己艰难的生涯一种特殊的奖赏。

她时时想着，所有这些小鸟怎样从她的桌上振翅飞去，在巴黎各处的大厅里游历，怎样在枝形吊灯的亮光下、在舞会上闪闪发光，而且只消看一看她在给自己的虫鸟安铜丝的样子就可以猜到她的思想动态。遇到忧郁和苦闷的日子，细细的鸟嘴就朝前探得长长的，翅膀在勃发的冲动中赫然怒张，像是要向远处什么地方飞去，尽可能远地离开这些悲惨的寓所，离开这些生铁炉灶，离开匮乏和贫困……而在她高兴的日子，她的那些小鸟和虫子——这种可爱的时装上的小花头——就生趣盎然，充满激情和顽皮的样子……

戴西蕾高兴也好不高兴也好，她在劳作上永远是同样的勤奋。从天亮到深夜她桌子上堆满了活计，每当天色入暮，邻近院落里响起工厂的钟声，德洛贝尔太太就开始点灯，在用过那顿菲薄得无可再省的夜饭以后，母亲和女儿又开始干起活来。

这两个孜孜不倦的女性有着自己的目标，它已成为她们一种执着的信念，而且不会使她们感到长夜不眠是一种苦事——这目标就是有名的德洛贝尔能东山再起。

自从德洛贝尔离开外省剧院来到巴黎，打算在巴黎舞台演出以来，他老盼着会有一个目光远大、鬼使神差的剧院经理，能爱才如命把他寻访出来，派他一个值得他一干的角色。可能，特别是乍一开始那会儿，他还是有机会去三流剧院演个小配角什么的，但德洛贝尔眼界太高，不想妄自菲薄到如此地步。

他宁可等待，就像他说的，要奋斗。可是他的这种奋斗真是妙不可言。

一清早，在自己房里，经常甚至都不起床，他就开始温习自己旧剧目的角色，这时德洛贝尔太太、小姐就心里扑扑通通地听着这个沙哑的、淹没在巴黎这个大蜂窝里的嗓子在如何慷慨激昂地朗诵《安东尼》和《儿科医生》冗长的台词①。而后，用过早饭，演员要去"换空气"，换言之就是顺着萨托·德奥和马德冷之间的大林荫道，嘴角叼着牙签，歪戴着帽子，手不离手套，像明星一样保养得好好的直溜达到天黑。

德洛贝尔把仪表看成是深关宏旨的大事。他认为仪表是成功的一个主要秘诀，是对剧院经理的诱饵——恶名昭彰的、聪明的剧院经理根本就不会想到要去聘请一个衣着破烂和土里土气的人。

因此妻子和女儿总是小心注意着，不使他有任何不足之处，这您就可以想象为供养这样一个好手需要制作多少个鸟

---

① 《安东尼》——大仲马剧本（1831 年）。《儿科医生》——安尼斯·布尔乔亚和邓奈利剧本（1855 年）。

儿虫儿。不过演员完全处之泰然。

他认为，母女俩并不是为了他个人在成天劳作和缺衣短食，而是为了那个他自诩为其保护者的未露头角的被埋没的天才。

谢伯家和德洛贝尔家的情况有着某种相似点。只不过德洛贝尔家也许不是那样苦闷。谢伯过的是小食利者的闭塞生活，千篇一律，看不到什么前途，而演员全家则不断耽于幻想和憧憬着未来。

如果谢伯家的人好似生活在死胡同里的人，那么德洛贝尔一家就像生活在一个又小又脏，既无空气又无阳光的小街上，不过这条小街附近像是马上会出现一个很大的花园。此外，谢伯太太对自己丈夫已经丧失信心，而她那女邻居，由于处在"艺术"这个有魔法的字眼的感召下，从没有对自己先生有所置疑。

而同时，许多许多年以来，德洛贝尔早就在于事无补地和剧院经理喝维尔木特酒，与职业捧角人——喝艾酒，与那些轻喜剧作者、剧作家和声名狼藉的许多伟大发明物的作者[①]——喝伏特加……但尽管如此，他还是没有接到聘书。于是这个没能登一次台的可怜人，逐渐从一个"最佳情人"的演员地位降为性格演员的角色，而后——成为贵族老大爷角色和最终——沦为丑角。

可是他决不投降！

有几次他曾有过就业机会，可以挣钱糊口，有人请他去做俱乐部或咖啡馆的领班，请他去做诸如"巴士底灯塔"或"罗德斯巨人"这样大商店的管理员。所要求的只是漂亮的风度，而在这方面，真是谢天谢地，德洛贝尔可算是个完人……但

---

① 这里的发明物可能是指启动舞台装置等剧场所用的机器。

这个大人物断然拒绝了这些建议。

"我没有权利谢绝舞台！……"他说。

听到这位已经多年没有在台上迈过步的可怜虫的嘴里说出这句话，简直令人捧腹。可是任何想笑的意愿，只要一看到他的妻子和女儿就会消失，她们日日夜夜吞咽着含砷的灰尘，针头在小鸟铜丝上别成两段，却一个劲地学着说：

"不，不！德洛贝尔没有权利谢绝舞台！"

幸福的人！他那总是显得屈就似的含笑的鼓眼睛和睥睨剧坛的习气，给他毕生树立了一种特殊的万人歆羡的逍遥王子地位。当他出门在弗朗·布尔乔亚大街漫步的时候，那些小铺老板就怀着巴黎人对戏剧界人士特有的那种好感向他恭敬地脱帽致意。他总是穿得那么漂亮，外加那么善良，懂世面！……而且不可思议的是，他——吕依·布拉斯，安东尼，《荡妇》中的拉法艾吕，《塞凡纳海盗》中的安德烈①——每星期六晚上腋下夹着母女俩的胶木板盒子把货送到圣丹尼大街一家鲜花店去……

这有什么！甚至在干着这类差使的时候，这个怪人还是那样风度翩翩，真正是有身价的样子，以至那个账房女人在把母女俩一周所挣的可怜的金额付给这样一位纤尘不染的绅士时，自己都觉得有点不好意思。

临到这样的晚上，演员当然就不回家吃饭。家里的女士们也早就料到这一点。他总是能够在林荫道碰到一个什么样的老同事，一个像他自己那样的倒霉蛋——此辈在这可诅咒的行业里岂不俯拾皆是！——于是一起上酒楼或到咖啡馆……而后，大发善心地——他也总因此而得到感谢——把

①《荡妇》——台道尔·巴里叶和拉姆贝儿·梯蒲的剧本（1858年）。《塞凡纳海盗》——安尼斯·布尔乔亚和费奇南德·雨果的传奇剧。

剩下的钱带回家去。而有时还替妻子买一个花球或是给女儿买一个小礼物，一个随便什么样的不值钱的小玩意儿。没有法子！这就是演员素养。在歌剧里就经常有这样满不在乎地往窗外大把撒金路易的戏："喂，你这滑头，接住钱袋，告诉你太太我在等她。"

所以说，尽管母女俩拼命卖力，尽管这也算是一项报酬优厚的工艺，一家人还是经常感到手头拮据，特别是在淡季。

幸而边上有一个善心的黎斯莱，对朋友总是有求必应。

吉拉姆·黎斯莱，楼台上的第三家房客，他和年龄比他小十五岁的弟弟法朗士住在一起。这两个浅色头发的瑞士人，体格魁梧，脸上血色很好看，他们给这个死气沉沉的黑暗的工人住所带来了农村和健康的气息。哥哥在弗罗蒙工厂当美术师；弟弟由哥哥资助，最早在一所技工学校学习，后来进了国民工程师学校。

刚来巴黎时，吉拉姆在安排自己小小家务上遇到不少困难，有时不得不求助于自己的邻居——谢伯太太和德洛贝尔太太。这个天真，腼腆，又有点儿笨手笨脚的小伙子，常因为自己是外国人打扮和说话带有异乡口音而感到拘束，因而颇乐于采纳两个女人的建议和开导。在过了一段时间的比邻生活和交往后，两家都把黎斯莱哥俩当作自己家里人一样。

逢年过节，这两个年轻人总是时而这家请，时而那家请。他们在这些贫穷而俭朴的人家受到的厚待使这两个异乡人得到很多乐趣。作为一个技艺精湛的美术师，黎斯莱有优厚的月薪收入，每当月头付房租时有可能帮德洛贝尔家的忙，同时像阔舅舅那样随身带着那么多新鲜玩意和礼物上谢伯家去，弄得小西陀涅一见到他就向他的口袋扑过去，一下爬到他的膝盖上。

到星期天，他带所有的人去看戏，而平时，几乎每天晚上，偕同谢伯和德洛贝尔去布隆迪尔街的啤酒馆，他请他们喝啤酒和吃带盐花的"〰"形小面包。啤酒和这种面包乃是他最喜爱的东西。

对他来说这是莫大的乐事：对着一茶缸啤酒，和自己两个朋友在一起，听着他们聊天，当他们滔滔不绝的谈话转到对现实社会的埋怨时，他不过是放声一笑和摇摇头。

孩子般的胆怯和不正确的用语，严重妨碍他表达自己的思想，像这样一些语言上的错误，对黎斯莱这样的忙人来说就是不容易纠正过来。加之他在和自己朋友攀谈时又非常沉不住气。他们有那种通常有闲阶级在劳动者面前所持的优越感，这使他感到沮丧，特别是气量不如德洛贝尔的谢伯，总是毫不客气地要他明白这一点。他瞧不起黎斯莱，这谢伯！照他看，像黎斯莱那样的人，一天干十个小时活，待下班以后自然一句整话都不会说了。有时遇上美术师精疲力尽从工厂回来而又需要为紧急任务开夜车时，他那种愤懑神情那才叫好看。

"啊不，说什么我也不能干这种手艺，"他说着，一面傲慢地仰着个脑袋，而且越仰越高，眼光有时像医生诊察病人那样残忍地盯着黎斯莱，仿佛一定要让人说出："喔唷，您中风啦……"

德洛贝尔没有那样残忍，可是在黎斯莱面前架势还要高：

　　雪松本来就是看不到自己脚边的玫瑰。

德洛贝尔就是没有看到黎斯莱的存在。

但如果大人物有时也肯于注意到有黎斯莱在场，那么他听黎斯莱讲话时不知怎么总要特别地冲他勾着身子，微微笑着，好像在听孩子嘟嘟说话一样，要不他就想卖弄卖弄自己，开始讲一些女演员的历史，教导他怎么做人，该去找哪些供货商，他完全不理解挣那么多钱的人怎么会穿得像一个公立学校的学监，善人黎斯莱相信自己的确太渺小了，尽力赔着小心，百般殷勤地来博取他的青睐，认为自己有责任和他尽量处好关系——另外还有什么法子，谁叫他黎斯莱是这么个赶不跑的恩人呢？

小不点西陀涅是这楼台上三户人家间的链环，她总是一个个房间地乱窜。

她一天里头得有好几遍溜到德洛贝尔家工作室去，好奇地打量着美丽的虫子和小鸟；要是碰巧地上有只缺腿败翅的虫子，或是有个蜂鸟——脖子上掉了毛，女孩子主要是想打扮而不是玩耍——就动手把这些残品给自己做成和她栗色的卷头发相称的鲜艳的首饰。

戴西蕾和母亲，一看到她踮着脚勾起身子向那面旧得发黑的镜子忸怩作态的样子就忍不住发笑。当女孩子自我欣赏够了，她就用两只小手使足力气扳开沉重的房门，娉娉婷婷，为了不致弄坏发型，连头都不敢晃地出了房门，去敲黎斯莱家的门。

白天经常只有中学生法朗士在家，他一般扑在教科书上用心地做功课。但只要西陀涅一出现——再见吧，作业！他马上丢开一切来接待这位头上顶着蜂鸟，打扮得跟公主一样的小姐，俨如这位公主已经去学校找过校长，要向法朗士·黎斯莱自许终身。

看来就是有缘，这个在同一年龄里不会有他那么高身材的大孩子，在跟一个八岁的小姑娘玩的时候竟会由着她的性子百依百顺，对她爱慕到如此地步，以至后来当他真正和她恋爱时都不好说这爱情究竟是什么时候开始的。

但不管她在两户人家多受宠爱，西陀涅总还是想到上头的楼台窗口去。在那儿她别有一番乐趣——开阔的地平线和那种仿佛是在昭示她的未来的某种幻象，她对它满怀好奇而不觉得有什么恐怖：小孩子就是没有恐高头晕的毛病。

高高的工厂大墙，花园里法国梧桐的顶盖，在坡形的石棉混凝土屋顶之间的作坊的大玻璃窗——所有这一切对她来说就是圣殿，是她的幻想之国。

弗罗蒙工厂是西陀涅心目中壮丽极致的顶峰。白天到了一定时候，马莱这一角就掩蔽在弗罗蒙工厂烟突的迷雾之中，那充斥于工厂作场的喧闹，弗罗蒙工厂在这个地段的地位，黎斯莱的热忱，以及从他口里听到的关于工厂主人的那种豪富、善良和品德——所有这些在经常刺激着一个孩子的好奇心；而那些住房，那些雅致的镂花窗框，前面放着花园起坐家具的圆形台阶，注满金色阳光的铜丝大兽笼子，院子里那辆套好马的天蓝色轿车——是女孩子经常为之神往的东西。

她知道工厂的整个生活习惯：什么时候打钟和工人下班；遇到账房里夜晚还点着灯，那就是星期六发工资；到星期天作场就停炉，整日关着门，一片寂静，这时她能听到克莱尔小姐和自己表兄乔治在花园里游戏和奔跑的小嗓门。她常向黎斯莱打听她感兴趣的细节。

"把客厅的窗子指给我看，"她向他请求，"哪是克莱尔的房间？……"

黎斯莱见她对自己心爱的工厂如此怀有好感而觉得高兴，他向女孩子解释建筑物的排列，从楼上指给她看，哪是印刷、烫金和上色作场，哪是他自己干活的画室，还有蒸汽机房，那儿有个巨大的烟囱高高升起使四邻的墙头都蒙上了一层烟灰，当然，它决不会想到在它附近的屋檐下栖息着那么一个小生命，她把自己最隐秘的思想和这位孜孜不息的劳动者的强大气息交织在一起。

但这天来到了，西陀涅终于进入了这个梦寐以求的天堂。

那位经常听到黎斯莱夸奖自己小邻居如何聪明伶俐的弗罗蒙太太，请黎斯莱把女孩子带到她为圣诞节安排的儿童舞会上去。一开始谢伯先生严词拒绝了。这些成天挂在黎斯莱嘴边的弗罗蒙家人，因为他们有钱本来就使他生气，使他感到自己矮人一头，加之这还是个化妆舞会，而谢伯先生——他可不是干花纸买卖的! ——没有这笔钱把自己女儿打扮成蜻蜓姑娘。但黎斯莱坚持要带她去，说是全部费用由他来掏，而且说干就干，画起服装的草样来。

那真是个值得纪念的夜晚。

谢伯太太的房间里堆满了料子、大头针和服装上用的形形色色小零碎，在戴西蕾·德洛贝尔领导下，大家忙着给西陀涅打扮。

穿起了红条法兰绒短裤的女孩子显得比原先高了些，她浑身上下珠光宝气，一动不动地在镜子面前站着。她确实是个尤物。一条紧束在白色抹胸下的带丝绒穗子的宽带，一顶下面拖着俏丽的长长栗色发辫的草帽，所有这些在瑞士妇女身上极为平凡的装饰，一和女孩子那种与自己鲜艳的服装如此相称的娇憨结合在一起，竟产生了动人的效果。

跑来看热闹的邻居兴奋得赞不绝口。那位小瘸姑娘趁大伙去找德洛贝尔之际还手不停针地整理着裙子的绉褶、鞋上的花结，对自己的杰作做最后一次打量；可怜的姑娘同时也被自己不能去参加的节日的狂欢弄得怏怏不快。终于大人物出现了。他让西陀涅重复了几遍他教她的屈膝礼，表演了一下该怎么走路，怎么掌握自己，该怎么抿着嘴微笑。看来真有意思，女孩子对他所有指点学得惟妙惟肖。

"她是毋庸置疑的演员天才！"这位舞台宿将兴奋地说；而身临其境的细高个法朗士，则直想哭——连他自己都不知道为什么……

甚至在这令人难忘的晚会过去一年之后，西陀涅还能够说出穿堂里陈设着哪些花，家具是什么颜色，到舞会的时候奏的是哪支舞曲——这次节日，留下的印象就有那么深刻。她什么也没有忘记：不管是闪烁在她周围的服装，或是稚气的笑声，以及所有那些在光滑的镶木地板上急促地踏着碎步的小脚。当她坐到红色丝套的沙发边沿上，从递过来的托盘里取果汁冷饮时——有生以来第一次——她猛然想起乌黑的楼梯，自己家又小又挤的住房，可是所有这些她似乎觉得已成为一种一去不返的东西。

她把人们全迷住了，大家都称赞她，喜爱她。克莱尔·弗罗蒙，整个身子裹在花边里——一幅真正工笔高省女郎肖像画①——把她介绍给自己的小表兄乔治，一个漂亮的小骠骑兵，他总是一步一回头地想看看他那马刀给人什么印象。

"这是我的女友，乔治……她以后礼拜天就来和我们玩……妈妈答应了。"

接着带着一种小孩子感到幸福时所有的天真的兴奋真心真意吻了西陀涅。

可是到该走的时候了……在覆盖着湿漉漉积雪的阴暗街道上，在黑暗的楼梯上和夜阑人静母亲等着女儿的房间里，

———————

① 诺曼底高省地方的妇女，自古以美貌、高髻和尚修饰著称。

大客厅的灿灿灯光还久久地在西陀涅发花的眼前闪着亮光。

"怎么样，那儿好吗？你开心吗？"谢伯太太低声问她，一面给她一个个地解开华丽的上衣搭扣。

西陀涅没有回答母亲；她不胜疲倦，站着就睡着了，而且已经做起了一个美梦，这个梦在她整个青春时代得一直做下去并为它抛却如许的泪水。

克莱尔·弗罗蒙履行了诺言。西陀涅经常到那个美丽的铺着沙子的花园去玩，并得以从近处观赏镂花窗框和镀金铁栅的笼子。大工厂所有角落和隐蔽的地方她都知道，在静悄悄的星期天里有时就在印刷机床后面玩着捉迷藏的游戏。到了节日，在儿童席上有她一份整套的餐具。

所有的人都喜欢她，尽管她本身对谁也没表露过特殊的依恋。当她暂时还置身于这种奢华的环境中时，她感到自己是温柔的、幸福的，像是比平时好看多了；但一回到家里，她从楼梯台透过浑浊的玻璃窗望着工厂时，心里就浮起一种难以名状的憾恨和愤怒。

然而克莱尔把她看作是一个真正的女友。

有时，西陀涅坐着华丽的蓝色轿车与弗罗蒙家人上布洛涅森林或去丢勒里[1]；要不，他们就整星期把她带到乡村，带到伽蒂努瓦外公在奥尔热河上游的萨维纳城堡去。多亏有黎斯莱这样一个以小不点的成功为荣的人的馈赠，她才能够总是显得非常和悦和有好衣服穿，尤其在谢伯太太看来这是个名誉问题，所以也从自己方面施展了全部力量；加之还有一个可爱的瘸姑娘，总愿意把自己没处去浪费的娇态中的珍宝提供给小女友来使用。

————————

[1] 丢勒里——巴黎的皇宫和皇家公园。第二帝国时期为拿破仑三世的官邸（焚于 1871 年）。

谢伯还跟原先那样，对弗罗蒙家人抱着敌意，他不以为然地看着孩子们日益近乎的关系。真正原因当然是因为没有请他上弗罗蒙家去，但他搬出了其他理由跟妻子说："难道你没看见，女孩子从那里一回来就是无精打采的样子，整小时整小时地在窗边出神？"

不幸的婚后生活使谢伯太太成了一个没有远见的女人。她常说人应该及时行乐——谁知道将来是个什么样子？——要抓住每一刻幸福时刻，因为往往一生中唯一的安慰和寄托只是对幸福童年的回忆。

可是这一次，谢伯先生是说对了。

三

假珍珠

　　经过两三年时间的接近和青梅竹马的生活，当西陀涅已习惯于奢侈和学会富家子弟漂亮的举止时，友谊突告中断。

　　表兄乔治——他的保护人是弗罗蒙——早已进入中等学校。克莱尔，像小女王一样装备了大量用品给送到了一所修道院寄宿学校。恰好就在这一时候，谢伯家也产生了要把西陀涅送去当学徒的想法。孩子们分手了，但相许要永远彼此相爱，每月在星期天或放假回家的日子相见两次。

　　果真，西陀涅有时仍然去和自己朋友玩，但随着年龄的增长，她愈发清楚地看到他们中间的那道鸿沟并且认为自己的衣衫对弗罗蒙太太的客厅来说实在是过于朴素了。

　　当只有他们三个在一起时，儿时的友谊往往给他们的关系带来一种平等的气氛，消除了各种形式的牵强做作。但有时到星期天，克莱尔在寄宿学校的女友们常上这个年轻的弗罗蒙家来，里面还有一个身材高高的、服饰总是那么华丽的女郎，随身带着侍女。

　　西陀涅只消一看到这个漂亮而傲慢的女客跨上台阶——就恨不得立即跑掉。那女郎总是拿一些微妙的问题使她发窘，例如问她在哪儿住？双亲是做什么的？家里有自己的马车没有？

　　听着她们谈论修道院寄宿学校的事，谈论女朋友的事，西陀涅感到她们都是生活在另一个世界，离她有十万八千里，她为此经常处于极端的苦闷和烦恼中，特别当她一回到家，母亲又打开了话匣子，说她还是该到什么勒·米勒小姐那儿当学徒去，勒·米勒小姐是德洛贝尔的挚友，当时在鲁阿·道雷街开一家人造珍珠店。

黎斯莱也赞成把女孩子送去做学徒。"就让她学一种什么手艺吧，"善人说，"学成了我花钱给她盘一个店面。"

恰好这个勒·米勒处女准备过几年终止自己的事业。这真是个好机会。

就这样，在一个凄凉的十一月份的早晨，父亲送女孩子到了鲁阿·道雷街，登上了一所比他们家还旧还暗的老房子的四楼。

在入口处的下方，挂着许多块金字小木板：梳妆盒工厂，镀银链子，儿童玩具，精密玻璃仪器，未婚妻和女友花束，经营野花——而在这些小木板的上方，在一个落满灰尘的玻璃罩内，由一串发黄的珍珠项链、玻璃葡萄、玻璃樱桃圈住的，是一行很显眼的矫揉造作的名字：安杰琳娜·勒·米勒。

可怕的房子！

这里甚至没有一个像自己家那样宽敞的楼台，自家楼台虽是年久发暗，总还有个窗子和一幅工厂奇景可以看看。这里窄窄的楼梯，窄窄的门，直筒的楼道门对门地排着又小又冷的石板地房间，就在最末一个房间里，一个有着卷发、戴着露出半截手指头手套的老处女，正在用心地阅读一本油污的《万象》杂志，而且显然对有人打搅她感到很不满意。

勒·米勒小姐招呼父亲和女儿坐下。长久地谈到自己丧失了的地位，谈到自己父亲，一个鲁埃尔格的老贵族——真是海外奇谈，这个鲁埃尔格算什么乡绅贵族！——谈到背信弃义的当局，把他们的财产都抢走了。她立即赢得了谢伯的同情，他对那些失去自己家园的人抱有一种不可抗拒的偏心。于是事情一经谈定，他便对女儿说好晚上七点来接她，自己像中了魔法似的走了。

女学徒随即给带到了作场。那儿还一个人影都没有。勒·米勒小姐把女孩子安顿在一个大箱子前，箱子里装满了一颗颗珍珠，一枚枚针和小链钩，用一些廉价的小说做着隔挡。

小姐告诉西陀涅，她得会挑选珠子，把它串到一样长的一条条丝线上；而后有人把这些珠串捆到一起卖给小贩。详细情况，她可以从女师傅们那儿了解，她们马上就到，会确切地指示她做什么。至于勒·米勒小姐自己，什么也不管，只是从那间拿小说度光阴的黑屋子里对她的事业进行遥控。

到九点钟女师傅们来了，五个成年的姑娘，苍白、憔悴，穿得很糟糕，但头发梳得很漂亮，带有一种光着头在巴黎大街散步的穷女工固有的情调。

其中两三个人在不住地打呵欠，揉着眼睛，说是自己困得要死。谁知道她们夜里干什么去了！

终于，她们都在一张放着各自箱子和工具的长条桌前坐下来开始工作。作坊承包了一批殡仪用的装饰品订货，所以该抓紧进行。西陀涅在"女师傅"神气地交代了工作任务后，便闷闷不乐地拾掇起一大堆黑玻璃珠、黑茶藨子珠串和黑纱流苏。

其他人没注意女孩子，一面干着活一面嘴里说个不停。她们谈论着当天即将在圣日尔维举行的阔绰的婚礼。

"我们还不看看去？"胖胖的长着红头发的姑娘玛尔文娜提议，"婚礼是在中午……我们能赶到那儿并且按时回来。"

于是一到午休时间，大伙就一阵风地从作坊跑了。

西陀涅像小学生那样随身带来一个装着午饭的小篮子，她沉郁地在桌子一角找了个地方坐下，并有生以来破天荒第一次一个人吃起来……上帝！摆在她面前的生活是多么悲惨和令人失望，而她在以后为自身所受苦难又作出了多么可怕的报复！

午后一点，师傅们回来了，叽里呱啦，一个个激动得不行。

"你们注意了没有？礼服是白色格罗格兰姆！……头纱全用的英国花边！……这才叫有福之人！"

于是姑娘们又开始发表在教堂举行典礼时她们胳膊支着栏杆相互嘀咕过的话。一整天话题就没离开阔气的婚礼和漂亮的礼服，但这丝毫不妨碍她们干活，反倒干得更欢。

在巴黎，像这些小小的从事服装小装饰品生产的企业，往往促使女工去留意时装样式，老想着奢华和优雅。对于那些在勒·米勒的第四层楼上干活的穷家姑娘来说，既不存在什么污黑的墙，也不存在狭窄的街道。她们幻想着另外一种什么东西并且经常互相探问着："我问你，玛尔文娜，你要是有了钱，你会怎么办？到那会儿我可要马上搬到香舍里榭去住……"

于是刹那间，她们从美妙的令人精神振奋的梦想里变幻出一个环形广场，树木参天，漂亮的轻马车在边上驶过。

年轻的西陀涅坐在边上默默听着这些谈话，兢兢业业地串着黑葡萄珠，那种手法和审美能力是她在与戴西蕾的交往中学来的。以至到晚上谢伯先生来接女儿时，大家对她着实夸奖了一番。

从今往后她过的都是清一色的日子。也许有时她串的不是黑珠子，而是白珠子或红色的假珊瑚豆——勒·米勒小姐只揽假珠宝、表面光的假货活计。西陀涅的生活态度也许就是在这个地方受到的熏陶吧。

在最初的日子里，这个新来的艺徒——较其他尤为年轻和识礼数——感到自己在同伴中很孤独。到了后来，当她年龄大一些时，她被许可进入她们的小圈子里，预闻她们的秘密，但她也从不跟她们一起去寻欢作乐。她自视甚高，不屑于午休时间跑去看婚礼，而且总是轻蔑地听着她们谈论"沃克斯大厅"和"黛丽舍·杜·马拉"夜舞会的故事，以及关于在旁娃荔或"夸特·色让·德·拉·罗彻尔"的精美夜宵。

我们瞄准的目标还要高一些，是这样吧，小谢伯？

再说每天晚上父亲总来接她。

不过，有时在新年前遇到有紧急定货，她就不得不和其他师傅们一起留下过夜。看着真叫人可怜，这些脸色苍白的巴黎女子，在煤气灯下串着像她们自己一样白得近乎病态的毫无光泽的白珠子。它们和她们都有着一种赝品的颜色和赝品的脆弱感。姑娘们所谈论的都是假面舞会和戏院子的事情。

"你看过阿德礼·巴舒演的《三个火枪手》吗？……看过密伦格吗？玛丽·罗兰呢？……嘿，玛丽·罗兰！……"

在她们手中串着的项链的淡淡回光中，她们似乎看到了演员的坎肩，传奇剧中国王的绣花袍子。

夏天，到了淡季，活计就要少些。在炎暑中，当百叶窗外传来街上叫卖米拉别里和莱茵克洛德声时[①]，师傅们脑袋偎着桌子就睡不踏实。而有时玛尔文娜去后头房间找勒·米勒小姐借套《万象》杂志来朗诵给大伙儿听。

但小谢伯不喜欢小说。她头脑里有自己的小说，它比所有这些小说要有趣得多。

———————

　① 米拉别里——一种黄色的小李子。莱茵克洛德——一种大而味甜多汁的李子。

33

什么都不能使她忘怀于工厂。早晨挽着父亲胳膊打家里出来，她总要朝工厂那边瞄一眼。这时工厂已经醒来。

烟囱向空中喷出了第一道黑色烟柱。从一旁经过时，西陀涅能听到拉丝工人响亮的吆喝声。印刷机床沉闷的冲击声、机器强大而有节奏的呼吸——而这个殷殷如雷的劳动号子，每次都像在紧紧追着她，和她脑海里对往日的欢乐和蓝色马车的回想绞成一片。

它使她听不到辚辚的公共马车声、街头的叫喊、玩方特游戏的喧闹；而且在作坊挑选珍珠的时候，晚上在自己家里撂下饭碗跑到楼台窗口换换空气、看看空旷的沉浸在一片昏暗中的工厂的时候——这个号子声还不断在她耳边响着，像在为她的思绪作无休止伴奏。

"孩子太寂寞了，谢伯太太……该让她散散心。下星期天我带你们大家到郊外去。"

但是，黎斯莱为使西陀涅解闷而安排的几次星期日郊游，却引起她更大的苦闷。

穷人享不得福。一到这样的日子害得她们清早四点就都起来了，因为临到最后一分钟总还有缺这短那的事，或是什么还得熨熨平整，或是得给那件忠实的、每年谢伯太太都想要给它放长的紫底白道连衣裙钉上些什么小花样，好让它显得精神些。

所有人统统都去：谢伯家、黎斯莱家、有名的德洛贝尔。只有戴西蕾和母亲不参加这些郊游。羞于自己是个残废的可怜瘸姑娘不想离开大扶手椅，因而母亲也留在家里，免得女儿寂寞。再说不管是女儿或母亲都没有一件像样的衣服能和她们的大人物一起到街上露面——这会大大破坏他仪表所产生的全部效果。

在出发途中，西陀涅情绪显得活跃了一些。沉浸在六月天玫瑰色朝霭中的巴黎，五色杂陈的车站，车窗两旁绿油油的田野，车开动了，一阵清冽的空气由于接近塞纳河而变得湿润，并充溢着森林、茂草和打苞的庄稼香味——所有这些使她顿时感到心旷神怡。但这样的郊游一成了俗套很快就使她感得腻烦。

可不是，每次都是一个样。

他们时常在一家下等小酒馆，在乡下人办吉庆喜事的附近，在人多嘈杂的地方停下来，因为德洛贝尔需要观众。他穿着灰色的服装，系着灰色的护腿套，歪戴着一顶小帽子，一手搭着浅色的大衣踱过来踱过去，给自己的幻想弄得昏昏沉沉：他感到似乎自己置身于一幕表现巴黎郊区农村的场景里，扮演着一个在郊外避暑的巴黎客。

至于谢伯，这个自诩像已故的让·雅克·卢梭[①]一样酷爱自然的人，他就认为爱自然不外是射击、赛马、打包围、狼烟蔽天和嘟嘟笛声。所有这些，其实也是谢伯太太心目中乡村生活的最高境界。

但西陀涅有另一种最高境界，而且在这种星期天里出现在农村街道上的那份热闹也着实勾起她的苦闷。在这样熙熙攘攘的环境里，她唯一的满足是意识到有人在看她。来自任何一个粗俗男人的天真的不加顾忌的赞美，都能使她整天地脸上挂起笑容，因为她属于那些从不拒绝任何赞语的女性之列。

有时，黎斯莱让谢伯夫妇和德洛贝尔去自行散步，自己偕同弟弟和"囡囡"跑到田里采花，他拿这些花作自己的花纸模型。细高个法朗士伸出长长的双臂攀着山楂树高高的枝丫，

---

① 让·雅克·卢梭（1712-1778）——伟大的法国启蒙思想家。要求"回到自然去"是卢氏学说的一个重要的组成部分。

要不就爬到哪个公园的围墙上，折一些探出墙来的嫩梢。但最丰富的收获是上河岸去采集。

在那儿能遇到长长的茎须蜷曲的蔓生植物——确实是花纸的绝妙蓝本——高高直立的芦苇，和出人意料地绽放出一幅离奇图案的旋花，像人面一样从迷人的绿叶丛中窥视着……在把这些花扎成花束的过程中，黎斯莱艺术地搭配着花色，对每种植物的自然本性充满着灵感，对那些娇嫩异常很快就成明日黄花的，尽量抓住它开着时候的美质。

待编完花束，找了根如带的宽草把它捆上后，让法朗士背着——开路！被自己的杰作弄得入迷的黎斯莱连走路都在不断探索着画面和各种不同组合。

"你看呢，囡囡……要是这枝有白色小铃铛的铃兰和野蔷薇配在一起，你觉得怎么样？……它在湖色或浅灰底色上就会显得非常可爱。"

但西陀涅既不喜欢铃兰也不喜欢野蔷薇。在她看来，野花是穷人家的花，就好比她那件浅紫色的连衣裙。

她想到的是另一些花，即她在伽蒂努瓦的萨维纳城堡里所见的，在暖房里，在凉台栏杆上，在整个铺着沙子和摆满大高脚花盆的庭院四周那种。

这才是她所爱的花，才是她心目中的乡村风光！

对萨维纳城堡的回忆，跟着她到处浮动。在随便经过一个公园的栅栏时，她就要停下来望望那笔直的平坦的林荫道，这大概是直通到台阶去的……那些大树荫下的小草坪、傍水而筑的静谧的花坛，往往使她想起另一些小草坪和花坛。这些奢华的幻象与回忆交织一起，把休憩日的游兴都败尽了。但最痛苦的还是归去。

巴黎郊区的小站，一到星期天傍晚，其拥挤和窒闷可说是难以想象。这儿有多少人在假充欢畅，装卖笑，扯起破喉声如哀号似的歌唱。……可是谢伯先生却感到自己在这里是多么对劲……

他可以在售票房的小窗口旁瞎挤一阵，为车子晚点而怒形于色，大肆申斥车站站长、铁路公司和政府，并在大众面前向德洛贝尔故作惊人之语："呃……这叫什么! 要是这种事发生在美国……"而名演员在回答"可以想象"时的那种富有表现力的面部表情和意味深长的样子——往往使周围群众认为，这些先生当真知道要是在美国遇到类似情况会发生什么事情。实际上，两个人谁也不知道会有什么事情，不过诸如此类的议论能在群众心目中抬高他们的身价。

西陀涅坐在法朗士边上，膝上搁着法朗士的半拉花束，在疲惫的等车中仿佛已融化在四周的人海里。从只有一盏灯光照明的候车室望出去，她看到了暮色苍茫中的树木、林子那边有个什么地方还闪烁着彩灯的灯光，看到了黑黝黝的农村街道、陆续上来的人群和空旷的月台上的吊灯。

有时玻璃门外来了一辆火车，冒着一溜火星和团团蒸汽，没有停下就疾驰而去，车站顿时就闹翻了天——叫喊声、跺脚声，但所有这些声音都盖不住谢伯先生像海鸥叫的那种钻人心肺的假嗓，他嗓叫着："把门砸开! 把门砸开……"不过，他自己是怎么也不会干这个事的，他对宪兵怕得要死，一会儿以后风平浪静。妇女们，一个个疲惫不堪，让风吹得披头散发，蜷在长凳上打起盹来，揉绉的连衣裙，撕破的三角头巾，白色的敞胸时装——全落满了灰尘。

连这里呼吸的也多半是灰尘。

它从衣服上往下落，由脚下升起，使灯光失色，把眼睛迷住，像团团浮云裹住了一张张愁苦的脸。一节节车厢，不管走到哪里，经过长时间停车后也满是灰尘……

西陀涅打开窗子，望着像一条没有头的暗浊带子缥缈远去的黑色原野，直到最后在要塞壁障边如繁星点点地出现了外林荫道第一批路灯。

所有这些穷人们的可怕的休息日到此结束。巴黎市容使每个人的思想回到了明天的工作。所以，不管西陀涅的星期天过得有多泄气，她还是开始惋惜它已经完了。她想起了生活得天天如同过节的富人，于是恍如做梦一样在她面前出现了白天所见的公园，在园内长长的铺满碎沙石夹道上溜达的时代的幸运儿，可是在栅栏外面，穷人的假日就这样在弥漫的尘土中一瞬即逝，他们甚至顾不上停下脚步，向里面望一望和对他们表示一下眼红。

西陀涅·谢伯十三岁至十七岁的生活就这样过去了。

岁月往复，谢伯太太的开司米披巾变得又更破旧一些，浅紫色的小连衣裙又经历了几番改制——整个情况也就是如此。可就是，随着西陀涅的长高，那个已然是成熟的青年的法朗士，也就越来越多地向她瞟去温情脉脉的眼光和对她流露爱情的关注，明眼人一望即知，除了年轻姑娘本人。

其实，她对什么都不感兴趣，这个小谢伯。

在作坊里她按部就班低头干着自己的活儿，既不作长期打算，也不想金钱上能多收入一些。她所做的事情，对她来说都像是一种临时将就。

法朗士则恰恰相反，一个时期以来，他以一种非凡的热情，像一个要坚决追求某种目标的人那样勤奋地学习着，而且在二十四岁那年，以名列第二的成绩毕业于国民工程师学校。

在那个有重大意义的日子，黎斯莱带谢伯母女去奇姆那兹剧院看戏，并整个晚上却与谢伯太太交换着一些手势，在这对年轻人背后互递着眼色。当从剧院出来时，谢伯太太像大功告成似的把西陀涅的手塞进了法朗士的胳臂里，好像是向这个年轻恋人说："现在您自己去解这个扣吧……这是您的事了。"

于是可怜的恋人想解解试试。

从奇姆那兹剧院到马莱路程是够长的。才出去几步路，林荫道的繁华景象就渐渐归于冷落，行人道变得越来越暗，路上行人越来越少。法朗士开始从剧本谈起……他是如此地喜欢多愁善感的喜剧……

"你呢，西陀涅？"

"我？您是知道的，对我来说最主要的是衣裳。"

也确实是这样，在剧院里她没有任何能引人注目的东西。她不是那种从舞台回家就有现成的情话来迷惑剧中主人公的包法利夫人型的多愁善感的女人。不！剧院只能唤起她对奢华的疯狂渴慕和对雍容华贵气派的追求；她在剧院里所见只是发髻的样子和连衣裙的款式……女演员招摇的时新服装，她们的步态，她们那种造作的上流社会的说话口气——在她看来这是高尚的贵族风度，还有镀金结构的俗气的光泽，进口处明亮的灯光广告，大门前的轿式马车，以及所有围绕着时髦剧本发出的轻浮浅薄的喧闹，这就是她所爱的，是她为之倾倒的。

恋人又继续着："谈情那一场他们做得有多好！"

说着，他温柔地向系着一顶白羊毛风帽，下面露着鬈发的小脑袋偎拢去。

西陀涅叹了口气："哎，真的！谈情那场女演员浑身都是亮晶晶的钻石！"

一时间又陷入了沉默。可怜的法朗士感到真是非常难于启齿。他找不到想说的句子，外加他胆怯得厉害。为了强迫自己一定得说出来，他给自己限定好时间："到通过圣丹尼门的时候……到经过街心花园的时候……"

可是西陀涅突然开始聊起了那些无关痛痒的事情，结果使他那些求爱的话都只好搁在嘴里；要不就是有辆马车挡住了去路，又使家长们有追上他们的时间。

最后，在到达马莱时，他突然下了决心："您听着，西陀涅……我爱您……"

那天夜里，德洛贝尔家迟迟没有就寝。

这些不知劳累的妇女已经养成了一种习惯，自己的工作日能抻多长就抻多长，而且在白拉克这条静静的街上，她们通常是最后一批熄灯的几户人家之一。母亲和女儿总要等到她们家的大人物回来，并在热炉灰上为他搁着一份提神的夜宵。

当年，在德洛贝尔上台演戏那时节，这还有那么一点意思：当演员的得提前吃晚饭，而且不能吃得过饱，待离开剧院时已然肚中空空，所以一回到家应该再吃点什么。

德洛贝尔已经早就不演戏了，但，并没有权利，像他所说的，谢绝舞台，他保留着上千种的戏剧界习惯来支持自己的狂谵妄想。消夜餐就是其中之一，还有每天回家不能早于林荫道最后一盏脚灯熄灭。不吃夜宵睡觉，与所有的人同一个时间回家——这就意味着投降，放弃斗争。而他则，见他的鬼去，说什么也不能接受！

在我们所说的那天夜里，演员迟迟没有回来，因而尽管已是深更半夜，两个妇女还在一面干着活等他，一面有声有色地谈天。整个晚上她们都是谈法朗士的事，他的成就和前途。

"现在，"德洛贝尔太太说，"他就只剩给自己找个好妻子啦。"

　　戴西蕾也是所见略同。法朗士要想幸福美满，就差一个好妻子。精明、能干、爱劳动，能为他作出一切牺牲。要说戴西蕾对这个问题竟然会谈得那样头头是道，那仅仅是因为她心里已经有一个影子，这个人对法朗士·黎斯莱来说是如此地合适……这姑娘只比他年轻一岁，可说是完全合符既比自己丈夫年轻同时又能像母亲那样疼他的诸方面要求。

　　……她漂亮吗？

　　并没有说她漂亮，但你要说她不好看，毕竟还是非常可爱，尽管身上有残疾——可怜的姑娘是个瘸子！要不然，她该是个多么聪明，多么温柔，多么知道疼人的姑娘！

　　除了戴西蕾，谁也不知道这姑娘是多么爱法朗士，而且多少年来是怎样地在日夜想念他。他本人却什么也没看出来，倒是单单看中了还是个女孩子的西陀涅。但这还不是一样！缄默的爱情胜于雄辩，无言的真情最有力量……谁知道？可能，不定什么时候……

　　于是可怜的瘸姑娘一面低头做活，一面思想又跑到幻想之国作了一次遨游，这样的神游她已经做了那么多次，坐在自己的破扶手椅上，两脚踏着小板凳；现在她又作了一次令人神往的遨游，从这样的遨游中每次她都是春风满面地幸福归来，像个可爱的妻子那样随便地靠着自己的法朗士的手臂。她的手指也仿佛在随着自己的幻想奔驰，一到这个时候，她手中握着的小鸟就会展开它那打皱的小翅膀，似乎也准备振翅远飞，喜气盈盈，同她本人一样。

　　突然房门开了。

　　"我是不是会打搅您呀？"有个喜不自禁的声音在说话。

　　已经在打瞌睡的德洛贝尔妈妈，马上抬起了脑袋。

　　"啊，是您，法朗士先生……请进来，进来吧。您知道，我们在等她父亲……唉，要说这些演员真是霸道……总是那么晚才回来。请坐……您和他一起吃点夜宵。"

"不，谢谢您，"法朗士回答，由于激动，他的嘴唇现在还在发白，"谢谢您，我只待一会儿。我看到门缝里有亮就进来了，就是想告诉您……想告诉您一个好消息。它会使您感到高兴，因为我知道，您疼我……"

"我的上帝，究竟是怎么回事呀？"

"法朗士·黎斯莱和西陀涅小姐订婚了！"

"嗨，我不是才讲吗，他只缺一个好妻子！"德洛贝尔太太叫唤着，抱住了他的脖子。

戴西蕾一句话都说不出来。她身子对着活计越弯越低，这个时候法朗士除了自己的幸福之外，眼前什么东西都看不到，而德洛贝尔太太一心只望着钟点，等着家里的大人物——谁也没有注意到这可怜的瘸姑娘的激动和骤然发白的脸色；谁也没有看到，小鸟在怎样的一颤之下僵在她的手中，它向后弯着脑袋，仿佛受了致命的创伤。

四

萨维纳的流萤

上奥尔热－萨维纳

亲爱的西陀涅!

昨晚上我们在你熟悉的那个大饭厅里吃饭，在敞开的门口露着摆满花盆的凉台。我现在寂寞得难受。外公整个早晨都在发脾气，可怜的妈妈怕得都不做声——他一蹙眉头总会使她感到那样恐惧。我不由在想，正当盛夏时节，一个人在这样幽雅的角落是多么遗憾，而且我现在已经出了修道院并且该在乡村度一整个夏了，要是像从前那样身旁有个人，能和他到林子里和花园小路上跑跑该有多好。

的确，乔治有时也上我这儿来，可他总是来得很晚，总在晚饭前，而一早我还睡着，他就和爸爸走了。再说乔治先生现在显得一本正经似的。他在工厂工作，有些业务也时常挤得他蹙着个眉头。

……外公突然转到我这儿来，把我的思路打断了："你那西陀涅最近怎么样? ……要是她能上这儿来做客我很高兴。"

你可以想象，我是多么巴望有这句话! 这下我们又能重新见面，恢复中断了的友谊，以往的事与其说是我们自己的过错，不如说是因为环境。我们彼此该有多少话要说!

就数你有本事，能使脾气暴躁的外公变得心情舒畅，而现在，你当然又会带来欢乐，我们，说实在，生活里很少乐趣。

要是你能知道，我们幽雅的萨维纳有多么僻静！有时一早起，我心血来潮，想撒一阵疯。我穿上衣服，把自己打扮得漂漂亮亮的，但当我披着鬈发，穿着艳丽的连衣裙在夹道里四处溜达时，我就会突然发现，我这是在为天鹅、鸭子，为我的小狗凯丝和那些到我走过草地时连身子都不转的奶牛费神。一赌气我就急忙回家了，换上亚麻布的连衣裙，到农场，到洗食器室，像蜻蜓点水处处都去张罗一下。你知道，这样我都开始认为寂寞对我有好处，最终我会变成一个出色的女主人……

幸而打猎的季节快到了，指望到那时可以稍为解解闷气。第一，乔治和爸爸——他俩都是打猎迷——会更经常地上这来。其次——你要到这来……你会马上写信告诉我说你会来的，是吧？黎斯莱先生不久前说你身体不太好，新鲜空气对你将会非常有益。

全家都在这儿等你，而我……我简直都快急死了。

克莱尔

信封口以后，克莱尔·弗罗蒙戴上一顶大草帽——正是八月初骄阳如火的日子——亲自把信投到小邮箱去，这儿每天早晨都有邮递员顺路把邮件取走。

邮箱在园林的尽头，马路拐角地方。克莱尔在那儿逗留了一会儿，欣赏了一下马路四周的树木和在强烈的阳光下打盹的附近田野。有一边，割麦子的正在收割最后一点破茬，略远处有人在犁着田。但所有这种闷头干活的抑郁的景象没有什么能打动年轻姑娘的地方，她正陶醉于即将与女友会面的喜悦里。

四周一片寂静。地平线那边高高的山岗上见不到一丝微风，树梢上也听不到任何声音要在姑娘心灵上引起预感，不让她把这封不祥的信发出去。于是，一回到家里，她马上吩咐就在自己卧室旁边给西陀涅收拾出一间漂亮的房间。

信，诚实地走完了自己的路程。从城堡那扇爬满紫藤和忍冬的小小绿色便门向巴黎走去，并在当天晚上，带着萨维纳的邮戳，饱含着田野的馨香来到白拉克街，进了五楼的房间。

这可真成了一件大事！信来回读了三遍，而且整个星期，直到西陀涅启程，它就在壁炉上和谢伯太太的传家宝——罩着玻璃罩子的钟和帝国风格的大高脚杯放在一起。

在西陀涅看来，这封信就类似一部奇妙的、充满着悲欢离合和信誓旦旦的传奇小说。她甚至不用打开也能念得上来，只消看一眼白信皮上的那行花体字：克莱尔·弗罗蒙。

现在已不是谈结婚问题的时候。最要紧的是决定——她去城堡旅行该穿什么衣服。得忙着张罗裁剪、连缀、试衣服样式、女帽……可怜的法朗士！在做这些准备工作时他的心情是多么沉重！本来，就算没有这个事，西陀涅还在想法搪塞，把婚期一拖再拖，而此一去——他对萨维纳之行曾小心翼翼表示过反对——就会使他们的婚期变得遥遥无期。

他不能跑去和她相会；而一旦她去到那里，掉到了花天酒地的环境里——谁知道她又会在那里逗留多长时间？

不幸的恋人不时地去找德洛贝尔太太，陈诉自己的心境，可就是一次也没注意到在他出现的时候，戴西蕾是多么冲动地一下站起来，在自己身边给他让出一块地方，接着又怎么面红耳赤地垂下发亮的眼睛默默坐下。

母亲和女儿已经有几天没有做各式虫鸟饰品的活了。她们在为西陀涅的连衣裙镶制玫瑰花的裙裾，可怜的残废姑娘还从来没有这样兴致勃勃地做过女红。

这个小戴西蕾真不愧为德洛贝尔的女儿！

她从父亲那里秉承了经常以错觉来迷惑自己和说什么也不丧失信心的才能。

每当法朗士向她谈起自己爱情上的伤心事，戴西蕾就幻想，一旦西陀涅走后他将会天天上自己这儿来，哪怕是为了谈谈那人；他将会在这儿，在她身边，他们将在一起不睡不眠，等候"父亲"，而且可能，不定哪个晚上，眼睛向她一瞟，他会识别出真正懂得爱情的妇女与光要别人爱她的妇女之间的差别。

因而，一想到在连衣裙上每落下一个新的针脚，就会使如此急不可待的行期赶前一步时，她的针线就变得异乎寻常地神速，而可怜的恋人则可怕地看到自己的眼圈像微波荡漾，长起了一大堆褶子和皱纹。

待玫瑰花连衣裙准备就绪，谢伯小姐就上萨维纳去了。

伽蒂努瓦的城堡坐落于奥尔热盆地，在一条别具风格的，有着自己磨坊、小洲、闸门，在陡峭的岸坡上长满一片绿茵的小河边。

这是一所路德维克十五风格的老式房子，矮矮的房身和很高的屋顶，有着一种庄严而使人感到压抑的外貌和保留着说明是旧时贵族私邸的全部特征：那儿不但有宽广得不一般的凉台，还有长锈的铁栏杆悬楼，以及古老的、受到雨水侵蚀，年长日久变成褐色的石花盆，在这种底色的衬托下，盆里的鲜花显得格外精神……渐渐向远处隐没的，是两道已经半倾颓了的围墙，缓斜地直通河边。围墙上空耸立着城堡高高的石板瓦屋顶，而离这不远能看到盖着红瓦的农场房舍和壮观的园林，椴树、白蜡、杨树和栗子树汇成了一片郁郁葱葱密不透风的林带，间或有一些透光的林间小道把它们从中切开。

但这所古老的庄园的最大魅力是水，她以自己奇妙的潺潺低语使这块寂静的土地充满生机，给这幅风景画增添了一种壮丽的色彩。除了河道，萨维纳还有形形色色的溪流、喷泉和池塘，这些水流反映出来的夕照是如此的美。这种丰富的水源使这所古老的房子变得超尘脱俗，它满身青苔，苍翠斑驳——好像小河边的一块石头。

遗憾的是，这种城堡，如同暴发户和投机商猎获的巴黎近郊那些令人眼热的夏宫——主人与城堡本身显得如此地不相协调。

伽蒂努瓦老头买下这所庄园后，他干的尽是大煞风景的事：他为了开阔，把树砍掉，为防范小偷，在园林四周筑起了歪歪扭扭的篱笆，而他真正关心的仅仅是那一大片能给他带来丰富的水果和蔬菜的园圃，在他看来这才更像是他的土地，一个农民的土地。

至于那些有彩绘的嵌板，画面在秋雾的不断侵袭下已经逐渐发乌的大厅，那些长满丝菌的人工湖，砌面出现气孔和蜂窝的石桥和假山——所有这些在他看来只有一个用处，就是唤起参观者的惊喜并产生一种能满足这个老牲口贩子虚荣心的想法——城堡！

上了年纪以后，伽蒂努瓦既不能再去打猎，也不能去钓鱼，他一天到晚就是盯着大庄园日常生活中那些不值一提的鸡毛蒜皮的事。母鸡饲料啦，最近一茬草的卖价啦，垛得像个蔚为奇观的圆形大草棚的草捆数字啦，所有这些能招他唠叨一整天。所以当你从远处眺望这美丽的萨维纳，一眼望见小岗上的这座城堡，脚下淌着一条水清如镜的小河，望见高高的爬满常青藤的凉台，以及为园林垫出一个雄伟斜坡的石砌阶梯时，谁也不能相信它的主人竟是这么个猥琐而浅薄的人。

像伽蒂努瓦这样的人，一旦有钱就胸无大志，他在巴黎感到很无聊，因而长年住在萨维纳，一到夏天弗罗蒙家的人就常上这儿来。

弗罗蒙太太是个性情平和，智商不高的女人。父亲的粗暴专制从小养成她盲目服从的习惯，这种习惯就是在婚后也没有能摆脱掉：弗罗蒙先生的温良和一贯的体贴都不能把这个女人的唯命是从、谨小慎微的性格改过来。

她从不插手事务，而且当自己不知不觉已经成为一个女财主的时候，也丝毫没有表露过要享受自己财富的意思。她那阔气的巴黎住宅，还有父亲那座浮华的城堡使她感到拘束。她尽量想做到不引人注目，她生活中只有一种爱好——洁癖，一种古怪而骇人听闻的洁癖：她不停地打扫、擦拭、掸尘，不知疲累地一定要叫所有镜子，镀金的地方和门窗的三角楣饰都放出光来。

当她再没有什么可擦的时候，这个奇怪的女人就开始擦自己的戒指，表链，胸针；她把宝石首饰和珍珠都拿来洗，那样使劲地擦着订婚戒指上自己的名字和丈夫的名字，以至最终把所有的字母都擦掉了。她这种瘾头到了萨维纳也没丢掉。她把林子夹道上的枯枝拣在一起，用阳伞顶子把长凳上的青苔刮掉，还准备把那些老树树叶上的灰尘打掉并把树干刮干净。常常，当坐车经过铁路线时，她会羡慕地看着沿途一连串小小的别墅，那么白。那么干净，装点着耀眼的铜饰和用不列颠金属做的圆球，和那些又长又窄颇像五斗橱的小花园，这才是她理想的郊区住宅。

弗罗蒙先生，他只是短时间来住一下而且总是牵挂着工作，所以几乎没享受萨维纳的生活，唯有克莱尔一个人把这个美丽的园林当作自己的家一样。她熟悉那儿的每一条小路，同时像所有独生孩子那样不得不安于自己的独来独往。为了给自己找快乐，她变着花样地溜达，去观察各种花怎么开，她有自己心爱的林荫小道，自己心爱的树，自己心爱的看书的长凳。每次吃饭打钟她总是还在她的领地里。然后气喘吁吁，仿佛才洗了一次新鲜的空气浴似的高兴地出现在饭桌边。在她那张小脸蛋上经常还留有山毛榉滑过的印迹，像是给这张小脸按上了一个凄清而妩媚的印记，而在她的一双大眼睛里，仿佛还倒映着渗透阳光的绿波池心。

美丽的庄园正好把她从周围环境的庸俗和鄙陋中解救出来。伽蒂努瓦可以一小时接一小时地在她面前抱怨供货商和佣人的不诚实，计算着他一个月，一个礼拜，一天，一分钟给偷掉多少东西；弗罗蒙太太可以一有机会就诉苦，说耗子、谷蛾、灰尘和潮气在进攻她的衣柜和疯狂地毁坏她的东西。这些无法对答的谈话在克莱尔脑子里一个字也留不住。上草地一散步，到池塘边看会儿书，她那健康而乐观的本性马上就恢复了平静。

外公认为她是个奇怪的精灵，跟他们家的人完全不一样。还是个小孩子的时候，她就睁着自己的一双大眼睛，用明亮的目光和正确的表达弄得他发窘。还有，她长得跟他那位萎靡不振的孝顺女儿没有一处像的地方。

"这将来定是一个桀骜不驯的怪女人，跟她父亲一样。"遇到不顺心的时候他就这样说。

然而他对偶尔来萨维纳作客的小西陀涅是多喜欢啊！在她身上他觉得至少有和自己相近的普通人的天性，具有虚荣和嫉妒的素质，这从她隐藏在嘴角边的微笑中可以看得出来。

况且他的财富时时引起女孩子天真的惊讶和赞叹，这可是大大满足了暴发户的自尊心，有时他一逗弄她，她就会迸出一些巴黎丫头的捉狭话来回答他，地道是普通老百姓的粗俗话语，更由于这些话语和她那张白嫩的脸蛋如此格格不入，所以听来格外有意思，要说她的脸，尽管有几分贫气，但毕竟雕琢非常精致。无怪老头总是想着西陀涅。

这次西陀涅是在很长一段时间没有露面以后出现在萨维纳的。她那轻柔如丝的头发，匀称的身材，活泼喜兴的脸蛋兼带着像商店女售货员那种有些古怪的文雅，使她在城堡获得了极大的成功。在等着会见女孩的老伽蒂努瓦，一看自己面前站着个大姑娘感到非常惊奇，他发现她出落得更漂亮了，特别是——衣着比克莱尔强得多。

而说实在，当西陀涅小姐坐在城堡派去接她的马车里时，她的外貌看来并不太蠢，虽然美中不足的是她不具备构成她女友的那种美和魅力的东西——仪态从容，举止自然，主要是自信。在她那招人喜欢的姿色里，存在着某种与身上衣服相似的地方，这衣服，不说是由破布头，也是由一种廉价料子制成的，不过做工很出色，而且有着"时髦"这个变化无常的有力的菲亚①的印记，花哨而新奇。巴黎有不少女人，好像天生就是这类时装的衣服架子：她们无所谓发型和打扮，因为她们没有自己的型式。漂亮的谢伯小姐也属于这等女人。

当马车进入百年老榆树夹道，贴着天鹅绒般绿茵转动时，她的心头是何等兴奋！在夹道尽头，萨维纳敞开了自己大门等候她。从这天起她可以开始过她梦寐以求的仙家生活了。在这里，奢华以其千姿百态呈现在她面前：华美的沙发，亮堂

---

① 菲亚——西欧神话中的仙女，能给人带来幸福或祸害。

的内室，暖花房和马厩里的稀世奇珍……

所有日常生活中的小玩意都浸透着这种奢华，那名贵而浓郁的香水，只消洒上一滴就足使整个房间香气氤氲。她一会儿引人注目地出现在席间的花篮丛中，一会儿又在无所事事的佣人为弗罗蒙太太喊起"吩咐……套车……"的冷冰冰的拖沓声中飘然逸去。

在这种豪门巨室的环境里，西陀涅感到多么舒畅！这种生活与她是多么相称！她似乎觉得她从来就没有过过别的生活。

但突然，正当她兴高采烈之际，法朗士来了一封信，使她回到了现实，回到了将成为一个政府小职员妻子的可悲地位，他们将在一所黑暗住房的上层租一间又小又简陋的房间住下；她甚至觉得她已经呼吸到了贫苦生活的沉重而窒息的空气。

把婚事搅了？

当然，她可以这样做，原本就是口说无凭。但，和法朗士断了，以后会不会感到可惜？

有一种确实使人难以置信的思想在这个耽于虚荣的小脑袋里徘徊。有时伽蒂努瓦，这个为了她而与自己的老式猎人上衣和毛坎肩分离的老外公，向她开着玩笑或拿一些她所避讳的事逗她，故意招她做出一些轻佻的样子或抗议，遇到那样情况，她并不作什么答复，只是直勾勾和冷冷地望着他的眼睛。唉，哪怕他能年轻十岁呢！……但想成为伽蒂努瓦夫人的念头并没存在很久。一张新鲜的面孔，和与之同来的新的希望闯进了她的生活。

自西陀涅来后，乔治·弗罗蒙几乎变得天天都上萨维纳来吃晚饭，过去他只是星期天才待在萨维纳。

这是一个身材高高的青年，脆弱、白皙、姿态文雅。由于父母早亡，收养在舅舅弗罗蒙家里，而且将继承他的产业，显然他还要成为克莱尔的丈夫。这种坐享其成的前程，使弗罗蒙成为一个无所用心的人。他对经营管理根本不感兴趣。对表妹呢？他们之间有着明显的因为一起长大所产生的亲切的关系和传统上的信赖——至少其他方面再没有别的了。

反之，在与西陀涅交往中他马上有一种不同的感觉：他感到难为情、胆怯，但同时又想给她一个好印象。她那不十分自然的略带俗气的袅袅婷婷的体态，不能不招引纨绔子弟的喜欢，于是西陀涅很快就觉察到他给她迷住了。

当女友们在园林闲步的时候，西陀涅总是第一个想到从巴黎开来的列车时刻，姑娘们一起去栅门等候客人，乔治的第一眼总是给谢伯小姐，不错，她站的地方比克莱尔要稍靠后一步，可是拿的姿势和作出的那种样子不能不惹人注目。他们之间的这种游戏已经有一段时间了。他们没有互倾情愫，但他们说的话，一颦一笑，都充满一种默契和余音未绝的味道。

有一次在一个起云的闷热的夜晚，女友俩饭后上园林里去，当她们在山毛榉夹道上散步时，乔治也参加了进来。

三个人踩着脚下喀吱作响的小石子一步步走着，融洽地交谈着，这时突然听见城堡那边响起了弗罗蒙太太的声音，她在唤克莱尔。这样就留下乔治和西陀涅俩了。他们继续在夹道的依稀发白的沙子上走着，默默地谁也不挨着谁。

暖洋洋的微风轻轻摆动着山毛榉叶子。池水缓缓激荡着水面的小跳板，菩提树和洋槐的落花在充电的气涡里随风旋转，空气弥漫着一片芳香……这两个年轻人炭炭然如处于大雷雨来临前的氛围中，紧张而激动。在他们惶惑的眼睛深处闪起了炽烈的闪电，犹如此时在地平线上的闪闪雷火。

"哎哟，多可爱的萤火虫！……"突然西陀涅说，像是要缓和一下压得她难受的，只能听到一些诡秘的沙沙声的寂静气氛。

在小草地的边缘，青草丛中闪烁着绿光荧荧的萤火虫。

西陀涅俯下身去，想抓个萤火虫在手套上看看。乔治曲着一条腿跪在她的边上，两人探身抓萤火虫不要紧，他们的头发和脸颊碰到了一起，一下子你望着我，我望着你。这时一个绿色的光点从她低垂的脸下飞起，颤动在她鬓发的网纱上，在这荧荧绿光下她在他面前显得是多么奇异和可爱！……他一手搂住了她的腰，在感觉她没有反抗的意思时，就猛然紧紧地和她作了一次久久的热情的拥抱。

"你们在那里找什么？"背后，在黑地里，响起了克莱尔的声音。

乔治的嗓子激动得发不出声，他哆嗦得厉害，一句话也答不上来，西陀涅则相反，沉着地站起身来，一面整理着裙子：

"抓萤火虫……你看，今天有多少流萤！它们闪得有多好看！"

她的眼睛也闪耀着一种特殊光辉。

"好像要有雷雨……"乔治低声地自言自语，身上还不住打着哆嗦。

说着还真的来了雷雨，团团灰尘和树叶突然像旋风一样从夹道这一头刮向那一头去。年轻的人们还没走出几步，三人就都回到客厅里去了。姑娘们拿起了针线，乔治装着看报样子，弗罗蒙太太像往常一样揩擦起自己的戒指项链，而伽蒂努瓦先生与女婿在隔壁房间打台球。

西陀涅感到这一阵子过得有多慢！她尽想着能快点走开，让自己一个人好好想想。

当她躲进自己小房间的寂静中，最终为了嫌光线太强会把她的幻想轰跑而把灯也熄了的时候，她对那些再也没有什么没想到的计划是感到多么高兴……乔治爱她！乔治·弗罗蒙，工厂继承人……他们要结婚，她要成为女财主……

爱情的第一次亲吻在她精明的小心眼里激起的只是虚荣和享受的念头。

为了更好地印证情人的真心，她竭力在记忆里再现菩提树下那一幕的细情末节，回想他眼睛的表情，他拥抱时的劲头，和在那萤火虫的鬼眨眼中，这个将永远铭记在她心头的庄严的时刻，嘴对着嘴所许下的山盟海誓。

咳，这些流萤！整宵，就同星星一样，它们在她合上的眼前一闪一闪。

整个园林，直至最暗的夹道都飞满了萤火虫。它们像小灯一样点燃在草地边沿、树上，灌木丛里……在每条小路的细砂石上，在池水的每一道涟漪里，都泛起了璀璨的绿色光焰，而所有这些密密麻麻的小电珠好像是萨维纳在为她张灯结彩，庆祝乔治与西陀涅的订婚。

当她第二天早晨一起床——她已计划成熟。乔治爱她，这一点无庸置疑。但他是不是考虑跟她结婚？……当然不！逢场作戏，她很清楚，这问题他连想都不会去想。但这也吓不住她。她觉得自己要掌握他这颗软弱而同时又情热的幼稚的心绰绰有余。只要给他来一个欲擒故纵，她也这样做了。

在几天时间里她对乔治不闻不问，冷若冰霜，装作什么也不理会，记不得有这回事。他想要和她谈谈，再领略一下幸福的时光，但她总是躲着他，从不单独和他在一起。

于是他开始给她写信。

他亲自把信拿去藏在园林尽头的一个岩壁洞里，旁边就是那个用草檐遮着的，叫做"幽灵"的清澈的泉源。

西陀涅认为这非常有意思。本来，夜里一个人要上"幽灵"去，就得要撒谎，要想出个什么借口。夹道上憧憧的树影，暗得骇人的夜色，匆匆的脚步和激动，堵得她的心美滋滋地直跳。她找到了浸过露水和透着冰冷寒气的信，它在月光下白得那么耀眼，她急忙把它藏起来，害怕有人看到。

而后，光剩她一个人时——她是何等哆嗦地把信拆开和认着这些使人心醉的字字行行和绵绵情话啊！……她似乎觉得每个字都在发亮，冒出一圈圈浅蓝的和金黄色的光芒，那么花眼，就像她是在强烈的阳光下看这封信。

"我爱您……您爱我……"乔治不厌其烦地唱着一个调子。

开始她没作答复，但当她感到他已经整个地掉进了情网，感到他已经在她掌握之中并因为她的冷酷而陷于绝望时——她才直接声明："我所能爱的只是丈夫。"

哦，这小谢伯已经是个真正的女人啦！……

五
人尽可夫

到了九月。

打猎的季节给城堡引来了许多伙伴——一帮粗俗的，爱起哄的闹客。饭厅成了斋堂，客人们——富有的资产者——坐下就起不来，跟农民似的慢吞吞细嚼慢咽，吃吃歇歇。

每天有人赶着马车去接打猎的人回家。在秋天的这种薄暮时分，路上已经透着寒意。夜雾从收完庄稼的田里冉冉升起，受惊的野鸟发出惊惶的叫声在垄沟上空低低飞去，这时，夜似乎正从这些黲黪的巨干布满了整个原野的森林中慢慢爬上来。

在归途中他们点起车上的马灯，用车毯裹住腿，脸上扑过一阵阵凉爽的秋风，很快就回到了家里。灯光通明的大厅顿时充满了喧闹声和笑声。

克莱尔·弗罗蒙本来就不是这种粗人社交场中的人物，因而显得较为沉默。可是西陀涅却适逢其会，大露头角。这次旅行使得她那种巴黎女子的苍白脸色和眼睛变得光采熠熠……她懂事会打趣，当然，在她这样年龄可能懂得有点过头，因而在所有这群男人的眼里她是这里唯一值得注意的女性。她的成功最后使乔治变得如醉如痴，但他越是着迷，她就越是显得矜持。终于他决定自己非娶她不可。他像那些还没有与困难作斗争就自知必然要在困难前败下阵来的没有骨气的人一样，这回又痛下了狠心，发誓要达到这个目的……

这段时间是西陀涅有生以来最幸福的时光。各种能满足虚荣的计划自不在话下，她那善于卖弄风情和欺诳的性格，甚至能在这场因花天酒地寻欢作乐而变得蠢蠢欲动的色情事件中，显示出一种奇异的诱惑力。

周围的人怎么也没料想到。克莱尔正处在那种健康的，情窦初开的青春期，还没有完全成熟的头脑在待人接物上总是盲目信任，以为人间不可能有欺骗和出卖的事。弗罗蒙先生全然陷于事务之中。她妻子还像过去那样发狂地擦着自己的珍珠宝贝。只有老伽蒂努瓦，小眼珠跟螺丝钻那样又利又尖，对他们来说他可能是个危险人物；不过，西陀涅一直在笼络他，所以即使万一有所觉察，他也不会是那种想破坏她前途的人。

西陀涅已经在庆幸胜利，突然一个意外的惨剧使她全部希望付诸流水。

在一个星期天的上午，打猎的人从猎场回来，带回受到致命伤的弗罗蒙。一枚打向野山羊的子弹穿入了他的太阳穴。整个城堡陷于一片慌乱。

打猎的，包括无意的肇事人，纷纷离开城堡回巴黎去了。痛苦得几乎发疯的克莱尔，守在濒死的父亲床前寸步不离。黎斯莱在得知这一惨祸的消息后立即赶来接西陀涅。

临走的头天夜里，她和乔治在"幽灵"旁有一次最后约会，这是一次互相道别，短短的和难堪的相会，亲人的垂危使乔治具有一种特别庄重的神色。他们发下誓愿，海枯石烂永不变心，并商定了通信办法。而后各自离去。

漠漠归途！

西陀涅又将回到自己平凡的生活里去，神情沮丧的黎斯莱陪着她回来，对他来说，他那尊贵的店东的死亡是个沉痛的损失。西陀涅回到家里自不免又把自己在城堡时见到的主人、客人、宴会、饭食，和横祸的详情细节描绘一番。这时她精神上的真正磨难是：她为乔治朝思暮想，她如此地需要安静和不想见人！……但最可怕的还不是这个。

自西陀涅到家的头一天起，法朗士就在谢伯家占领了原有的位置，同时他那总是向她探望的眼光，总是转向她一人的话题，现在在她看来是一种令人受不了的苛求。

法朗士虽说生性腼腆和犹豫不决，可怜的小伙子也知道使用未婚夫的权利，开始表现出不耐烦情绪，结果西陀涅不得不先把自己的幻想放一放，来应承这个死乞白赖的债权人和尽量地把偿付期往后推。

可是这一天终于来到了，要滑头已经眼看不行。

她答应过法朗士，什么时候他找到相当的工作她就和他结婚，而这回就有人在南方，一家大联合工厂的铸铁厂给他一个工程师职位。他的工资要过一个朴素的生活将是完全够的。

再要打退堂鼓是不可能的了。

只好服从，或是找破裂的借口。可是有什么借口？

在这火烧眉睫的时候，她想起了戴西蕾。尽管可怜的瘸姑娘从未将自己的心事向她吐露过片言只语，西陀涅却知道她钟情于法朗士。她那骚女人的眼睛早就看出了这一点，她那明彻如镜的勾人的秋波能照出人的思想而看不到自己。

可能，她最初就有过这种想法，要是有另外一个女人爱上她那未婚夫，这也好使她在对法朗士的爱情上少些负担，就好比墓地上的纪念碑会冲淡坟墓所带来的悲戚——在她预见到前途不太美妙的节骨眼上出现了戴西蕾漂亮的面孔，使她对前途的看法也就不那么悲观了。

现在，瘸姑娘的爱情给了她一个可以不受诺言束缚的、可尊敬而又相宜的借口。

"不，妈妈，"一天她向谢伯太太表示，"我始终不同意让戴西蕾这样的女友成为一个不幸的人。良心的谴责将使我永远痛苦……可怜的戴西蕾！难道你没注意，从我回来以后，她变得多么消瘦，她望着我的时候目光是多么恳切？不，我不能使她蒙受这样的灾难，不能抢走她的法朗士。"

谢伯太太见女儿如此厚道好生喜欢，但总认为这牺牲有点过分。

"你好好想想吧，我的孩子……"她表示不同意，"我们不是有钱人家。像法朗士这样的丈夫，可不容易找。"

"那有什么！我可以不嫁人……"西陀涅坚定地表示，揣摩着自己的借口已经得逞，就决意抓住不放。什么也不能强令她改变既定的主意：不管是法朗士的眼泪，或是黎斯莱的恳求。前者因遭拒绝而陷入失望，人们甚至不想把这种不明不白的拒绝原因向他解释，而后者则由谢伯太太把自己女儿的理由装成极保密的样子传给了他。

"别怪罪她！这是个安琪儿！……"他跟弟弟说，他拼命安慰他，一面对囡囡的牺牲精神暗自钦佩。

"是啊，这是个安琪儿。"谢伯太太确认，同时她那种叹气的样子使得这个可怜的受骗的恋人都认为自己没有资格说她坏话。在绝望之余，他决定离开巴黎，但已不是去大联合工厂，而是跑到一个更远的地方去。他开始到处谋职，最后谋得了一个去伊斯梅利亚参加苏伊士地峡工程的职务。他走了，干脆就是什么也没看出来，或者说是不想理会戴西蕾的爱情；而实则，当他跑去和她告别的时候，可怜的残废姑娘曾经向他抬起美丽的羞涩的双眼，那里就清楚地写着："她不爱您，可是我呐……我是爱您的呀！”

但法朗士不认识这双眼睛里的字。

幸而，有受苦的习惯的人们，都有无穷的耐力。在自己朋友走后，可怜的残废姑娘就用她固有的可爱的本领委身于幻想——这种本领，秉承于其父又经她女性的天性的冶炼——重又精神抖擞地干起活来，一面对自己说：“我要等着他。”

于是从这时起，她让自己小鸟的翅膀张得大大的，好像所有这些鸟，一个跟一个地，正向伊斯梅利亚，向埃及飞去……可不，这路本来就是那么远嘛！

在马赛上船前，法朗士给西陀涅写了封离别信——情意绵绵而又滑稽可笑，信内一会儿纯粹是技术说明，一会又是最最伤心的离愫，不幸的工程师告知说，他将怀着一颗破碎的心坐“老爷”号这艘“1500马力客货混合轮”离去，像是想拿这巨大的马力引起负心女子怜悯并让她去抱憾终身。可是在西陀涅脑子里，装的完全是另一个人。

她开始对乔治的沉默感到不安。自萨维纳一别，到现在她只收到他一封信。她所去的信都似石沉大海。对，她也曾向黎斯莱那儿了解，乔治很忙，舅舅身后的工厂事务交给了他，现在他身上责任很重。可是，无论如何不能一个字也没有呀！……

她已向父母请准不再到勒·米勒小姐那儿去，这时楼台又成了她终日沉思默想的观察所，她从窗口窥视着自己的情人，盯着他怎么在院子里、作坊里进进出出，临到晚上去萨维纳时，她望着他怎样坐进马车到近几个月来在乡村外公那里居丧的姑妈和表妹那儿去。

这些观察使她坐立不安，心里害怕，而近在咫尺的工厂足以使她感到和乔治如隔重山。真是不堪设想：她只消稍稍纵声一叫，他就会回过头来！他们不就是一墙之隔吗？可同时彼此又是相去万里！……

……小谢伯，您还记得那个愁人的冬夜吧，那时善人黎斯莱脸上带着一种说不出的异常的表情跑到您父母的跟前说："重大消息！"

对，这确实是重大消息。

乔治·弗罗蒙刚刚通知他，说是遵照舅父遗愿，他将和自己表妹克莱尔结婚；同时因为他一个人对工厂照顾不过来，他决定让他，黎斯莱，成为自己合伙人，并把厂子定名为：弗罗蒙小弟与黎斯莱大哥。

亲爱的小谢伯，当听到工厂从您身旁溜走，另一个女人占据了您位置的消息时，您怎么居然能面不改色？这是个多么糟糕的夜晚！……谢伯太太在桌旁补着什么东西，谢伯先生在火前烤他那件因在雨中长途跋涉而湿透的衣服。可怜的家具——一副凄惨、悲凉颜色……灯光昏昏然，房间里还飘着那顿菲薄的晚餐所留下的穷家小户残羹剩饭的气味。而这时还有这个黎斯莱，兴奋得手舞足蹈地在说着什么，在做着计划……

此情此景压得您的心发痛，情人的变心，要是比起从您伸长的手中滑掉的财产和您命里注定要过的丑死人的贫穷生活，似乎还要可怕……

在这种心劳日拙的景况下，西陀涅病倒了。

有时她在床上一听到窗帘后面玻璃的震动，不幸的女子总觉得似乎是乔治的结婚轿车在街上驶过，于是她就会神经发作，这种病说来就来，也无法解释——大概是一种肝火攻心的热病吧。

过了一段时间，毕竟仗着年轻，有母亲关心，而主要是现在已经知道女友为她作出了多大牺牲的戴西蕾的照料，使西陀涅能把病顶了过去。但病后身子一直还是很虚，她万分苦恼经常想哭。

她一会儿说要出门去旅行，离开巴黎，一会儿又突然吵着要进修道院。正当周围的人都为她伤心，探究这种危险性比病本身可能还要严重的怪症的起因时，她突然向母亲吐露出自己悲伤的因由。

她爱黎斯莱大哥……她从来没敢于明说，但她一向所爱的正是他，根本不是法朗士。

这消息使所有人都大吃一惊，而最甚者是黎斯莱本人。

但小谢伯长得是那么漂亮，她那含情脉脉的眼睛朝他那么一瞟，可怜的伙计立刻就像呆子一样爱上了她。也有可能，尽管他平时没有意识到，这爱情已早就在他心里扎了根……

这就是为什么年轻的黎斯莱太太会在新婚之夜穿着一身白色新娘礼服，含着得意的微笑望着那个十年来一直与她朝夕与共的楼台窗子出神的前因后果。

这种对自己过去的贫困生活怀着又辛酸又鄙视的得意的微笑，显然是向着至今仿佛还厮守在黑暗中的对面楼上的那个可怜的瘦弱的女孩；而且看来，她似乎是在指着工厂向女孩说话："呃，你说什么，谢伯囡囡? ……你看，我还是见到了这儿……"

第二卷
dierjuan

一

妻子的接待日

晌午。整个马莱开始用午餐。

在圣保罗、圣日尔维和圣丹尼·丢·圣萨克利门教堂敲起做午祷的沉重的钟声中，夹杂着从附近院落传来的稀稀拉拉的工厂的钟声。这些钟声各有其独特的音响。有悲哀的和快乐的，有雄壮的和萎靡的。有的是财主，鸿运高照——它们有千百工人，一呼百应；有的是穷光蛋，畏畏葸葸——它们像是混迹人群、藏头露尾地生怕人听出它们破产的声音。而还有的是骗子、无赖……它们的叮当作响是为了装门面，打马虎眼——人们误以为它们是一家大厂，里面人员不少。

感谢上帝，弗罗蒙工厂的钟可不像这些。这是口正直的，四十年来马莱区居民一听就知道的微微带着颤音的老钟，只有在星期日和混乱时期听不到它的声音。

成群结队的工人随着它的呼声从工厂大门出来，向就近的一些小酒馆走去。学徒们三三两两地在人行道边，与给泥水匠当下手的小工坐到一起，他们为了挤出半小时的玩的时间，在摊子上随便买些什么，五分钟就结束了午餐。

巴黎用来招徕行人和穷人的是：栗子、花生，苹果；而挨着他们坐的泥水匠师傅们则掰着大块白面包，这白面包不仅因为粉白，而且沾了石灰的光。妇女们心急慌忙地跑着。她们每个人都有孩子在家里或托儿所里需要照管，有老人，有家务。在闷气的作坊里一个个被工作累得精疲力尽,眼泡虚肿。头发在丝绒裱墙布的微尘侵蚀下渐渐失去了光泽,这种微尘还时而引致咳嗽症——她们在街上疾走,绕着在人流中费劲移动的公共马车曲折前进。

黎斯莱坐在大门口一块过去给骑马的当脚蹬的石墩上,他笑容可掬地望着从工厂往外走的工人。他对所有这些患难之交的好朋友向他表示的那份尊敬感到高兴。"您好,黎斯莱先生!"——他从四面八方都听到这种亲切的声音——这不能不使他心里感到热乎乎的,孩子们对他也一点不感到害怕,长胡子的美工师们,那些半工人半艺术家,边走边跟他握手,说话还用"你"的称呼。可能这种亲昵的态度有点太过分了——老伙计还不懂得自身新地位的全部威信、全部尊严,而我确实知道,某某人就认为这样的放肆是大大有失体面。但这"某某人"现在看不到黎斯莱,所以当家的利用机会想和老出纳西吉斯蒙紧紧地握握手,西吉斯蒙这时正跟在大家后面出来,挺着身子,脸孔被高领子束得发红,并由于怕中风五冬六夏都光着脑袋。

他与黎斯莱是老乡,相互有着深厚的感情,这种感情是早在进厂那会儿,在拐角那个小牛奶铺一起吃午饭时就建立起来的。现在西吉斯蒙·泼拉纽斯经常一个人上那儿去,给自己挑一份在墙上石膏板上写着的客饭……

"喂,小心!……"门口进来了弗罗蒙小弟的轻马车。

他一早就出去办事,这会伙伴俩就一面热心地谈着事务,一面回到花园深处他们那所漂亮的住宅去。

"我去普罗夏桑家了,"弗罗蒙小弟说,"他们让我看了一些新样品,还得说人家做就是漂亮!……得赶上去。这都是些非同一般的竞争者。"

可是黎斯莱并不担心。他相信自己的天才，自己的阅历，可是，这暂时还不能告诉人，他正在搞一项出色的发明——高性能印刷机，这是个了不得的东西。不过，到时候就知道了……

说着，他们进了模仿小公园格式建造的花园里。园里修成球状的金合欢，几乎也有这所爬满了富丽的常青藤以至把黑色的高墙都盖住了的住宅本身那么老。

和弗罗蒙小弟在一起时，黎斯莱大哥像是主人的一位管家。他在跟合伙人谈话的时候，老是爱停顿，因为他的思路跟动作一样都是慢吞吞的，要找几句能表达思想的话十分费劲。唉，要是他能看到那上面二楼的窗口上，那张艳若桃李的脸蛋在如何注意地盯着他……

黎斯莱太太等丈夫吃饭，结果他那么久还不上来，都发起火来了。她向他打着手势：你倒是快点来呀！但黎斯莱什么也没看见。他盯着小不点弗罗蒙——乔治与克莱尔的小女儿，她在太阳底下散着步，牵住奶妈的手，在花团锦簇中微微笑着。她有多么可爱！

"就像是您的画像的翻版，绍什太太。"

"是吗，亲爱的黎斯莱？可旁人都说她像父亲。"

"嗯，有一点……但毕竟……"

于是他们全体——父亲、母亲，黎斯莱和奶妈——开始努力鉴定这个给大人和阳光弄得眼花缭乱，一双小眼睛莫名其妙直望着他们的小东西究竟像谁。西陀涅由窗子缝探出头来，想看看他们在那里做什么，她丈夫为什么还不来。

恰好黎斯莱这时又抱起了小不点——像一捆迷人的白色缎子和彩带——接着又像一位慈祥的爷爷那样，做着各种鬼脸，挤眉弄眼地想逗她，让她牙牙学语。他看上去有多老啊，可怜的汉子! 当他弯下自己臃肿而笨重的身躯, 凑到婴孩跟前, 想装着软声软气说话的时候, 那破嗓子一猫腰显得更难听……所有这些都使人感到又笨又好笑。

他妻子在楼上跺着脚, 从牙缝里挤出一句话来: "蠢货!"

她终于等得腻烦了, 于是她索性叫人告诉他已经开饭。但游戏正在劲头上, 而且黎斯莱不知道自己怎么脱身, 怎么使这阵子高兴得像鸟一样的啁啾话声停下来。但他最终还是找到了机会把婴孩递给了奶妈, 笑呵呵地跑上了楼梯。进饭厅时他还不住地笑着, 但妻子的目光一下把他止住了。

西陀涅坐在桌边一个小烤炉前, 炉上重新热着菜。她一副受害者的姿势, 可以看出, 这会她非要发一通脾气不可。

"来了……总算是……"

黎斯莱落了座, 有点尴尬的样子。

"你要知道, 囡囡。……这小女孩……"

"我已经请求过您别老是'你'呀'你'的, 这在我们之间不合适。"

"可就我们俩在这儿。"

"不, 看来您是永远不会适应我们新的地位。结果又会落得怎么样呢? 我在这里谁也不尊重我。甚至经过岗亭的时候阿希尔都几乎不想跟我鞠躬……当然, 我不是弗罗蒙太太, 我也没有私人马车……"

"你听我说, 囡囡, 你……我是说……您, 不是已经知道的吗, 你……您可以用绍什太太的马车。她总是把它拿出来叫我们用。"

"得跟您重复多少遍? 我就是不愿意领这个女人的情。"

"西陀涅!"

"怎么, 我知道又来了……弗罗蒙太太——是圣器。她碰不得。而我就应该在家里容忍这种卑贱的地位，低眉顺眼，任人作践……"

"你倒是听我说呀，囡囡……"

可怜的黎斯莱试图反驳，哪怕能替自己敬重的绍什太太说句辩护的话……但他不懂得，这种调解的方法无异是火上浇油，西陀涅顿时就炸了。

"我实话跟您说了吧，别看她装得温和，这女人是个刻毒的傲慢女人……她恨我，我知道，如果我还是个穷孩子小西陀涅，听人布施——破玩具，旧衣服，那就什么事也没有；而今，我也跟她似的做起了太太，她就有气，把她比下去了……贵夫人现在是仰着脸向我开导，数落我的不是……您也知道，我本来就不该有自己的侍女……可不! 没有佣人那阵我还不照样过去了? 她总是寻机会刺激我。每星期三我上她那儿去，就得听着她用那样的口气当着大家问我：'亲爱的谢伯太太她近来怎么样? '哼，本来么! 我——谢伯，而她——弗罗蒙! 我思忖，你也比我高不到哪儿去。我外公是药剂师。她的外公呢? 他算是什么人? 种田的，靠高利贷起家……我就得把这件事给她挑出来，要是她太目中无人的话，我还要跟她说，他们的女儿——即使他们不在乎这个——她像老伽蒂努瓦——可真是，老天爷知道，他也长得不怎么漂亮呀……"

"啊! ……"黎斯莱只剩下出气的分儿，一句话都答不上来。

"这会儿您再夸呀，夸他们的孩子! 小丫头老是生病。整宵地吱吱叫，如同小猫似的。不让我睡觉……到白天你再听，妈妈弹着钢琴，唱起她那花腔女高音来——搭—拉—拉—拉—拉……哪怕来点愉快的音乐也好啊! "

黎斯莱采取明哲保身的办法，他一声不吭。而在等了一会以后，看到西陀涅开始平息下来了，他才用恭维话来安抚她。

"我们今天穿得多好看啊! 我们一会儿上哪家访问去? "

为避免在称呼时用"你"字, 他采用了不定式。

"不, 我不出去串门," 西陀涅带着几分傲气回答, "相反, 自己要会客。今天是我的接待日! ……" 她看到丈夫脸上露出惊奇和惶惑的表情, 接下去说 : "一点不错, 今天是我的接待日……弗罗蒙太太不是有自己的接待日吗? 凭什么我就不能有? "

"当然, 当然," 黎斯莱说着不安地向四周看了看, "是的, 是的, 我看到了到处都有那么多的花, 楼台上, 客厅里……"

"是的, 早晨侍女在花园里摘来的, 我不该那么做么? 啊, 您怎么都不说话, 可是我相信您是在指摘我的不是, 而我认为花园里的花是两家所有的。"

"当然……但毕竟你……您……可能, 最好是……"

"请他们许可? 为几朵倒霉的菊花和三两枝树枝去叩头? 其实, 我就是要让她看看这些花是我采了, 而且等到她来的时候……"

"她一定会来吗? 她是多重情谊啊! "

西陀涅愤慨得简直跳了起来。

"什么! 情谊? ……她要不来才真是岂有此理呐, 我就该每星期三到她那些装腔作势的人中间去受罪。"

她避而不谈弗罗蒙太太的这些个星期三曾使她得益匪浅, 它们之于她有如某种时装周刊, 某种讲授进退举止、装饰室内花篮和布置小圆桌上的雪茄的生活教科书; 更不用说她在那里能遇到好多活的模特儿, 了解到最出色的女裁缝的名字和地址。她还隐瞒了她曾恳请克莱尔的所有女友们, 现在遭她妄加非议的, 在她的接待日上她这儿来, 她们当时也答应了来。

　　她们会来吗? 难道弗罗蒙小弟太太不来拜访黎斯莱大哥太太的第一个星期五, 让她蒙受这样的侮辱? 她焦急得浑身冒汗, 一分钟不停地催促着丈夫:"您倒是吭吭气呀! 我的上帝, 您吃了有多长时间啦! "

　　问题是, 黎斯莱有个毛病, 习惯于细嚼慢咽和吃饭时候抽上一斗烟, 一小口一小口地呷着咖啡。但今天他只好放弃这些心爱的习惯, 让烟斗留在套子里不叫它冒烟, 刚吞下最后一小块面包就赶紧去换衣服, 因为妻子坚持要他过后来祝贺她请来的太太小姐们。

　　然而, 当黎斯莱大哥在平常日子里穿起黑色常礼服和讲究的领带出现在工厂时, 真成了轰动一时的消息!

　　"你这怎么回事, 准备参加婚礼? "出纳西吉斯蒙打自己窗槛里向他嚷嚷。

　　黎斯莱却不无骄傲地回答:"今天是我妻子的接待日。"

　　很快厂子里所有人都知道了关于西陀涅的接待日消息; 而看花园的阿希尔大叔可不怎么满意: 他发现门口冬月桂树上的一些枝丫都被折断了。

　　黎斯莱感到穿着新礼服挺别扭, 他脱了衣服挽起雪白的袖口坐在画板前, 开始在大窗子的亮光下构图。但脑子里老想着妻子在等候着客人, 使他定不下心来, 于是他在唉声叹气下箍起了常礼服回自己家去。

　　"有人来吗? "他犹豫地问。

　　"没有, 先生, 谁也没有。"

　　在自己座位四周布置好扶手椅和椅子后, 西陀涅端坐在华丽的红色客厅里, 装起一副正在接待客人的夫人样子。

　　是啊, 现在他们有一个这样的客厅了: 有蒙着红花缎子的家具, 有窗子之间的柱形花架和放在色彩鲜艳的地毯中央的一张漂亮的桌子。

这儿那儿放着一些书、杂志，用柞实编的小针黹篮，水晶丹瓶里的紫罗兰花球，花篮里的翠绿叶子，所有这些布置得恰如楼下弗罗蒙家客厅一样。可就是在情调上——那种区别细腻与粗糙的无形界线——这里还没有达到炉火纯青。它好像是一幅绝美的风俗画的不怎么好的复制品。女主人身上的连衣裙新得过分，因而使人想到她是在作客，而不是在自己家里。话又说回来，在黎斯莱眼中一切都富丽堂皇，尽善尽美，所以他一跨进客厅就准备要夸奖两句，可是一碰到妻子怒气冲冲的眼光，可怜的丈夫胆小得又咽了回去。

"您看，已经四点啦，"她向着他说，一手愤然指着时钟，"谁也不来，但我最气恼的是克莱尔，她为什么不上我这儿来？我肯定她在家，我听到她的声音。"

真的，西陀涅从中午十二点起就倾听着楼下极细小的响动，孩子的叫声，活动门的嘎吱声。黎斯莱想要走开，以免又转到中午的话题上去。但他妻子考虑得与他不一样。

既然大家都离弃她，就让他和自己待一会儿也好。于是他只好尴尬地坐着，就像一个人在下雷雨时候怕招电打，一动不动地钉住在一个地方。西陀涅变得有些神经质，在客厅里来回走着，一会儿把椅子挪过来，一会儿又挪回去，向着镜子顾影自怜，又打铃叫侍女，派她去问阿希尔有人来找过她没有。他可是个狠心肠，这个阿希尔，可能，人家问起她时他会回绝，说她不在家。

可是，没有。看门的说一个人都没见到。

客厅里一片凄清。西陀涅在左边的窗口站着，黎斯莱把着右边。出现在两人面前的是暮色已经降临的小花园，还有从高大的烟囱向低垂的天幕喷扬的黑烟。下头西吉斯蒙的窗子第一个亮了起来，出纳自己在小心翼翼地给灯加油，他巨大的身影在灯前晃动，一到窗槛前就成了两个。所有这些司空见惯的情景一时把西陀涅的怒气引开了。

但就在这时，院子里驶来一辆不大的轻马车，在门口停了下来。真是望穿秋水！一阵眼花缭乱的丝绸、鲜花、珠翠、花边和轻裘的涡流飞速登上了台阶，西陀涅认出这是弗罗蒙沙龙里最优雅的常客之一，一个富有的青铜商的妻子。能有这样的客人真是大面子！贤伉俪急忙摆好架势：丈夫站到壁炉跟前！妻子靠在扶手椅里，漫不经心地翻着杂志。可是，白费心计，漂亮的女客不是上西陀涅家，她是找楼下的。唉，要是弗罗蒙太太此时听到她的女房客在怎么议论她和她的女朋友，一定会气得发抖。

这时，房门开了，有人通报："泼拉纽斯小姐到。"

来的是出纳的妹妹，一个老处女，显得谦卑和害臊的样子。她认为自己有义务来拜访自己哥哥的老板娘子，她一见对她如此热情接待，惊讶得都不知所措：她在前呼后拥中登上了楼梯……"这真是您的高情厚谊，您请坐，请向炉前靠一靠！……"女主人的态度是多么殷勤，她的一字一句多么中听！黎斯莱是那样由衷地微笑着，仿佛见到了救命恩人。西陀涅本人满口的恭维话，她感到很得意，能够向过去是同类的女人摆摆自己的阔气，而主要是让楼下的那一位能听到她家有客人。所以她想方设法要制造出一片响声：调配调配椅子，挪挪桌子。而当老处女，给弄得眼睛发花，迷迷醉醉，不好意思地准备告辞时——又送她到楼梯口，把衣服绲边扭得沙沙直响并扑在栏杆上高声叫唤着，说每逢星期五他们总是在家："您听准了，逢星期五……"

天完全黑了。客厅里掌起两盏大灯。隔壁房间里女仆在摆桌子准备开饭。什么都完了。弗罗蒙小弟太太没有来。

西陀涅恨得脸色发青。

"拿什么臭架子！十八级楼梯都不能上来！当然，夫人认为我们在她眼里都是不足挂齿的下等人，就凭这个我得给她报复。"

于是，当她以这种不公正的刁难发泄自己怨气的时候，她的声音也就随着蛮横起来，里面带着一种郊区的声调和能暴露出她当年是勒·米勒作坊学徒的口音。

黎斯莱脑袋一热插了一句："怎能知道呢？说不定孩子有病。"

跟疯了似的，她一扭身就对着他，样子好像准备把他啃掉。

"您别老拿这孩子来跟我打岔行不行？今天的事，您就是个罪魁祸首，您没有本事叫人尊重我。"

通向她房间的门砰一声关上了，震得连灯上的玻璃罩和格子柜上的小零碎都摇摇晃晃。而黎斯莱，一个人在客厅中间一动不动站着，尴尬地打量着他那雪白的袖口和肥大的漆皮鞋鞋尖，像木头人似的喃喃着：

"我妻子的接待日……"

二

真假珍珠

"她这是怎么啦？我对她做错什么事啦？"克莱尔想起西陀涅时就常常这样问自己。

她根本不知道在萨维纳那阵，她的女朋友与乔治之间有过什么事情。像她这样性格直爽而不爱动心计的人，甚至没有料到西陀涅在十五年内会滋长起那么大的嫉妒心和虚荣心。不过，这张漂亮的面孔上的令人费解的目光和冷淡的笑容不由得使她感到不安。当年在青梅竹马时代那种过于牵强的礼节，在西陀涅身上突然一变而为掩饰不住的暴躁，冰冷硬邦邦的语气，使克莱尔像猜哑谜一样困惑莫解。有时在她不安的心情里杂有一种怪异的俨似大祸临头的预感——大凡稍具灵性的妇女，即便涉世未深或者对生活的黑暗面如何茫无所知，也常常会有一种奇异的先见之明的闪光。

有时，经过一次不管什么样的长谈，或在不期而遇的照面中，看到猝不及防的脸上暴露出不悦之色，弗罗蒙太太就不免对西陀涅的奇怪行径产生狐疑。但是有许多日常生活需要她去悉心照料，她没有时间注意这些琐事。

每一个女人都有这样一个时期，当她的生活突然来个大拐弯时，整个视野，所有过去的看法都会立刻起变化。

如果克莱尔还是个年轻姑娘，那么她对于把她俩连在一起的友谊锁链，仿佛在谁的黑手的触摸下渐渐扭断会感到大

大伤心。可是在这期间，她失去了父亲——自己青年时代唯一
的最大的依恋——后来又出了嫁。有了一个伸着小手不断问
她要这要那的孩子。加之，她那位像是返老还童的、在丈夫
惨死后变得更糊涂的母亲跟她住在一起。

在这样多方需要照顾的生活中，克莱尔无暇顾及西陀涅
的变化无常；她甚至对西陀涅贸然下嫁黎斯莱都不感到有什
么奇怪的地方。虽然，他对西陀涅来说年龄过于大些，但既
然他们彼此相爱……

至于嫉恨小谢伯有了地位，成了几乎和她分庭抗礼的人
物——这种卑微的感情不是克莱尔善良的天性中的本质东西。
相反，她倒是真心实意愿意看到这个既是紧邻，可以说是在她
庇护之下，而又是小时候朋友的年轻女子得到幸福和受人尊敬。
她热心地想办法指引她，把她介绍给自己的同伴，像对一个稍
加提携即能登堂入室的天资颖悟的外省人那样对待她。

但大凡年轻漂亮女子，谁都不乐意接受别人的开导。

有一天，夜里开宴会，弗罗蒙太太把西陀涅领到自己房
间，而且一面赔着笑，为不伤害她的自尊心柔和地跟她说："首
饰戴得太多啦，亲爱的，往后您该知道，不露肩背的连衣裙，
头上不戴鲜花。"

西陀涅脸上有点发烧。她向女友称谢，但在内心深处感
到比受侮辱还厉害。

在克莱尔的圈子里，大家对她相当冷淡。

如果圣日耳曼郊区有其自命高人一等的地方，那么马莱
也有自己的传统。

企业主和有钱的工厂老板的妻子女儿了解小谢伯的历史，
就是单凭西陀涅与她们相处时的样子也能看得出来。

不管她怎样努力，她身上总还有原先女手艺匠的影子。

她那浮夸的，间或是奉承得过了头的客气话，就像小铺老板的虚情假意，实有失于对体面的要求；她那目空一切的姿态，使她成为有如时装铺里的女售货员领班，有如这些穿着挺括的黑丝连衣裙，一下班又得把它放回衣柜的人物——眼睛抬得跟自己耸起的发式一般高，望着那些打算讨价还价的下等人。

西陀涅感到人们在观察她，在评论她，因而全身自然也就总是处于戒备状态。人们当着她的面称道的那些人名，谈到的那些娱乐、庆祝活动、书籍——所有这些对她都是闻所未闻。克莱尔尽力告诉她，尽量从自己的地位友好地抬举她。可是在这些女士中很多人都看到了西陀涅的姿色，而这就足使这些人对她侵入她们的社会产生普遍的不快。其中有几个人，为炫耀自己丈夫的地位和财富，拼命用侮辱性的沉默或故作俯就的谦恭来伤害这个爱出风头的女人的自尊心。

西陀涅把她们所有人概括为一个名词——敌人。克莱尔的女友——就是她的敌人。但她真正怀恨在心的只有她一个人。

两个合伙人根本意想不到在她们妻子之间会有什么事。

黎斯莱大哥，埋头于自己印刷机的发明创造，有时在制图桌前一坐就到深夜。弗罗蒙小弟整天在外面混，在俱乐部用午餐，几乎从不在工厂待着。这方面有他自己的原因。

与西陀涅结成邻居使他感到紧张。如火的旧情，信守舅舅遗愿的牺牲感，这些回想与已然是覆水难收的惋惜之情纠缠一起萦绕于他的心头；因而由于感觉到自己是个弱者，他尽量回避西陀涅。这是个温情而又优柔寡断的人，颇有自知之明，但要谈到约束自己未免意志又太过薄弱了。

黎斯莱结婚的那天晚上，乔治本人结婚才不到一年，但在这个女子身边他又陷入了当时萨维纳雷雨之夜所经历的激情中。自这时起他下意识地避免与她见面，不谈她的事情。

不幸的是，他们住在一栋房子里，女人间一天都要上十次地互相串门，因而无意间的相逢还是在所难免。结果就是，这个为人夫者，为了保住清白就完全把自己家园弃之不顾，开始在外面寻欢作乐。

克莱尔对此毫不引以为怪。父亲使她养成了一种永远少管"正事"的习惯。丈夫不在的时候，为尽到贤妻良母的本分，她给自己想出了无穷无尽的义务和形形色色的工作。她领着孩子久久地散步，要不就在太阳下悠闲地憩息，为她那女孩发育得如此茁壮而高兴，而后就满载着在户外嬉戏的小家伙们的欢乐和笑声回到家里，而这时她那双总是神情严肃的眼里也闪耀着孩子们欢乐的余晖。

西陀涅也没少出去。夜里乔治的马车驶进大门时，就常因碰上这位浓妆艳抹在巴黎遛完大街回来的黎斯莱太太急忙向一边躲车。林荫道，商店橱窗，和把它看作是一种享受似的不慌不忙的买东西，使她久久地耽在外面。她和乔治在楼梯拐角相互点头，交换着冷淡的目光。乔治匆忙走进自己家里去，就像进到一个什么救命的避难所里，同时为了掩饰适才所经受的激动，从妻子手里接过孩子来亲昵一番。

西陀涅似乎把一切都抛之脑后，并对这个没有骨气的薄幸郎抱着蔑视态度。加之现在她心里所想的完全是另一码事。

她家的红色客厅里，在窗子间的墙下现在放着一架钢琴，这是丈夫不久前给她买的。

经过长期犹豫，她终于下决心学唱歌，因为感到这会儿开始学钢琴为时晚了。道勃森太太，一个长着浅黄色头发的多愁善感的美貌女人，一星期两次从中午十二时至一时来向她授课。一到这时，在邻近的寂静的院落里就能听到她那临窗高亢，不断地重复到十遍的拖长音"啊……啊……啊……"和"哦……哦……哦……"使工厂染上了一点女子寄宿学校的味道。

实际也是这样，这是一个小学女生在练唱，这个没见过世面却又包藏着隐秘愿望的性情浮躁的女性，本来还有很多东西需要学习，很多东西需要知道，如果她非要成为一个真正的女人的话。可是西陀涅的虚荣心离不开追求外观漂亮的本色。

"克莱尔·弗罗蒙会弹钢琴，而我能唱歌；她享有典雅优美的才女名声——我也要博得这个名声。"

但她就没想到要学点什么，而是成天在商店和各种供应商那儿奔忙，所关心的只是"今冬流行什么服装"，琳琅满目的橱窗，所有招人注目的东西，都能把她吸引住。

她没完没了地折腾那些假珍珠，弄得她的指甲都留下一层人造珠母的颜色，带点儿珠母那样的脆劲，珠母那样变幻无定的光泽。她本身就是一颗赝品珍珠，滚圆、发亮，嵌在一个鱼目混珠的漂亮的珠子框架里，然而克莱尔·弗罗蒙是一颗真正的珍珠，她富丽堂皇，同时有着质朴的光色。所以当两个女子在一起时，其间的差别可以一望而知。你能说出一个从来就是明珠，童年时代她是一颗小珍珠，年长时长她又积聚起隽秀而高贵的形质，使她成为一个难得的出类拔萃的人物。另一个恰恰相反，是地道的巴黎货，是过去某一时期她本身所从事的那类小工业的名副其实的产品，巴黎这个珠宝商就是这样长年累月地在制造着假珠宝和千千万万的小玩意，它们又亮又好看，但不结实，一摸就脏，一碰就散。

尤其使西陀涅嫉妒的是克莱尔的孩子——漂亮的布娃

娃，她整个身子都在丝绦里，从摇篮的帐子直到奶妈的包发帽。当然，西陀涅不是眼红做母亲的滋味，它要求有巨大的耐心和忘我精神，她既没有想到孩子睡不着时需要有人摇晃，也没有想到为着孩子健康需要天天用清爽的凉水为她冲早浴。不! 她想到的只是带孩子出去散步——飘飘的缎带，长长的羽毛，所有这种伴随着年轻母亲在街头溜达的奶妈们的装束不都是那样的美吗？

可没人跟她做伴，除了双亲和丈夫，那她还不如一个人出去。这个黎斯莱，在表达自己多情上简直不像样子：他跟妻子玩就跟对小女孩似的——拧她一下面颊或下巴颏，"啊呜——啊呜"地叫着绕着她转，要不就瞪着两只可怜巴巴的眼睛，像条忠心而温存的公狗望着她。她为这种愚蠢的爱情感到羞耻，它使她成了一个瓷器玩具。

至于说到两个老人，他们只能让她在这个想交往的社交圈子里现眼，而且婚后她就急于摆脱他们，给他们在蒙特鲁日租了一栋小房子。这样就堵住了拖着常礼服的谢伯先生的不断入侵，和那位在生活有了保障后又恢复到以前那种碎嘴唠叨和无所事事的谢伯妈妈的无休止的访问。

西陀涅原不反对把德洛贝尔家也顺便拔掉——与他们为邻使她感到有种压力。可是马莱这个地方离剧院荟萃的大林荫道不远，对德洛贝尔这位老演员来说就是个中心地区；加之还有戴西蕾，她跟所有隐士一样舍不得窗前这块熟稔的景致，和那个一到冬天下午四点就变得灰蒙蒙的凄凉的院子，它对她有如一个朋友，有如一张熟悉的面孔，太阳一落到上面就仿佛是在向她张嘴微笑。西陀涅看到没有可能把老朋友摆脱掉，干脆就和他们断了来往。

如果不是克莱尔·弗罗蒙时而给她找一些娱乐的机会，

她的生活，实质上非常孤独和苦闷。可是这每次又会勾起她的怒火。

"难道什么都要由她出面？"她这样想。

所以，有时在晚饭时楼下给她送来一张包厢票或请她去参加晚会，她始则感到高兴，因为又可以在公众面前露脸，但临到穿衣服赴舞会时，她想到的就只是如何设法压倒自己的对手。其实，这种机会越来越少了，因为克莱尔在孩子身上花的时间越来越多。但当伽蒂努瓦外公一来巴黎，老头是从来也不放过机会把这两家捏在一起的。要使老农民开怀，就得要有不怕被他的笑谑吓跑的西陀涅到场。他请四个人在一家自己最喜欢的菲利浦酒楼吃晚饭，他与这家酒楼的老板、服务员、酒窖管理人混得很熟，在那儿挥霍了一阵之后，就直接把所有伙伴带到已经定好包厢的喜剧院或王宫广场去。

在剧院里他可以纵声大笑，不拘形迹地与女检票员聊天——就同与菲利浦酒楼的男服务员——放肆地要求给太太们拿脚凳来，出场时总要第一个拿大衣和皮衣服，仿佛他在这里是唯一的有三百万家产的财主。

对这些似乎有伤大雅而乔治又大都避而不去的出游，克莱尔保持着素来的稳重，衣着很朴素，不愿惹人注目。西陀涅则不然，她正好是顺风满帆：身子仰在包厢的前景位置上，对"外公"的讲故事倩笑从容，由于从二楼和三楼的厢座——她过去的位置——降到了这些漂亮的装着镜子的厢座里而高兴非凡，包厢的天鹅绒的壁垒，在她看来就是特为她的淡雅的手套、象牙的望远镜和流光灼灼的折扇准备的。散座席间的那种俗气的富丽堂皇和红色拷金的裱墙布——所有这些在她看来都是真正的豪华。她在这环境里，如同细工镶嵌的花瓶里一朵漂亮的绒花般惹人注目。

有天晚上，王宫广场上演一部时髦的歌剧，剧场里来了许多戴着小帽，装备着大折扇，浓妆艳抹的"名媛"。在所有半暗的第一层厢座里，在一片裸露着肩膀，脸上涂满油彩的妇女中——西陀涅的姿势，她的装束，她的一盼一笑的样子，使全场不禁为之瞩目。剧场里所有的望远镜，在枝形吊灯的灯光下，随着一股不知什么样的如此强烈的磁流，一个个向着她的包厢移动。克莱尔最终都感到有些不好意思，便谦逊地与偏巧在这晚陪她们出来的自己丈夫换了一个位置。

乔治，年轻温雅，在西陀涅边上就像是她的合法伴侣，可是坐在他们后面的黎斯莱，从来就是这样猥琐和貌不出众，正好在自己原位上挨着克莱尔·弗罗蒙，她像是一名偶尔去歌剧院舞会上的匿名的正派女人，穿着一套深色的服装。

到散场时，合伙人各自挽起邻座的手臂。有个女检票员在招呼西陀涅时把乔治称为"您丈夫"——年轻女人不禁高兴得容光焕发。

您丈夫！

这几个普通的字眼就那样地使她心旌摇乱和激起她种种痴想。在经过走廊和休息室时，她望了望走在他们前面的黎斯莱和乔治太太。她似乎觉得，黎斯莱笨拙的步伐把克莱尔绰约的姿态都折磨尽了，和他在一起她所有优雅动人的地方都不见了，她于是考虑："如果我们一起走，他肯定也会把我弄得丑模怪样……"这时她的心随着另一种念头在剧烈跳动：要是她能和这个手在她胳臂里不住哆嗦的乔治·弗罗蒙结合在一起，那是多么振奋人心的美妙而幸福的一对。

因而当弗罗蒙那辆天蓝色的马车驶到剧院接他们时，西陀涅第一次考虑起这样一个问题：实质是克莱尔占了她的位置，她有权设法把它再夺回来。

三

布隆迪尔街的啤酒馆

　　娶了老婆以后，黎斯莱就不再登啤酒馆的门了。无疑，如果他晚上去一家什么高级俱乐部，和一些有钱的人交往，西陀涅一定会非常满意。而如果他再想回到烟雾弥漫的啤酒馆，找自己旧日的朋友——西吉斯蒙、德洛贝尔和她的父亲——就会贬低她的身份，给她难堪。所以黎斯莱就再不上那儿去，虽然这对他是一种损失。这家坐落在巴黎老城一个被人遗忘的角落里的啤酒馆，常使他想起自己的故乡。稀落的轻马车，底层装有高高栅栏的窗子，刺鼻的胶漆油脂味和药品味儿，使这条小小的布隆迪尔街与巴塞尔、苏黎世的某些街道具有细微相似之处。开啤酒馆的是个瑞士人，因而馆子里经常挤满了他的同胞。一打开门，您就会陷入一种满带瑞士北部口音的气氛里，再透过烟斗的烟幕您能看到这是个巨大而低矮的厅堂，天花板下吊着好些火腿，地上排成长列的大啤酒桶和一层厚厚的深及踝骨的锯木屑；在长条案板上能看到里面放着像熟栗子那样的绯红色土豆拌色拉的大盆，和盛满黄澄澄刚出炉的带盐粒8字形小甜面包的筐子。

　　二十年来，黎斯莱有自己的烟斗——刻着他名字的长长的烟斗，放在为常客准备的托盘里，有自己的小桌，桌旁通常总是围着几个朴实的不爱说话的同胞，他们歆羡地听着谢伯和德洛贝尔间那种无尽无休、对他们来说不完全能听懂的争论。这会儿黎斯莱一不来，连谢伯和德洛贝尔也不上啤酒馆来了，当然这里面自有其极正当的理由。其中之一就是谢伯现在住得很远。多蒙贤婿的慷慨，他生平的宿愿终于如愿以偿。

"什么时候我发了财，"可爱的小广告人坐在马莱自己凄凉的房间里不止一次地这么说，"我要在巴黎市郊，跟农村那样的地方给自己买所房子，有个不大的小花园，我要自己耪地浇水。这对我的健康来说，比在城市里忙碌不知要好多少倍。"

可这会他已经有了自己的房子，但我敢这样说，他并不一定就那么乐意在那儿过日子。

房子的地段在蒙特鲁日的环行路上。"带小花园的小别墅"——房契标题是这样写的，在一块方方正正的硬纸上有关于房舍和花园面积的近似说明。糊墙纸是崭新的，别墅用的；四处都新刷了油漆，一个浇灌用的大桶，立在野葡萄凉亭边上，起着池塘的作用。还有一个优点：在这个天堂的旁边，一所完全和这一样的"小花园别墅"里住着出纳西吉斯蒙·泼拉纽斯兄妹，中间只隔着一个篱笆。

对谢伯太太来说这就是一个芳邻。只要她一感到寂寞，她就拿起毛线或需要修理的内衣跑去聊天，并为了使老处女惊倒，不时把话题引到自己辉煌的历史上去。可惜的是，像这样的一种娱乐她丈夫就享受不到。

起初，一切都还不错。那正是盛夏时分，谢伯脱了上衣，成天经营着自己的安乐窝。一个原本就应该钉的钉子，也成了左思右想争论不休的题目。花园也没让他少省心。

开始谢伯决定要把它改成一个用多荫树木围绕起来的有常绿小草坪和曲折小道的英国式花园。但，见它的鬼去吧，树长得那么慢！

"不，我还是在这儿开辟一个果园。"这没耐心的小广告人转而又这样想。

这时他脑子里就光想着垄边种什么蔬菜、开几畦豆角地，桃树怎么个排列这些事来。他整天到处乱刨，装着为难的样子，皱着眉头，不停地擦着额角上的汗，就等着妻子的一句话："你倒是歇歇呀，真是! 你这不是折磨自己吗？"。结果，花园成了一个什么也不是的大杂烩：里面又有花又有果树，像公园同时是个菜园；而且每次去巴黎时，谢伯总要在钮孔上插朵自己的私人花圃产的玫瑰花。

遇到好天气，这一对公道的佳偶常常不住地赞美着落日，称赞太阳下得晚，白昼长，乡村的天空美。有时在晚上，他们打开窗子唱起了二重唱，一面观赏着与环行铁路和灯火相辉映的天际群星，这时费奇南德就沉浸在一片诗情画意中……但也有烦闷的时候，一但下起雨来，也出不了门。谢伯太太，这个名副其实的巴黎妇女，这时就惋惜地怀念起马莱的狭隘街道，回想自己上布兰·门托市场和找当地供应商的远征。

待到手里拿着活计在窗子边安顿下来后——找到了她自己平素的瞭望岗——她望望潮湿的花园，那儿一些萎缩的旋花和打蔫的旱金莲，仿佛精疲力竭，自己就从花圃的藩篱上掉下来；望望迄今仍然是碧绿的、像条长长直线的铁路堤坡，还有在前方马路拐角的那个隐约可见的巴黎公共马车停车场，上漆的车帮上用美术字体写着所有沿线的停靠车站。每当其中一辆马车开始起动时，她就像卡宴或努美阿[①]官员望着轮船返回法兰西那样目送它离去。而她在冥冥中得和这辆车子一起走完全部路程，知道什么地方要停留，什么地方不好拐弯，轮子得从商店橱窗边擦过去……

---

① 卡宴——法国在南美殖民地法属圭亚那的行政中心；努美阿——法国在太平洋殖民地法属新喀里多尼亚群岛的主要港口。

谢伯想到自己一辈子要过隐居生活，他变得简直叫人难以忍受。他没有心思再搞园艺工作。要塞一带每到星期天本来就没有人，因而他闲逛的乐趣也给剥夺了。往常，他可以到正在小草坪上午餐的做工的人中间到处转悠，趿拉着在家穿的绣花拖鞋，神气得就像住在附近的一个有钱的业主。而现在的隐居生活对他来说是最为糟糕的事，因为他总想当中心人物。在这种时候他不知道自己干什么好，跟前找不到一个人供他卖弄，听他的计划、历史和奥尔良公爵的故事——您知道，他自己年轻时代不也有过同样的遭遇吗？——于是这位费奇南德就开始找些责难的话拿自己妻子出气："你女儿把我们发配，你女儿怕自己父母给她丢脸。"

耳朵里就光听到"你女儿……你女儿……你女儿……"他火一上来就宣布要和西陀涅脱离关系，要妻子对这个"大逆不道的孩子"承担全部责任。无怪谢伯太太每当她丈夫在车场坐上一辆马车，出去寻找那个还像以前那样到处闲逛的德洛贝尔以发泄对女儿女婿不满的时候，她就会轻松地叹上一口长气。

有名的德洛贝尔也嫉恨黎斯莱，而且常常一提到他就是："这个无义之徒……"

大人物原指望能成为新家庭的一名必然成员，喜庆宴会的组织者，口味问题的仲裁人。但实际上事与愿违：西陀涅对他的接待非常冷淡，而黎斯莱甚至不进啤酒馆的门了。尽管这样，演员对自己的不快并没有大肆声张，在遇见自己朋友时还是客气得不得了，尽跟他说好听的，因为他考虑可能很快就要派上他的用场。

在长期得不到剧团经理人赏识和硬是找不到一个多年来向往的角色情况下，德洛贝尔打算买一家戏院自己来经营。他指望黎斯莱能资助他这项事业。这时在坦帕利林荫道正好有一家小剧院因经理人破产要出让。德洛贝尔向黎斯莱说了这个事情，开始时说得非常含糊，仅作一般性试探："倒是有笔小生意可做……"黎斯莱带着素常那种淡泊的神情听着，然后说了句："是啊，真的，这对您可是很有用处。"后来，当德洛贝尔把话说得较为明确时，他为了不便于直接回绝，就开始支吾其词："看看……以后……现在我不作肯定……"就这样，直到最终才吐出了一句顶用的话："得先看看预算再说。"

整个星期演员就和计划干上了，开了一张费用单子，妻子和女儿则以一种钦佩之至的眼光目不转睛地看着他，陶醉于新的幻想。同一栋房子住的人都在说："德洛贝尔先生要买剧院了。"林荫道上，一些演员集聚的咖啡馆里，尽是关于买剧院的谈话。德洛贝尔并不隐瞒他碰上了一个有资本的人，所以他经常受到一群失业演员、老同事的包围，他们放浪不羁地拍拍他的肩膀，向他打着招呼："想着点老朋友……"他在咖啡馆里吃午饭，在咖啡馆里写着一封封的信，见人就道好，有时亲昵地挥挥手，在一边作着有声有色的谈话，捉摸着如何邀角色，而且已经有两个不知叫什么的烂污作家向他朗诵过一部七幕剧，这剧本作为剧院开场戏简直好得不能再好了。现在德洛贝尔张口就是"我那场子"，同时别人在给他的信上也是写着"德洛贝尔经理台鉴"。

一编完计划说明书和预算，他就上工厂约见黎斯莱。黎斯莱当时分不开身，约他在布隆迪尔街见面。当天晚上德洛贝尔先到了啤酒馆，在他们原先那张小桌上落了座，再要了一瓶啤酒和两个杯子就开始等候。他等了好久，眼睛盯着门，急躁得打哆嗦。可黎斯莱还是没有来。每当有新来的顾客进门时，演员就要转过身去。他把带来的文件摊在桌上来回地看，一面做着手势，摇头咂嘴的样子。

他所办的这件事情有它独到之处，就是特别顺利。他已经看到自己在舞台上——这是最主要的——在私人剧院的午台上，那儿他可以扮演特定为他、为他的天才而写的角色，扮演他能够自由发挥的角色。

突然门又打开了，接着在烟雾中出现了谢伯。当他一眼见到德洛贝尔时，正同德洛贝尔看到他进来那样感到吃惊和懊恼。早晨谢伯给女婿写去一封信，说他必须认真和他谈一次话，并说自己将在啤酒馆里等他。事关名誉……有涉双方……相见面谈……而实际上，事关名誉不过就是，谢伯丢开了在蒙特鲁日的自己的小房子，并在一个商业区的中心马伊尔街顶了一家开在夹楼上的商店……商店？……是啊，我的上帝，商店……而现在他对自己的轻举妄动感到有点害怕，担心女儿不定怎么看他，尤其是商店的花费比蒙特鲁日的小房子要大得多，同时需要进行大大的修缮。由于自来就知道女婿忠厚，谢伯决心先找女婿，准备把他裹到里面去，把这次家庭政变的责任推到女婿头上。

谁想没见到黎斯莱倒碰上了德洛贝尔！

他们互相望了望，竖眉立目地好像碰在一个钵子前的两条狗。大家明白对方要干什么，所以他们干脆就开门见山。

"我女婿不在这儿？"谢伯问，阴沉沉斜着眼瞅着摊在桌上的文件，而且在"我女婿"几个字上特别使劲，以强调黎斯莱是属于他的，而不是其他任何一个人的。

"我正等着他。"德洛贝尔回答，一面收起文件。同时，他把嘴唇一撇，用一种高深莫测的、像往常那样的舞台腔，意味深长地加了一句："我有非常重要的事情找他。"

"我也有……"谢伯给每个字打上了重点，同时他头上那三根细毛跟豪猪鬃毛那样直立起来。

他在德洛贝尔旁边的一张桌子坐下，而且也要了一瓶啤酒和两个杯子。然后两手插到口袋里，像在自己家里似的靠在沙发背上开始等人。这时站在彼此面前为同一个缺席的人所准备的两只空杯子都像具有一种挑衅的外貌。

可是，还是不见黎斯莱。

俩求见人默不作声地在沙发上开始辗转不安，但他们每个人都希望另一个人最后会等腻烦了。

可是他们这种愚蠢的心术很快就决了口，当然，这回该挨骂的是可怜的黎斯莱。

"真是不知分寸！让我这样岁数的人等那么久……"谢伯发了话，他仅仅是在这类情况下才肯对自己的高龄大声呼吁。

"我认为，这简直是一种挖苦。"德洛贝尔接过来。

"大概，他们留客人吃晚饭。"另一个狠毒地说。

"那都是些什么客人！"德洛贝尔鄙夷地冷笑了笑，显然他想起了自己一肚子委屈。

"问题是……"谢伯又接下去。

这时他们彼此把坐位挪在一起谈了起来。这两个人对西陀涅和黎斯莱本来就有不少的怨气，现在他们都想倾吐一下胸中的积怨。这个黎斯莱，外表看着那么善良，骨子里是个利己主义者，势利鬼。他们取笑他的口音，姿态，滑稽地模仿他的某些习惯。接着开始谈到他的家庭生活，压着嗓门说起私房话来，一时谈笑风生，两人又成了朋友。

谢伯甚至说话都出了圈："让他留点儿神！难道他这不是笨蛋，让父亲和母亲与自己女儿隔得那么远？现在，要是出了什么事，只好让他怨自己。女儿跟前要没有父母做榜样……您明白我的意思吧？"

"当然，当然……"德洛贝尔应之不迭，"尤其是西陀涅长得这样风流……是啊，对了，您打算怎么办？他罪该当罚。像他这般岁数的人竟还这样……嘘！他……"

黎斯莱刚进门，一路和人握着手向他们走来。

一时，三个朋友都感到有点儿僵。黎斯莱请求他们原谅。他在家里耽搁了，西陀涅有客人——德洛贝尔用脚在桌子底下轻轻踢了下谢伯。告完罪，可怜人惶惑地望着那两只等着他的空杯子，不知该坐在谁那边。

德洛贝尔表现出宽宏大量，"你们先谈，两位，别拘着，"一面向黎斯莱挤挤眼睛，轻轻说了句，"文件我带来了。"

"文件？……"黎斯莱给弄得稀里糊涂。

"预算……"演员悄悄地提醒。

而后，带着一种深通事理的样子，他回避到一旁又埋头于自己的文件，两手抱着脑袋，揿住两只耳朵。

在他旁边的另两个谈着话，始则轻轻地，继而就越来越响，因为谢伯不能持久地控制自己天生的尖嗓门，他还没有老得——见它的鬼去——想把这把骨头埋在这块荒地上！把他放在蒙特鲁日，他不死也要闷死了。他需要马伊尔街，桑蒂耶街，商业区的嘈杂和热闹。

"是啊，但要商店干么？"黎斯莱怯生生斗着胆提出来。

"要商店干什么？……要商店干什么？……"谢伯重复着，脸红得像复活节的鸡蛋，一面把声音调到自己音域的最高音阶。

"就因为我是个商业家，黎斯莱先生。商业家，而且是商业家的儿子……哈，我知道，您是想说，我什么买卖也没有做过。可这得怪谁呢？那些把我看成是个低能儿，把我赶到蒙特鲁日，这个皮萨塔①大门口去的人，他们就没想到贷我一笔款子弄个什么企业……"

这时黎斯莱终于使他安静了下来，现在就光能听到一些谈话片断："地段相宜……高高天花板……出气痛快……未来的计划……大企业……保证，只要有机会……很多人全得傻眼……"德洛贝尔一面捕捉着这些片言只语，一面装着对自己预算深思出神的样子，竭力表示他并没有在听。

黎斯莱感到很窘，因此有时为了装装样子喝上一口啤酒。最后，当谢伯已然放心了——而且是不无根据——他的女婿才堆起笑容转向了有名的德洛贝尔，后者正以一种严厉的、缺乏热情的目光注视着他，好像是说："那么，我哪？"

"唉，我的上帝……我都忘了。"不幸的黎斯莱暗思着。

于是，他换到了另一把椅子和杯子前，在演员对面坐下来。但谢伯不像德洛贝尔那样懂交际，他不是谦逊地回避，而是把自己那个带把的玻璃缸挪过来，挤到他们一起。大人物不愿意当着他面谈，就此把自己的文件郑重其事地分两次装进口袋里，跟黎斯莱说："这事等下再研究。"

确实，这一等就等得久了，因为谢伯是这样判断的："我女婿是个善人……要是我一走，这个招摇撞骗的就可以向他随便勒索。"

所以他就留下来盯着他。演员都快气疯了。搁到下一次再谈？不能。黎斯莱刚说了，明天他要去萨维纳住一个月。

"在萨维纳住一个月？"谢伯失望地盘问，好像女婿要故意躲他，"那么工作怎么办？"

"哦，我每天都上巴黎来，和乔治一起。这都怪老伽蒂努

---

① 最初为监狱名称，后来作为精神病患者和残废者收容所，位于巴黎郊区蒙特鲁日南二公里。

瓦，他定要看看自己的宝贝西陀涅。"

谢伯不以为然地摇摇头。他总认为这种做法很不明智。

工作终归是工作。在其位就该谋其职。谁保得住？工厂夜里也可能失火。最后他还向黎斯莱耳提面命地重复着："当家的眼睛①，我亲爱的，当家的眼睛……"其实演员——他也不乐意黎斯莱走——倒真是眼睛瞪得跟豹子似的，很有点儿像"当家的眼睛"。

最后快到半夜的时候，蒙特鲁日的末班马车终于把泰山老大人带走了，德洛贝尔这才有了发言的机会。

"首先是计划，"他说，为的是不要一下接触到数字；接着，戴上了夹鼻眼镜，就开始跟在舞台上那样洋洋洒洒地念了起来，"如果对目前法兰西戏剧艺术的蜕化作一不偏不倚的观察，衡量一下它与莫里哀戏剧的差距……"

就这样一口气念了好几页。黎斯莱听着，用烟斗慢慢地抽着烟，并生怕发出什么响声，因为朗诵演员每一分钟都从夹鼻眼镜上面瞄着他，以便判断自己的辞藻产生了什么印象。遗憾的是，到纲要的最精彩部分朗诵给打断了：咖啡馆要关门打烊。灯也灭了，就只好走吧……预算呢？……决定在路上读。他们到了每一个有煤气灯的拐角就停一停，这时演员就报告自己的数字：大厅费用多少多少，照明费用多少多少，慈善事业捐款多少多少，演员薪金多少多少。特别在有关演员问题上他咬字尤为清楚。

"事情有利一面，"他说，"就是不需要支付首席演员……我们的首席演员将由皮皮……（指的是自己，他喜欢称自己皮皮）首席演员的薪金通常是两万法郎……而既然这笔钱无需

① 拉封丹的一则寓言名词（四卷第二十一），以后成为表述当家人小心自己财务的成语。

支付，那还不就等于您把这笔钱放进了自己口袋里。是不是这样？"

黎斯莱没有回答。他看来有点不好意思，眼睛若有所思地游移不定。

念完预算，德洛贝尔惊骇地看到，他们已经到了维耶－霍德里特大街的拐角。这时他单刀直入提出了问题：黎斯莱是否有意于这项事业？

"不！"黎斯莱坚定地说，这股突如其来的勇气是在他见到了近在咫尺的工厂和想到他会冒身家财产的危险而产生的。

德洛贝尔大为震惊。他原以为他的事业已然唾手可得，而现在，他变得丧魂落魄的样子，手拿着文件，眼睛瞪得圆圆的望着黎斯莱。

"不，"德洛贝尔听到的还是这句话，"您要我做的事情，我做不到……就这么回事。"

慢吞吞地，还是这么个慢性子，老伙计解释他自己根本就不富有。虽说他也是这家大厂子的合伙人，他没有活动的钱。他和乔治按月从账房领取一笔有数的金额，视年度收支情况分摊红利。他的全部积蓄已经投入设备，到编制平衡表还得等四个月以后。他上哪儿去找这三万法郎来购置剧院？万一事情又不得手？

"这不可能……我皮皮是干什么的？"穷皮皮说着，骄傲地挺挺胸脯。

但黎斯莱不为所动，并对皮皮的百般劝说始终答复着："缓一缓，过两年，过三年……我并没有断然拒绝……"

演员奋战良久，疯狂地坚持着自己观点。他提出可以修改预算，可以把事情办得经济一点。

"对我来说都是一样，风险太大，"黎斯莱打断他，"我的名字不属于我，它是厂子的一部分，我没有权利作主。万一我将来成了一个破产者！"在说到"破产者"一词时他声音都开始发抖。

"可是，这一切不都可以用我的名义吗？"德洛贝尔反驳，他没有这种一丝不苟的毛病。他试遍了所有办法：从造福于神圣的艺术事业，甚至一直涉及到女演员的生活，她们迷人的眼睛……黎斯莱哈哈大笑起来："哎哟，您是那么个戏谑家！您说这些干什么？莫非您忘了我们俩都有家，这会儿已经很晚了，我们妻子一定都在等我们。您不会生我的气，是吧？这不是拒绝，您会谅解……啊，阿希尔大叔已经灭灯了，我得赶紧走。再见！"

当德洛贝尔走回家时，已经是深夜两点。

两个女人像平常一样在等着他回来，可是在干活中却带着一种不平常的、热病似的激动。德洛贝尔妈妈铰铜丝的剪子，不知怎么老在她的手里哆嗦；而戴西蕾的十个手指，在点缀小玩意儿时动作那么敏捷，使人一望到它们都感到脑袋发晕。在她面前桌子上一字排开的蜂鸟，看起来似乎也亮得有点特别，而且色彩比平时更为鲜艳。

其中还有一个原因是，当天晚上有一位漂亮的女客来拜访了她们，她的名字叫——迪瑟儿①。她不辞劳苦，摸着黑暗的楼梯登上了五层楼，轻轻推开小房间的门，用那水灵灵的眼神朝里面瞟了一眼，正是那种有魔力的眼神使我们一次次地被勾引住，凭你是情场老手！

"唉，但凡你父亲能成功的话……"德洛贝尔妈妈有时一阵阵地这样说，像是想给自己神魂颠倒的乐观想法来个总结。

---

① 迪瑟儿——希望。

"能成功的，妈妈，你放心好了。黎斯莱先生那么善良，我敢替他担保。西陀涅也爱我们，虽说是，这也是实情，她出嫁以后像是有点把自己朋友忘了。但也得替人家考虑……要说起来，她对我的情分我永远不会忘记。"

于是，一回忆起西陀涅施给她的那份情义，可怜的瘸腿姑娘干得更热火起来。她那风驰电掣的十指开始以加倍的速度活动着。可以这样说，它们是在追逐着一种缥缈无定的东西，一种幸福或者说是一厢情愿的爱情……

做母亲的原可以问她"她对你究竟有什么情分？"但在这当口，她并不关心女儿在说什么。她想的只是自己的大人物。

"你是这样认为，姑娘，他能成功？唉，要是你父亲有了自己的剧院，要是他能像过去那样重新演出！……你呀，当然，是记不得了，你那会儿还是个小东西，可他真是红得发紫，多少人捧他！一次在阿兰松，戏迷们向他献了一个黄金花冠。你父亲当年是那样的风头十足，那样的愉快和乐观！现在他完全不是那样的人了，我的可怜的冤家，命里倒霉，人也大变样了……但我相信，但凡事情有点眉目，他又会变得年轻和幸福。再说剧院经理挣的都是大钱。南特的剧院老板甚至有私人马车。你要知道：我们有马车啦！……不……你看着吧！那对你可太好啦！你可以去散步，不用像现在那样老钉在扶手椅上。你父亲会用车子把我们送到郊外。你能见到河流，树木。你不是想看树吗？"

"树！……"可怜的"隐士"心里扑腾着喃喃地说。

这时，外面的门砰的一声关上了，同时很快就听到过道上响起德洛贝尔匀称的脚步声。两个女人激动得立时静了下来，屏住了呼吸，生怕不自觉地又掉出一句话来。

她们甚至不敢相互望一眼，连母亲的大剪子都哆嗦得那么厉害，把铜丝铰得歪七扭八。

不用说，这对穷途末路的人实在是一种可怕的打击！破灭了的希望，伤害自尊的拒绝，同行的窃笑，咖啡馆的账单——在整个自任"经理职务"期间在那儿赊欠的午餐费，这账单马上就得付清——所有这些，在楼梯的一片静寂和黑暗中不断浮现在他的眼前，直到爬上了五楼。他心里非常难过，但是演员的性格在他身上是那么执着，甚至对于这种真实的痛苦，他都没有误了要戴上一个世俗剧的面具。

一进门，他收住步子，用悲剧的眼光向着工作室，向着堆满活计的桌子、桌子边沿那份盖着的寒酸的夜宵和两张亲爱的脸和惊惶地注视着他的火热的眼睛扫了一遍。演员沉默有顷——可谁不知道，戏中的有顷显得是多么的长！——而后，向前三步走，沉重地一下倒在桌子旁一张矮矮的小椅子里。

"嗳……嗳呀！我该死！"用的是一种带哭声的嗓音。

接着，用拳头狠狠地击了一下桌子，震得桌上的小鸟小虫子满屋子到处乱飞。受惊的妻子赶紧起来胆怯地向他走去，而戴西蕾，在扶手椅里支起身子，带着一种紧张的，使整个脸部线条都变了形的绝望表情望着父亲。

演员颓然坐着，低垂双手，脑袋耷拉在胸口上，开始自言自语。这属于一种若断若续的无节律独白，间带效果性叹息和鸣咽声，并杂有演员对残忍而自私的布尔乔亚，这群曾使他为之呕心沥血作出过牺牲的恶魔的诅咒。

随后，他开始回忆自己的全部舞台生涯：最初的成就，阿兰松戏剧爱好者的金冠，与"神圣的女人"的结婚——说到这里他手指着这个不幸的女性，而她此时正像上了年纪的人那样边听边摇着头，哆嗦着嘴唇，泪人儿似的站在他的跟前。

即使是一个完全不了解有名的德洛贝尔的人，听了这长段独白，也能详细地叙述他的生平。他想起了自己来巴黎淘金，自己的失败，困苦……呜呼！忍受这些困苦的不是他！要证实这一点，只消看一眼他那肥头大耳的容貌和旁边两个消瘦枯干的女人的脸庞。但演员无意于这些细节的叙述，并继续陶醉于自己的朗诵艺术。

"呵，"他说，"我这样地挣扎着！十年了，呵不，十五年了，我挣扎着，而这两个忠诚的女性支持着我，养活我！……"

"爸爸，爸爸，不要说了……"戴西蕾阻止他，央求地抄着两只手。

"是的，是的，她们养活着我……而我也不觉脸红，为了艺术，只是为了神圣的艺术我才接受她们所有的牺牲！可是现在够了！这苦酒我已经尝够了。我要告退。"

"别这样说，我的朋友！"德洛贝尔太太叫了起来，向丈夫扑去。

"不，不，放开我！我再没有力量了。他们伤害了我演员的心。当然，我只能谢绝舞台……"

如果您看到，两个妇女开始怎样地拥抱他，怎样地央求他不要放弃斗争，一味向他证实他没有权利离开舞台，您就会抑止不住自己的眼泪。但德洛贝尔坚持着自己的观点。

最后他在百般劝解下让了步，答应再忍受一个时期，既然她们是那样的坚持；但这是费了多大的爱抚和祈求才使他回心转意！一刻钟以后，被自己的独白弄得疲惫并感到自己的悲观情绪已然发泄殆尽的大人物，坐在桌上食欲大振地吃起了夜宵，所感到的只是一个演员在晚上演完一个重大角色下来后的那么一种飘飘然的疲劳。

一般情况都是这样，演员在激起全场震动和在舞台上掉了真的眼泪以后，只消一离开戏院，就会把所有这一切忘了。

他把自己的激动连同服装和假发一起留在了演员化妆室里，然而那些比较天真和感情脆弱的观众，在回家路上却会激动不已，泪眼潜然，而且他们神经质的亢奋会使他们久久不能入眠。

这一宵，戴西蕾和她母亲几乎都没合眼。

四　重逢萨维纳

对两个家庭来说，他们在萨维纳的相聚是多么深重的灾难！

事过两年，乔治与西陀涅又在这所老气横秋的古老庄园里重逢。坚韧不拔的石头、池塘和树木——所有这里的一切仿佛是对易变的和昙花一现的事物的嘲笑。人与人的长期交往也需要更坚实的，更高尚的人格才能使之不成为一种隐患。

然而克莱尔却显得比任何时候都高兴，在她的心目中，萨维纳还从未有这样的美。她是多么地愉快，她领着自己孩子在她小时候奔跑过的小草坪上散步，坐在她母亲当年坐过的，看她做儿童游戏的阴凉的小凳子上，有时挽着乔治的手再去认一认他们当时玩耍过的各个角落！每当这种时候，她会感到有一种与世无争的满足，那种当你在寂静中和离群独处时会油然而至的恬然自得的幸福感。她整天拖着自己宽大的罩衫在林园小道上闲步，配着女儿的小步子，迅速地应答着她层出不穷的欢叫和要求。

西陀涅极少参与这种家常的散步。她说孩子的喧闹使她感到腻烦，而这正称了老伽蒂努瓦的心意，他就喜欢听这一类的闲话，好叫外孙女感到懊恼。他还想了个办法来这样做，就是把工夫都用在西陀涅一人身上，他竭力要让西陀涅过得比她上一次来还要舒服。那些放在屋里已经两年没有使用、而每星期都得把蒙在丝垫上的尘土和蛛网来次掸扫的马车，现在都刷得干干净净，拿出来供西陀涅使用。马儿一天得套三回车，铁槛杆大门在地面弧圈上来回启阖。屋子里充斥着一派社交场色彩，园丁小心翼翼照料着花草，因为黎斯莱太太要挑最美的花朵缀饰参加晚宴的发式。真乃车水马龙，宴游无休。这些活动明是弗罗蒙小弟太太主持，但独占鳌头的却是这位愉快而活跃的西陀涅。其实，克莱尔也经常把自己主人位置让给西陀涅。孩子睡觉和散步都有规定时间，任何娱乐都不能打乱这个时间表。做母亲的自然不免会和社交活动疏远，甚至每天傍晚都往往无能分身偕西陀涅乘车去接从巴黎回来的两个伙伴。

"希望你能原谅我。"她对西陀涅说，一面朝自己楼上房间走去。

黎斯莱太太不胜得意。她像一个优雅的有闲阶级的女子坐着马车疾驰，对马儿急促的奔跑茫无所动，一派无思无虑的样子。

清风从她戴面纱的帽子下习习吹来，使她更显得英姿飒飒。有时当她从半阖的眼睫下注意到马路拐角处的那家小饭馆，看到在铁道旁草地上奔跑的衣着土气的孩子时，她眼前出现了以往在星期天偕黎斯莱和亲人出游的情景。想到这里她身上不禁一阵轻轻的寒栗，不由把披着的那件华丽的带有徐缓绉襞的斗篷紧紧地把自己裹住，但随着马车的轻轻颠簸，她浑浑然又进入了安逸的平静状态。

在车站上等人的还有其他一些马车。西陀涅在这里引起了普遍的注意，有几次她听到似乎有人就在她身边轻声地说："这是弗罗蒙小弟太太……"实际也是，谁要是看到他俩从车站回家的样子很容易有这样的错觉：西陀涅——在车厢紧里面，挨着乔治，他们有说有笑；而在他们对座，笑眯眯两个大手掌捂着膝盖的是黎斯莱，他一直感到坐在这辆华丽的马车里，自己总有点不好意思。西陀涅想起有人把她当作弗罗蒙太太，心里感到无比自豪，而且天长日久对这一点也越来越习惯。一到家一对情人就自动离开一直到吃晚饭；但在和自己这个安静地守在入睡的孩子身边的妻子相处时，乔治·弗罗蒙——还远未到希冀享受家庭温暖的年龄——脑子里还装着漂亮的西陀涅，这时花园里正响起她的歌喉，抖出了一阵华丽的唱腔。

就在整个城堡由着这个年轻女子的性子大为改观的时候，老伽蒂努瓦本人还在过着一个寂寞的、无聊而空虚的富翁的闭塞生活。他唯一的娱乐是做暗探活动。佣人的偷懒，厨房有几筐蔬菜和水果——都是他经常侦察的对象。

对他来说，再没有比当场拿获更高兴的了。根据他的说法，这还是他的一种什么职业，能在周围用人的眼里提高他某种声望，并一到吃饭时候他就向一片肃静的座上客绘声绘色地描述他所采用的侦破计策，犯罪者的脸部表情、惊惶和哀告。

为了对女佣人进行经常性侦察，老头看中了一张陷在茂密的泡桐树后面沙子堆里的石凳。他成天坐在那儿，既不看书也不想别的，光盯着哪个出去进来。为了进行夜间监督，他又想出来一个点子。在紧接着放花的台阶的里面大堂屋里，叫人在天花板上凿了一个窟窿眼，以便使堂屋和上面他那间房间接上关系。通过一个装备精良的助听器，他在楼上能够听到楼下的所有声音，包括在夜间出来到小门廊上透透气的用人的谈话。

不幸的是，这个过于精巧的仪器把所有的声音扩得太凶了，结果声音都混杂一起，余音袅袅，所以老伽蒂努瓦把耳朵一贴近自己的小喇叭管，唯一能听得清楚的——就是大钟恒久不变的匀称的嘀嗒声，拴在楼下那根小横梁上的鹦鹉啼叫声，再搭上哪只觅食的母鸡的咕咕声。至于说话的声音，一传到他那儿就成了一片沸沸扬扬什么也听不出来的吵吵声。尽管这是一笔冤枉钱，但老头并不计较，他把这个声学上的奇迹藏在自己床上的帐子褶缝里。

一天夜里，老头还没有睡着，突然被门扇的吱扭一声惊醒。在这深更半夜里他觉得这不是一般的事情。

里里外外毫无动静；光听到似乎是看家狗在沙子地上走，好像它们在一棵什么树前停下来，树梢上响起了夜猫子的声音……正是利用这声学仪器的好机会！等放在耳朵上一听，伽蒂努瓦证实他并没弄错，一片嘈杂声。有开门的声音，接着是第二道门声，有人在使劲抽动台阶的门栓。可是不管是皮拉姆，铁兹巴，或是凯丝——这条凶狠的纽芬兰狗——都没有叫起来。老头悄悄地起了床，想看看这些不是进来偷而是出去偷的奇怪窃贼究竟是何许人。这下他透过百叶窗的格子就什么都看到了。

有个身材高大线条匀称的男子，很像乔治，挽着一个头上包着一块花边头巾的女人的手，他们走到一棵开花的泡桐树下，在长板凳上坐了下来。

这是个美妙的银光灿灿的夜。月儿穿过树梢向密层层树叶投下晶莹的耀斑，月色如洗的凉台上长毛纽芬兰狗窥伺着夜蛾子，在来回逡巡，微波不兴的湖面和池水有如在一面大的银盘照射下，整个都闪耀着一派平静和宁谧的反光，在一块块小草坪边缘处处流萤似火。

有那么一段时间一对情侣在泡桐树下默默坐着，躲在月影的暗处。但蓦地他们暴露在一道月光之下，慵懒无力地偎抱着，而后慢慢穿过小草坪消失在山毛榉小道上。

"果然不出我的所料！"老伽蒂努瓦一认出他们就自言自语地说。其实他用不着非得看看他们是谁，就凭狗都能够相安无事和整幢房子都睡得死死的样子，难道还不足以向他雄辩地说明，深更半夜在他的林园小道里，有谁能干出这样胆大包天、不怕受惩罚和无人敢管的犯罪的事？但不管怎样，老农民对自己的发现大为兴奋。他摸着黑回到自己房间，一个人咕咕的越想越乐，躺下就睡了。很快在小书房里，就是他开始以为有贼而在那里等着向自己的牺牲品下手的地方，月光开始照耀着挂在墙上的各式口径的枪支和子弹盒。

他们就在原先那条小道的犄角里重叙旧情。

岁月的流逝，命运的捉弄，难言的愁绪和离索，似乎仅仅是为他们的重逢作准备。而且也用不着作者赘述，在走上背叛的道路后，他们所后悔的只是为什么早前就没想到这么做……乔治·弗罗蒙被狂热的情欲所俘虏。他欺骗了妻子，自己最好的女友，欺骗了黎斯莱，自己的合伙人，这个在生命的每一时刻始终肝胆相见的忠实朋友。

现在良心上的责备在不断折磨着他，但犯错误本身所具有的怪异性只会使他的欲念变本加厉。这个女人占领了他的全部思想，这种情况在他过去是没有过的。至于说到西陀涅，那么她的情网仅仅是由虚荣和怨恨编织而成。她感到最痛快的，就是意识到克莱尔在她面前栽了跟头。哈，要是她能够向克莱尔说："你的丈夫爱我，他因我而背叛了你！"——那她还更感到高兴。而黎斯莱，照她的看法，已经完全够本了。用她过去作坊艺徒的特殊语言来说——人家不说了就算对得起他——倒霉蛋本来就是个"老头子"，她嫁他就是图的钱。

而天下的"老头子",他们不就是为了戴绿帽子才存在的吗?

白天的萨维纳属于克莱尔和正在成长的女孩子,她在铺着细砂石的小路上四处奔跑,向小鸟和白云仰着笑靥。光明和充满阳光的林荫小道是为母亲和孩子存在。但青青夜色是这对私通者的天下,他日种种罪孽莫不由此始。它幽语低回,在关起的铠窗外无声地来去,而入睡的房屋在它的面前渐渐成为哑巴和瞎子,恢复了石头原有的冷淡,仿佛它们耻于见到和听到这种事情。

五

西吉斯蒙·泼拉纽斯为自己金库担心

"马车,绍什? 我的马车……为什么? "

"请您相信,亲爱的黎斯莱,您的确需要这个。我们的主顾,我们的营业在逐日扩大,我们一辆马车已经不够用。再说别人看到也不合适,一个股东出门坐车,另一个总是走路。真的,这是必要的开支,自然这笔账应该记在厂子的公共项目上,您看就这样吧! "

就黎斯莱看来,这真是大可不必。

给他配备像车那样的高级奢侈品,他觉得自己好像偷了什么东西一样,但最终他还是在乔治的坚持下让了步,心想:"这下西陀涅倒是高兴了! "

可怜虫万万没有想到,早在一个月前,西陀涅亲自在宾代尔选中了一辆轿车,这是乔治准备送她的,决定车的费用由公共项目支出,以免引起做丈夫的怀疑。

善人黎斯莱好像生来就是一辈子受骗的命。与生俱来的诚实和待人接物上的轻信,是他耿直的性格的基础,而现在当他专心致志地想要发明黎斯莱印刷机时,这种性格上的特点表现得尤为突出,他相信机器会给糊墙纸工业带来一次革命,并成为他对同业的一个贡献。每当他放下图样,从二楼小小的工作室出来时,还一心转着念头,对周围事物毫不理会。但他是个幸福的人。当他一回到宁静的家庭环境,就会看到妻子满面春风，老是打扮成漂漂亮亮和笑盈盈的样子。尽管他对这种变化原因不甚了了，但毕竟还是觉察到"囡囡"一段时间以来对他的态度有所改变。她容许他恢复原先的生活习惯：在饭后用甜食或水果时抽烟，午睡，和在啤酒馆与谢伯和德洛贝尔聚会。他们的房间也大为改观，变得更华丽。里面通常的生活用具一天天让位于奢侈品。西陀涅的眼光已由简单的室内花篮和大红客厅转到极尽典雅和时髦的东西上，热衷于古典家具和珍奇的瓷器。她卧室四壁都包上了天蓝色的绸子，装饰得像珠宝匣一般。客厅里过去放钢琴的地方现在放着一架名牌三角钢琴，同时再不是一周两次，而是每天都能见到声乐教师道勃森太太手拿着一本卷成筒状的浪漫曲登上门来。

这个在执拗的脑门上梳着犹如柠檬瓤颜色的淡黄色分发，长着一对流注着某种金属光辉的灰蓝色眼睛的年轻美国女子，十足是个怪女人。丈夫不让她上台演唱，她就开始给人教课，而有时自己也在某些布尔乔亚沙龙里唱一唱。由于生活在矫揉造作的旋律世界里，她经常处于一种多愁善感的亢奋状态。

她是人格化了的浪漫曲。"爱情"，"激情"这类字眼到了她的嘴里就像是由二十个音节构成——她吐字就这样富有表现力。丰富的表现力！这就是道勃森太太奉为圭臬和她在自己女门生身上瞎忙乎的东西。

当时流行一首叫《哎呀，傻姑娘》的浪漫曲，在很长一段时期内，巴黎到处都听得到这个歌声。西陀涅这时正认真地练习，因而整个早晨能听到她在唱着：

你结了婚。可是，真的，你把死亡带给了我！

"带—给—了我！"道勃森太太富有表现力地打断了她，

身子侧在琴键上痛苦的样子，看起来她似乎真的要死：那双明亮的眼睛翻起白眼，绝望地仰着脑袋。西陀涅怎么也学不了这个。她那狡狯的小眼睛和生气勃勃的丰满的嘴唇，与爱奥尔琴①的感伤情调天生无缘。而那些可以运用手势、头部和胯股动作来加强气氛的奥芬巴赫或爱尔维戏谑曲对她倒是要适合得多，但是她不敢向自己这位难堪的女教师承认这一点。但话又说回来，尽管人们把她错放到勒·米勒小姐那里很是耽误了一段时间，她的嗓子还是清鲜和相当的美。

西陀涅没有知心朋友，因而慢慢地把教唱歌的老师当作了自己的女友。她留老师吃饭，让她跟自己一起坐着新马车出去玩，要她陪着买东西，挑选服装和珠宝首饰。道勃森太太多愁善感和悲天悯人的情调喜欢什么事情都开诚布公。她那种经常性的诉苦似乎已使对方产生惺惺相惜的心理。西陀涅把关于乔治的事，关于他们相恋的经过都告诉了她，同时竭力把自己的罪责诿诸于爹娘的狠心，强迫她嫁给年龄比她大得多的富翁。道勃森太太立即表示愿为这对情人赴汤蹈火，而且决非是出于什么企图，纯粹是因为这个小妇人对爱情故事和浪漫主义的儿女私情中了邪。

她在自己的婚姻上遇人不淑，她丈夫，一个牙科医生，打过她，因而她认为所有男人都是怪物。可是在她看来，黎斯莱要算是其中最可怕的暴君，做妻子的完全有权恨他和另有外遇。

这是个活跃的和极为得力的心腹。每星期她能给找来两三场戏票，上歌剧院听意大利歌手演唱，要不就到一家在演出季节里轰动整个巴黎的什么热门的小剧院去。黎斯莱光知

---

① 爱奥尔琴——一种箱式弦乐器。上面的弦依靠空气振动发声。名字来源于希腊神话中风神爱奥尔。这里谐指道勃森太太的演唱姿态。

道戏票是道勃森太太送来的——哪个剧院有什么演唱她可以随便拿。倒霉蛋都没有想到，一场初次演出的最俭省的包厢经常都得花他的合伙人十个或十五个金路易。

骗这样的丈夫真是太容易了！他的与生俱来的轻信态度对任何谎话都信以为真；加之他对这个弄虚作假的世界还很不了解，而他的妻子则已经开始深通其中三昧。他从来也不陪她出去。在婚后的最初一个时期他和她去过几次戏院，但被要求对观众作一番细心观察，他为人又未免过于恬淡了，同时也没有一种足够的艺术感受使他能对舞台发生兴趣——他糟糕得差点没睡着。这样，他对道勃森太太在西陀涅跟前的越俎代庖自然很是感激。她那么热心为他出力……

晚上，当妻子一坐进马车里，穿得总是那么漂漂亮亮的，他就用一种赞美的眼光目送她离去，既没想到这些盛妆华服的价值，更没有想到这些衣服是谁花的钱。他什么也不怀疑，等着她回来，一面在壁炉旁画着画，还高兴地思忖着："她在那儿会多么快乐！"

楼下，在弗罗蒙家里，演出的是同一出喜剧，只是角色不同。在这里留在家里的是妻子。每天晚上，西陀涅出发半小时以后，两扇大门就重又打开，把送乔治先生去俱乐部的那辆弗罗蒙的马车放出去。毫无办法！这是喜剧要求。谁不知道经常在俱乐部，在牌桌上能达成大笔交易，所以为了厂子利益乔治不得不往那儿跑。克莱尔天真地相信这一点。有时丈夫走了，她不免心里一阵惆怅。她是那么地想要和他在家里一起待一会，或是和他手挽手地一块儿出去玩一玩。但等她看到女孩在别人给她脱衣服时在炉边唧唧地说话和扭着两条粉红小腿的样子，做母亲的很快就感到一种欣慰。尤其是那个巨大的字眼"事业"——这个对买卖人有如国家大事一般的理由——总是在向她说情，要她对这种不可免的事情作出谅解。

乔治和西陀涅在剧院里约会。他们在一起露面时首先感到的是虚荣心的满足。大家都在注意他们。实际西陀涅现在就是一个漂亮人物：为了使她那长得很不错但不正常的脸蛋能产生应有效果，她需要穿奇装异服，而她在这上面已经具有独到的眼力，使这些服装看来恰似为她而设计的。

乔治和西陀涅在戏院往往只待一会儿，就把道勃森太太扔在包厢里走了。他们在靠香舍里榭的加布利埃街租了一套小房子——勒·米勒作坊的理想——两间幽静的、陈设豪华的房间。在那里，那种但闻有车声辚辚的阔人住宅的寂静，温柔地安抚着他们的爱情。在对自己新的地位稍稍习惯以后，西陀涅变得更为勇敢，脑子里出现了各种各样的幻想。她在劳动的日子里就在记忆里留下了各种舞厅和酒楼的名字，现在她被一种好奇心唆使着；还有对那些直到现在她只是从招牌上知道名字的讲究的女裁缝的访问，也给她带来不少的愉快。可不，她要用自己的爱情为少年时代的悲哀和屈辱索取报酬。

当她从剧院或由布洛涅森林夜游回来——她对在英国咖啡馆这种奢侈和淫乐的气氛中用夜餐就不感到有多大乐趣。从这些经常的"游览"中，她学到了说话、举止的姿态，学到了黄色小曲和连衣裙剪裁法，并在这家老厂的布尔乔亚气氛中投入了一个离经叛道的当年巴黎荡妇的侧影。

在工厂里已经开始有某种议论。平民出身的妇女，哪怕是最贫困的，对女人家的打扮也是一下就能看出苗头！

下午三点光景，黎斯莱太太从家里出来，五十双明亮而嫉妒的眼睛就躲在作坊抛光的玻璃窗后面目送她离去，那眼光就像要透过黑天鹅绒绣花外套和珠光宝气的抹胸直盯入她有罪的良心。

这个不顾利害的小脑袋完全没有注意到，她的秘密已像她裸露的粉颈周围招展的鲜丽的缎带昭然若揭。她那两条优雅的穿着有十个扣子的金色皮鞋的大腿，在向沿途的人表白自己的艳史，表白夜餐去处有铺着地毯的楼梯，表白马车在车灯曳照的黑暗中环湖驶行时有轻暖的毛裘围裹。

女工们偷偷笑着，一面窃窃私语："看这个情人！……真够劲，穿得跟卖淫的一样！……当然，她这样子就不像是出去吃晚饭……真不可思议，还不到三年呢，那阵子她每天早晨都穿着那件破大衣往作坊跑，买两个苏的炒栗子装在口袋里，好暖和暖和手指头，可现在，您看到没有，太太要坐马车！……"于是在滑石粉的团团迷尘中，在五冬六夏总是烧红的噼啪作响的火炉前，这些姑娘中少不了有人会思量起使女人的一生骤然改变的命运的无常，可怜的姑娘们开始幻想绚丽而渺茫的前途，可能——谁知道呢？——她们也有这个日子。

所有人都认为黎斯莱是个妻子有外遇的丈夫。印刷车间有两个工人——"戏剧家弗里"剧院的老观众——肯定，他们有几次在这家剧院里见到过黎斯莱太太和一个躲在包厢深处的什么男人在一起。阿希尔大叔也在谈论着某些奇怪的事情，说是西陀涅有情人，说是她甚至可能有几个情人——这方面谁都不怀疑。不过就是谁都没料到，情人会是弗罗蒙小弟。

实则她并不想竭力掩饰自己和他的关系，相反，她倒是像要以此来炫耀。也可能恰恰是这一点大家没有怀疑到是他。有几次她肆无忌惮地把乔治挡在台阶上，跟他商定晚上的约会。她经常若无其事地当着大家找他说话，弄得他心里突突跳。但当最初的一阵恐惧过去后，乔治对她的这种勇气深表感激，认为这是强烈的爱情所致。他错了。

西陀涅不是这样的人，她所希望的只是一点：等着窗帘布微微撩开，让克莱尔看到他们，让她在心里油然起疑。

现在对她来说，美满的幸福就缺使情敌焦心。可是不管她怎样努力，克莱尔·弗罗蒙什么也没察觉，就跟黎斯莱一样相安无事。

只有老出纳西吉斯蒙是真在那儿焦心。但当他把钢笔往耳朵上一夹，暂时撂下账簿并从窗格子里向小花园湿润的小路瞭望的时候，他也想不到西陀涅那里去。他想的只是自己的主人，绍什先生，他近来在自己日常费用项目上支了许多钱，给他的账目带来了混乱。每次他都有新的借口。人一到小窗口前，就装着随便的样子说："您那儿能给我找点钱吗，我最亲爱的泼拉纽斯？……昨天我又输得够呛，我想也没有必要为这些鸡毛蒜皮的事找人跑一次银行……"

碰到这种情况，西吉斯蒙·泼拉纽斯总是不乐意地打开钱柜，把所要的钱给他，一面可怕地回想起当年的事。那时绍什先生还不到二十，就有一次上舅舅那儿坦白，说是打牌输了几千个法郎。打那时起老头一提起俱乐部就摇头，并对俱乐部的所有成员深为反感。所以有一次正碰上一个富商，也是这个俱乐部的成员到厂子里来，出纳就凭着他那股近乎粗鲁的直性子向他说："你们的萨托—德奥俱乐部也太岂有此理了！绍什先生两个月就在你们那儿丢了三万多法郎。"

那个人笑了起来："您真是糊涂了，泼拉纽斯先生，至少有三个月我们连您那老板的影子都没见着。"

出纳默不作声，但在他脑子里深深印入了一个可怕的念头，而且整天都没让他安定。

要是绍什没有上俱乐部去，那究竟在哪儿消磨掉晚上时间？那么些钱花到哪儿去了？

毫无疑问跟女人有关系。

于是当他脑子里一产生这种想法，西吉斯蒙·泼拉纽斯对自己的钱柜真是担起心来。这个打了一辈子光棍的伯尔尼的老狗熊，非常地害怕女人，特别是巴黎女人。为了在良心上能过得去，他认为有责任先向黎斯莱打个招呼。于是像随便聊天那样提到这件事。

"绍什先生最近花了很多钱。"一次他向黎斯莱说。

黎斯莱连眼都不眨一眨。

"我又能干得了什么，老头？……这是他的权利。"

老伙计说的还就是心里话。在他的心目中弗罗蒙小弟是厂子的全权主人。他黎斯莱，一个前任美术师，要让自己给他提什么意见还差点儿。出纳就此也不敢再多嘴；但恰好有一次，商店给他送来一张六千法郎开司米披肩账单。

他到乔治的办公室去。

"您意思是照付，先生？"

乔治·弗罗蒙有点不好意思。西陀涅忘了买什么东西要事先告诉他，她现在对他完全不讲礼节。

"付吧，付吧，泼拉纽斯先生。"他有点神情不安地说，并随即又加了一句："您把支出算在弗罗蒙小弟账上，我这是受人之托……"

当天傍晚，出纳西吉斯蒙正在点灯，看到黎斯莱从花园经过，就敲敲窗子叫他过来。

"是女人，"他对他小声说，"现在我有证据……"

而且在说到"女人"这可怕的字眼时，他的声音恐惧得直发抖，在工厂的一片轰隆声里听都听不清。四周正在紧张地工作，这种轰鸣声此时此刻在不幸的出纳看来都成了报丧的凶讯。他似乎觉得，所有这些开动着的机器，冒着一团团蒸汽的高大烟囱，许许多多不同专业的工人——它们和他们都是为着一个穿着天鹅绒衣服和戴着珍贵首饰的小小的、隐秘的生物在轰响，在开动和流血流汗。

黎斯莱只是笑了笑，没有把他的话当真。他长期以来就知道这位同胞对女人的坏处有以点概全的毛病。但泼拉纽斯的话毕竟有时还浮现在他脑子里，特别是到了晚上，当西陀涅捣鼓了半天，与道勃森太太一起上戏院去而只剩下他一个人的时候。只消她那长长的拖裙一拐弯不见了，房间里就变成一片肃杀。镜台前点剩的蜡，扔得到处都是的小零碎——处处都表现出乖僻任性和挥霍浪费。黎斯莱对这些已经习以为常。但当他听到乔治的马车从院里出去，一想到楼下的弗罗蒙太太又将孑身一人度过这一晚时，他周身就有一种局促不安的感觉。可怜的女人！如果泼拉纽斯说的是真话怎么办？如果乔治在城里有另一个家怎么办？……不！这简直太可怕了！

这时，他就放下了工作，悄悄地下楼去，问"能不能见见绍什太太"，并认为自己陪她坐一会儿是应尽的义务。

通常在这时候女孩子已经睡下，但她的小包发帽和浅蓝的小皮鞋连同几件玩具撂在壁炉前。克莱尔在看书或做活。她跟前不声不响地坐着母亲，她总是在擦什么东西或急躁地掸着灰尘，要不就是拼命吹座钟的顶盖或一时心血来潮神经质地把一个东西连续十次地来回挪动地方。黎斯莱也不是一个太健谈的人，但这并不影响年轻主妇对他的热情招待。她知道工厂里对西陀涅有些议论；虽说她对这种事情仅是半信半疑，但一看到这个老是一个人被妻子撇在家里的可怜人总不免心里发紧。他们之间的良好关系建立在互相可怜的基础上。这两个互相同情，而一个又想竭力使另一个得到宽慰的被抛弃者是多么令人感动!

黎斯莱坐在客厅中央一张小小的光线柔和的桌子旁,他感到从壁炉来的一股适意的暖气正慢慢地流经全身,整个房间的布置是那么舒适。他在那儿看到了相识二十年的家具,看到了自己前主人的肖像画……在对往事的缅想中他似乎觉得这个正在低头做活的亲爱的"绍什太太"也显得更年轻和可爱。她时而因听到孩子轻微的呼吸而忽然静寂,就站起来到隔壁房间去看一看。黎斯莱自己不知道是什么原因,总感到他在这里比在家里要好得多和舒畅得多,因为有的时候他那漂亮的房间在他看来就像是个什么市场或穿堂院:房门一会儿打开,一会关上,络绎不绝的客人进去出来。他的家——像个野营,而这儿——是真正的家园。

从整齐和雅致上处处可以看出有人在关心。那些围成半圆形的坐椅好像是在相互低语,炉火愉快地哔啵作响,在小不点弗罗蒙那顶小包发帽的所有蓝色缎带皱褶里似乎还留着孩子温柔的笑音和睇痕。

而就在克莱尔想到这样一个好人真应该有一个更好的生活伴侣的时候,黎斯莱偷眼瞧着她那平静而美丽的脸庞,她那善良而智慧的眼睛,真有点大惑不解:那个坏女人是谁呢?为了她,乔治·弗罗蒙把这样可爱的妻子给抛弃了。

六

平衡表

老泼拉纽斯在蒙特鲁日的房子与谢伯家住过的房子原是毗邻。它也是那么一栋有三个窗户的二层小楼房，一样的花园，围着篱笆和栽了一圈绿色灌木。老出纳和自己的妹妹住在这里。他早晨搭第一班公共马车走，晚饭前赶回来，星期天在家里张罗自己的花草和鸡群。妹妹料理家务，做饭，缝制所有日用衣物。真是人间少有的幸福的一对。

单身汉和老处女——他们出于同样的对结婚的憎恶而结合在一起。妹妹憎恶所有的男子，哥哥鄙视所有的女人，但尽管这样，他们互相崇拜，认为彼此是他们所属性别里唯一没有堕落行为的。

在对哥哥说话的时候，老处女总是称呼"泼拉纽斯先生，阿哥"，而他也郑重其事地三句话就要带一声"泼拉纽斯小姐，妹子"。对这两个胆小怕事的老实人来说，巴黎，这个虽然他们每天都要坐车在街上经过，但对它还不完全了解的城市，就像是个聚集着两性间尔虞我诈无所不用其极的男女怪物的渊薮。而一但有什么家庭悲剧或街谈巷议传到他们耳朵里时，各人又抱着自己观点谴责男方或女方。

"丈夫不对。""泼拉纽斯小姐，妹子"说。

"妻子不对。""泼拉纽斯先生，阿哥"不同意。

"唉，这些男人哪!……"

"唉，这些女人哪！……"

这就是他们在那种难得的、老西吉斯蒙从排得满满的像现金账那样严格划分的日程表中挤出来的闲暇时间里固定不变的题目。哥哥和妹妹有时在争论中还争得面红耳赤。

在这段时间里，他们特别关注工厂里发生的事。妹妹为弗罗蒙小弟太太感到惋惜，认为丈夫的行为太不体面；说到西吉斯蒙，那他对这个要金库支付六千法郎披巾账单的不知名的无耻女人，暂时还想不出更恶毒的语言。对他来说，这事关系到他从年轻时代就为主服务的这家老公司的声誉和信用。

"这样下去会落到什么下场？"他总是这么说，"唉，这些女人哪！"

一天，泼拉纽斯小姐手里拿着针织活坐在壁炉旁等哥哥回来。

开饭已经半小时了，老处女对于这样破例的迟到开始心头不安。这时西吉斯蒙突然进来了，显得心情非常不好，并且一反常态没有向妹妹问好。

直到把门关严，他看到妹妹纳闷而焦急的脸，这才轻轻地向她说："有消息。我知道那个要弄得我们破产的女人是谁了。"

而后，先向小饭厅里沉静的家具溜了一眼，声音放得更轻地把那个如此突兀、如此意想不到的名字吐了出来，听得泼拉纽斯小姐不得不把这名字向自己重复了有两遍。

"有这种事？"

"是的，确实这样。"

说着，别管心里多难受，他的神情可真显得有点儿得意。

老处女拒不相信。那么有教养、那么有礼貌的人物……

那回她那么诚恳地接待了她……真的，这怎么可能呢？

"我有证据。"西吉斯蒙·泼拉纽斯犹豫了一下。

当即他就跟她说起了，有一次，夜里十一点钟，阿希尔大叔碰到了乔治和西陀涅，当时他们正走进蒙马脱区的一家什么小旅店里。而这个人是从不说谎的，长期以来谁都了解他。而且其他人也撞见过他们。厂子里现在大家都在谈论这个，只有黎斯莱一个人什么也没看到。

"但你有责任警告他。"泼拉纽斯小姐说。

出纳顾虑重重："这是个非常棘手的问题……他真会相信我吗？不是有人眼睛瞎得只看到自己鼻子，其他什么也看不到吗？再说，掺和到两个合伙人的事里去，我会冒丢掉工作的危险……唉，女人！女人！……也真没想到，这个黎斯莱会有这样的福气！当时我把他从老家叫出来，他带弟弟上这儿来时身上一文钱也没有，可现在他是巴黎最大的厂商之一……您，可能以为他就此满足了吧？……哪有这样的事！他需要娶老婆。就像这真是那么必要……况且还娶了个巴黎女人，一个眼看就要把一家好端端工厂弄得破产的那种骚女人。可那时候他身边就有个现成的好姑娘，年龄跟他差不离，他的同乡，手也勤快，而且可以说，体格结实！……"

这个已经指到了她的体格的"泼拉纽斯小姐，妹子"，眼看有一个好机会可以大叫"唉，这些男人哪！……"但她没有作声。这是个非常微妙的问题，可能，而且实际也是如此，如果黎斯莱当时有这意思，他就会是唯一……的男人。

老西吉斯蒙接着说下去："可现在我们弄成什么样了……这样一家巴黎首屈一指的花纸厂，多承这位小煞星照顾三个月就到了千钧一发地步。不客气说，钱花得跟流水一样。为满足乔治先生要求，整天我就光忙着开金库的小窗子。他总是找我；他要是上银行取钱那就大露痕迹，可是金库里反正钱是活动的……钱进钱出……但他想没有想到平衡！年终结账就有好看的了！……而最奇怪的是，黎斯莱什么都不愿意听。我曾几次警告他：'注意啊，乔治先生为这个女人在做没脑子的事。'可他只是耸耸肩膀，一转身就走了，要不就回答说，这跟他没关系，说弗罗蒙小弟是当家人……真的，是个办法……是个办法……"

出纳没有把话说完，在他的沉默里，埋伏着锦囊妙计。

老处女显得非常激动，可是，正像处于这种情况下的大多数妇女一样，不是想办法挽救灾难，而是开始作各种假设，陷于事后的抱怨和惋惜……真糟糕，那时谢伯家还住在隔壁的时候，他们事先没有知道这事情。谢伯太太是个那么可尊敬的女人……本来很可以怂恿她，让她看着西陀涅，让她和她认真谈一谈。

"这还真是个主意，"西吉斯蒙打断了妹妹的话，"最好您能上马伊尔街去找她的父母亲，给他们一个警告。开始，我原想给法朗士写信来着……他对哥哥从来具有很大影响，而且有的事情也只有他一个人能跟他谈。可是法朗士太远了……而且采用这办法总有点不舒服，我还是非常心疼这不幸的黎斯莱……不，最好还是先和谢伯太太打个招呼。您能承担这任务吗，妹子？"

交办的事情有点棘手，泼拉纽斯小姐感到颇为作难。但她从不容许自己忤逆兄长的旨意，同时要为他们的老朋友助一臂之力的想法使她最终下了决心。

多亏女婿的善心，谢伯的新花招能如愿以偿。已经有三个月了，自从他搬到马伊尔街自己的所谓商店以来，他的铺子里没有商品，但铺子窗户却像那些大批发行那样朝起暮落，这不能不引起整个商业区的惊讶。房子里安装了货架、新柜台，放着带暗簧键盘的保险柜，硕大的磅秤。

一句话，谢伯拥有随便做哪一门买卖的全部资财，但他直到现在还不知该做哪门生意好。

他成天都在考虑这个问题，在堵满了笨重的卧室家什的店堂里踱前踱后，这些东西在铺面后的房间里已无处可放。他一面考虑着问题，一面耳朵夹着钢笔站在自己门槛上快活地谛听着巴黎市面上的喧嚣声。那些腋下夹着货样匆匆行进的销货员、拉货大车、公共马车、老虎车、独轮手车、左邻右舍的卸货、捆捆包包布匹和金银绦带从阴沟的垃圾上拖进地下室——这些囤积着贸易行一本万利货色的黑魆魆的洼坑——所有这些都使谢伯先生感到兴奋。

他喜欢猜包里面装的是什么，遇到车上有个包掉到行人腿上，或是马儿一犯劲大车横在道上走不了，他总是赶到现场的第一名，作为一个没有顾客的小铺老板，他还有很多其他开心的事：倾盆大雨、交通事故、扒窃、吵架……

待到一天完了，看别人劳动看得头昏脑涨耳朵嗡嗡的谢伯，疲乏地倒在扶手椅里，擦着脑门上的汗对妻子说："我渴望的就是这种生活……充满活力的生活……"

对丈夫的怪念头已经习以为常的谢伯太太，只是宽容地报之一笑。她在设法使铺面后那个窗子冲着阴暗院子的住处尽可能安排得舒服一些，她生活里唯一的安慰就是对父母在世时的那种和睦景况的回忆和想到女儿这会已经是个富家妇。由于经常服饰整洁，她已赢得了供货商和邻居的尊敬。

她也没有更高的要求。主要就是不让人家把她和工人的妻子混为一谈，其实有不少的工人妻子都比她有钱，她愿意不惜任何代价以维持其布尔乔亚妇女的名望。她竭尽所能地来这样做，就连她那铺面后的房间，下午三点就暗得跟黑夜似的，也总是拾掇得那么整齐而干净。白天床变成了沙发，旧披巾当作了台布，壁炉一挡上屏风，就成餐室，而在像火盆那么点大的炉灶上，做着日常的菲薄的饭食。平静——就是这个可怜女人的向往，她让她那不安分的生活伴侣给折腾怕了。

在刚搬来的时候，按谢伯指示在新上色的建筑物正面用斗大字体写了：

代客经营—出口业务

没有写专业项目。他的街坊有经营花边网、呢子和亚麻布的。他准备哪行有利就干哪行，但直到现在还没有拿定主意。然而谢伯太太在晚上临睡前得听他多少回花样百出的聒噪！

"我对亚麻布一窍不通，但对呢子我能担保。问题是，如果我想在呢子上赚钱，就得有一个跑外的。要知道头等货都出在色当和阿尔梯维尔。花布就不用说了，只有夏天才有人要。做花边网也不行，季节已经快过了。"

犹豫了半天，最后他还是一句老话："早晨做决定比晚间高明……还是睡觉吧！"

于是他睡了，这对妻子是个大赦。

过了三四个月的这样生活，谢伯开始感到苦闷。慢慢又有了头痛和头晕的毛病。这地段似乎又太吵了，对身体不利，外加事情没有进展。什么买卖也没有做：也没有卖呢子，也没有卖其他料子——没有。

恰好在这新的危急关头，"泼拉纽斯小姐，妹子"为了西陀涅的事来登门拜访。

老处女一路上跟自己说："开始得让他们思想上有准备……"可是就像所有胆怯的人一样，刚一进门，二话没说，她一下把什么都倒了出来。

这一下非同小可。一听说有人指责自己女儿，谢伯太太怒不可遏跳了起来。谁也休想让她信这个。她的可怜的西陀涅——是卑鄙的造谣的受害者。

谢伯装得高高在上的样子让她把话说完了，傲慢地把头一扬，然后一通豪言壮语，像往常那样有什么事就先夸自己：谁敢这样说，他的小孩，谢伯家的姑娘，一个德高望重在商业界饮誉三十年的商业家的女儿，能有这等……得了，您还是别说了！

泼拉纽斯小姐坚持自己的看法。她不愿意落一个好搬弄是非的女人的名声和被人看作流言蜚语的传播者，而且现在有不容置疑的证据……这对谁也已经不是什么秘密。

"就算是这样！"被她的强劲弄得恼火的谢伯大大叫起来，"这些事跟我们又有什么相干？我们女儿已经嫁了人。她不跟我们一起生活，她有丈夫，他比她大得多——他也应该教育她，管束她……他有没有想到要管一管？"

这时小广告人开始破口大骂自己的女婿：这个萎靡不振的瑞士人，他就光知道在办公室里，要发明什么机器，还拒绝陪自己年轻的妻子到上等社会去，认为什么都不如老单身汉的习惯好——烟斗，啤酒馆。

最可爱的是，谢伯在说到"啤酒馆"这个词时是带着多么贵族式的轻慢口气，而实际几乎每天晚上他都在那儿与黎斯莱相聚，要是黎斯莱因为有什么事去不了，他还会大加抵伐。

在这个马伊尔街商业家——代客经营－出口业务——全部废话的背后隐藏着自己的想法。由于又想要摆脱商店，抛开这个行当，他一段时间以来开始想见见西陀涅并使她对自己新的谋划发生兴趣。所以，现在不是和她把关系搞僵，不是摆父母架子并向她谈夫妇之道的合适时机。至于说到谢伯太太，她现在对女儿的玉洁冰清已经不那么有把握，因而她也就死鱼不张口。可怜的女人但愿能把看到的听到的一下全忘了，永远也不知道有泼拉纽斯小姐这个人。

就像所有那些饱经忧患的人一样，她总想躲避所有会破坏她的平静的东西，并觉得最好能超然物外。就算没有这些事，生活已经够烦人的！再说西陀涅从来是个诚实的姑娘，为什么她不做一个诚实的女人呢？

天开始黑了。

谢伯煞有介事地站起来。关上商店的窗户，点起了煤气灯，灯光一下照亮了光秃的墙壁、发亮的空货架和所有这些颇有点像在宣告破产的第二天所见的奇怪的布景。他决意僵持到底，轻蔑地撇起嘴巴，同时整个样子就好像是跟老处女说："天色不早了……该回家了。"而谢伯太太也趁这个时候在铺面后的房间里做着晚饭，突然就号啕大哭起来。

泼拉纽斯小姐的访问就此结束。

"唔，怎么样？"紧等着她回来的老出纳急忙向妹妹迎去。

"他们不相信并不客气地把我撵了出来。"

想到了委屈，她不禁泪珠盈眶。

老头顿时脸色血红，尊敬地抓住她的手郑重地说："泼拉纽斯小姐，妹子，请您原谅我，让您走这一步，但事情有关弗罗蒙公司的名誉。"

从这天起，西吉斯蒙变得越来越忧郁。他的金库在他看来已不复是可靠和坚固的了。甚至就是弗罗蒙小弟不来找他要钱的日子，他也还是惴惴不安，在和妹妹谈话中总是舌头绕不过弯来似的用三个字来表示自己的满腹忧虑："我不升!" [1]他带着自己浓重的家乡口音说着。

他的思想一分钟也没离开过钱柜。有时他夜里梦见，它四面裂缝敞开立着，尽管锁和插销还是好好的，要不就梦见一阵狂风，把凭证、钞票、支票和有价证券刮得满天飞，而他就在厂子里到处跑，精疲力竭地把它们一一捡回来。

白天，当他坐在自己窗槛后面办公室僻静的地方，他似乎觉得有一只小白鼠钻进了钱柜里，而且老是在咬啮，老在毁东西，老鼠本身则随着它那毁灭性工作的节节胜利变得越来越肥硕，越来越美丽。

所以一当西陀涅在光天化日下孔雀开屏似的出现在台阶上时，老西吉斯蒙就气得浑身发抖。这个朝着门口等着她的马车匆匆走去、带着一种自命风流的面色的妖冶女人，对他来说就像是落在公司头上的全部灾难的化身。

黎斯莱太太没有想到，在那边楼下的窗子后面藏着她一个死对头，而且不断在监视着她全部活动，她生活中的细情末节：看着音乐教师怎么来怎么去，那个有头脸的女裁缝每天早晨怎么登门，形形色色的衣帽盒子怎么搬进去，看着"罗浮" [1]送货人的制帽，看着他们的笨重的带篷货车，它响着铃铛在门口停下来，仿佛四轮驿车驾着高头大马，在成双成对地把弗罗蒙工厂往破产路上拉。

当这些捆捆包包从一边搬过去时，西吉斯蒙从远处给它们过数，用眼睛掂着分量，同时好奇地向开着窗子的黎斯莱家房间里眺望，想看看那儿在搞什么。一群用人正嘈杂地把地毯抖落出来，把一些室内花盆摆到太阳底下，花盆里满是

---

① "我不信"。
① 指 1855 年开设于罗浮宫附近的一家大百货商店。

那种跨季的荏弱的奇花异卉，还有奢华的帷幔铺垫——哪样也没逃过他的眼睛。

他所见的新置的东西，经常与所要求的大笔金额相符。

但他特别注意对黎斯莱的观察。

据他看，这个女人使他的朋友，一个最优秀最诚实的人变成了忘恩负义的骗子。不能不使人怀疑，黎斯莱是知道自己的不体面事情而在装聋作哑。不用说，对方会因他的沉默而给以报答。

当然，这种设想未免有些骇人听闻。但老实人的天性大都如此：一碰到与他们本性格格不入的邪恶，他们就会不顾分寸、操之过急。在确信西陀涅与乔治有私通行为后，西吉斯蒙自然对黎斯莱容易产生人格卑贱的想法。不然，何以解释他在对待合伙人花钱上所持的漠不关心的态度？

死心眼的西吉斯蒙在看待诚实问题上有其一定之规，他不能理解黎斯莱的整个精神气质。况且他那会计行业的思路，他那买卖人的小心谨慎，与他朋友——半艺术家半发明家的无忧无虑性格和心不在焉完全是两码事。他凭个人好恶来判断一切并且没有这样的能力来理解一个正经历着创造过程的痛苦，为自己理想发愤忘食的心情。类似这样的人，他们和梦游病患者相差无几。他们往往视而不见，一心以为鸿鹄之志将要实现。

可是，按西吉斯蒙的看法，黎斯莱什么都看在眼里。

这种想法把老出纳弄成了一个殊为可怜的人。他先是开始留心观察自己的朋友，，但不久就被他认为是一种假装、预谋、假面具的黎斯莱的泰然自若弄糊涂了——于是，他就如常规似的，见到黎斯莱就背过脸去，开始在文件堆里乱翻乱找，目光就是不愿接触那双在他看来是虚伪的眼睛，并在与黎斯莱谈话时总是望着花园里的小道或金库的窗格子。连他的说话也是游移不定，支吾搪塞，一似他那目光那样。真的，都不知道他是跟谁说话。

友谊的笑容已然消逝，往事不堪回想，过去他们曾同坐在现金簿前回忆着："瞧，你就是这年进的厂……这是你第一次提级……记得吗？那天我们在杜雅吃晚饭；而夜里在'瞎子咖啡馆'……嗳，喝了有多少酒！"

黎斯莱终于觉察到西吉斯蒙的这种冷若冰霜的态度。他跟妻子说了这事。

西陀涅一段时间以来已经感到有种反感的气氛在包围着她。常常，当她进出院子时，她会产生一种莫名的困惑，感到有一种敌意的眼光使她神经质地向老出纳的窗子回过头去。现在听到朋友之间出现了不和，她有点发慌，急忙向丈夫打预防针，叫他不要听信泼拉纽斯的谗言："难道您没有看出来他在忌妒您，忌妒您的地位？他有气，过去的同事成了他的上司。但对这种心怀不满也不值得大惊小怪……跟您说吧：我……我在这里受他的气。"

黎斯莱瞪起了一双大眼。

"你？"

"就是，我清楚……所有这些人都恨我。他们不能原谅谢伯的女儿，她竟然成了黎斯莱大哥的太太。只有上帝知道，有多少人在讲我的坏话，你那出纳造谣的本事也不比别人差，我有证据……多狠毒的人！"

妻子的话产生了预期效果。黎斯莱感到愤懑，但要他去作解释未免有失自尊，于是他开始以冷淡来回答冷淡。

这些个好人，一到彼此不信任时，就变得谁都不愿见谁，结果黎斯莱根本就不再上金库去。实则也没有去的必要，因为全部财务都有弗罗蒙小弟在管。而他的月俸到每月三十日有人送到家里。这对乔治和西陀涅可是大开方便之门，无须再绞尽脑汁来掩饰他们的罪恶勾当。

西陀涅开始在生活上大肆挥霍。她还有个私人别墅没有弄到手。其实她并不喜欢那些树木、田野和尘土弥漫的乡村小道。"没比这更讨厌的了！"她经常这样说。但克莱尔·弗罗蒙夏天都去萨维纳避暑。热天一到，楼下就收拾手提箱，摘去帷幔，一辆装货大车，车里蓝色的儿童摇篮一晃一晃地向外公的城堡出发。而后，一天早晨，母亲、外婆、小孩和奶妈——一片白衣料和轻盈的面纱——坐进闷热的马车，向着洒满阳光的草坪和菩提树小径的柔和的树荫疾驰而去。

巴黎每年到这时候就变得冷落少趣。所以说，纵然西陀涅夏天也喜欢待在巴黎，哪怕它热得像高炉，但一想到巴黎所有风流女子此时正在色彩明快的遮阳伞下，海滨浴场的哪个地方优哉游哉，想到她们借旅游为名，在卖弄可以展览的漂亮的大腿和显示长长的天生的卷发的奇装异服……心里就沉不住气。

可是想去海滨浴场是不可能的。黎斯莱不能离开工厂。

买别墅？他们还没有这么一笔钱。

不假，手边是有个情人。即便要求太过，他也乐于从命，但别墅不是买手镯或披肩，搪不过去。她必须与丈夫达成协议，任务不是轻而易举的，不过可以向黎斯莱试试。

为了先给他垫个底，她没完没了地向他说有块不大的郊区地皮，不很贵，而且完全就在巴黎近郊，黎斯莱笑嘻嘻地听着她说。他已然看到在自己面前有块高高的草地，一个结满奇异果实的果园……他已受到与财富俱来的私有欲的折磨。但他是个慎重的人，所以总是这样答复着："看看……看看……

等到年终。"

等年终，也就是等盘点。

盘点！

富有魔力的词汇。你为它整年忙碌，在事务的旋涡里打转。进进出出的银钱，流过来流过去，聚聚散散，而公司的资本就形同一个光体——延长着，收敛着，缩小扩大，在它没有进入静止状态前，都无法了解它的规模大小。

只有进行盘点才能揭示事物的真实状况，并证明这一年是否真像表面所见那样赚了大钱。

通常年度平衡表在十二月底，圣诞节前或新年前编制。一进入这个时期，做账的就得加班，经常坐到深更半夜。整个工厂都在抬头望着。办公室在工厂关门以后还久久地亮着灯，当家家户户在通明的窗子后面团聚的时候，这灯光像是对人们在年终岁末所表现的节日情绪表示同情。所有人，直至最低的职员，都关心着平衡表的成果。加俸、新年奖金——都依靠这幸运的数字。而当一家有钱的厂子，它的巨额收益还在办公室里进行讨论的时候——在五层楼和郊外小住所里的职员们的老婆、孩子和年迈的父母也在谈论着，其结果或是迫使他们进一步勒紧裤带，或是由于获得奖金而有可能去购买某种相思已久的东西的。

在"弗罗蒙小弟与黎斯莱大哥"公司编制年度报表的日子里，西吉斯蒙·泼拉纽斯是上帝，是圣殿，里面的所有职员都通宵不眠。

收支账厚实的纸张在入睡的工厂的一片寂静中翻得沙沙响，高声叫唤着需要互相轧账的项目，钢笔发出嚓嚓声音。被助手包围的老出纳，一脸关切而严峻的神色。有时，在出外办公事之前，弗罗蒙小弟也到这儿望一望，叼着雪茄烟，戴着手套，马上就要出门的样子。他慢慢跨着步，踮着脚，身子俯向小窗口，问着："怎么样？……有进展吗？"

西吉斯蒙喃喃几句作为答复，而年轻主人就走了，不敢再问。从出纳的脸上他揣测到，结果将不会令人高兴。

实际就是如此，从工厂在革命时期经历了战斗洗礼以来，弗罗蒙公司还没有见过这样的平衡表，公共费用把所有利润消耗殆尽；此外，弗罗蒙小弟在金库透支了一笔巨大的金额。可想而知，当十二月三十一日老泼拉纽斯到楼上去找乔治呈交业务报告时，他脸色是多么地难看。

那一位却是个乐天派。慢慢一切都会就绪——他安慰他。而且，为了使出纳心境愉快，他破例给了他一千法郎奖金，往年他舅舅给的是五百。这种慷慨大方的恩赐遍及全厂职员，于是在皆大欢喜中，年度平衡表的惨淡景况很快被忘诸九霄云外。至于黎斯莱方面，那就由乔治去向他作业务情况介绍。

当乔治走进自己合伙人的那间被上面作坊的灯光照亮的工作室时，灯光正落在这个冥想出神的发明家身上，弗罗蒙小弟一时迟疑起来，为自己到来感到羞耻和良心不安。

一听到门声，黎斯莱喜悦地转过身来。

"绍什，绍什，我的朋友……终于我摸到门路了，我们的机器……所剩的就是一些小零件还要考虑。但这已经无足挂齿！现在我有成功的把握……您看着吧……看着吧……现在普罗夏桑家完蛋了……有了黎斯莱机器我们什么竞争都不怕。"

"好啊！老兄，"弗罗蒙小弟回答，"但这是将来的事，而现在您考虑过没有？平衡表的事？"

"哦，是的。我都忘了……这么说，事情不十分顺利？"

"相反，甚至可以说相当顺利，"乔治回答，微微有点激动和尴尬的样子，"我们可说是完全心满意足了，特别是第一年，我们每人可以分到四万法郎的利润；我考虑，您可能需要钱给妻子买新年礼物……"

说着，他都不敢看一看这个受骗的老实人的脸，就把一叠支票和钞票放到了桌上。

黎斯莱甚至大受感动。那么多钱一下都给了他，他一个人！他立刻想到了使他能有今天的弗罗蒙家的宽宏大量，接着又想到了自己的西陀涅和她的夙愿，现在这夙愿可以实现了。

他微笑着，眼里噙着热泪，把双手伸给自己的合伙人。

"我有福气……我有福气……"

这是他在生活中碰到重大事情时喜欢用的口头语。而后指着他面前放着的一叠票子——那些薄薄的，窸窸窣窣眼看就要飞走的纸头——他容光焕发地说："您知道，这是什么吗？这——西陀涅的别墅。"

真是鬼打架！

七
信

伊斯梅利亚（埃及）
法兰西公司工程师
法朗士·黎斯莱先生

法朗士：我的孩子，老西吉斯蒙在给你写信。如果我能更好地用纸来表达自己的思想，我就有很多话要跟你说。但这倒霉的法兰西语言太难了，同时西吉斯蒙·泼拉纽斯离开数字就寸步难行。因此我将简略地把事情和你谈谈。

你哥哥家里出了一些不好的事情。这女人和他合伙人把他卖了，这样下去，他还要背上黑锅……亲爱的法朗士，听我的话，快点来吧！只有你能够把这个女人的事向黎斯莱谈谈和提醒他注意。其他人他谁都不信。快点请假来吧。

我知道，你要在那里独立生活，安排自己的未来；但正派人应该首先想到父母给他的好姓名。那么，我跟你说，如果你不立即来，你那黎斯莱名字将会蒙受奇耻大辱，使你不敢再使用它。

出　纳

西吉斯蒙·泼拉纽斯

第三卷
disanjuan

一

法　官

　　对于过着幽居生活和因工作或残废给锁在自己小窗口边的人，对于那些视野只及于邻近房屋的墙和屋顶的人——每个过路人都会引起他特殊的兴趣。

　　这些隐士们，身体尽管动不了，但根子倒像扎在街头的生活中，而那些每天都在同一个时刻从他们眼前匆匆走过的忙人，甚至都没想到自己成了他人的某种调节器，友善的眼睛总是在暗暗窥伺着他们，要是偶尔他们走了另一条道，他们立刻就会觉察到今天谁谁没有来。

　　成天守在家里的德洛贝尔女士们，也在做这样一种无声观察。她们家的窗子本来就窄，因此由于工作而视力逐渐衰退的母亲就坐在光线亮一点的地方，靠着略微卷起的细纱窗帘，而没隔多远就是女儿的那张大扶手椅。一天里所有过往行人，母亲都要跟她说一说。这是她们的一种娱乐、话题，从而冗长的工作时间也就显得不怎么叫人难挨，它被出现的人物——每隔一定的间歇时间——分成了几段，这些面熟的人都跟她们那样忙忙碌碌。那里还有小姐妹俩，一个穿灰大衣的先生，一个有人送上学和自己回家的男孩，和一个安着一条木腿的年迈职员，那条假腿在人行道上像敲丧钟一样。

　　说实在，那个职员很难看得清楚——他一过去的时候天色就很暗了——不过能听得到他来，同时他那假腿的响声传到小瘸腿姑娘耳里，就像是她无尽愁思的残酷回声。

所有这些街头朋友，谁也没想到会引起两个妇女的流连。

要是碰到下雨，母亲和女儿就会担心："他们要淋湿了……孩子在大雨来到以前能赶到家不？"而每逢节气变化时——根据湿润的人行道是否有耀眼的阳春三月的阳光，或是腊月间街面一片瑞雪和化雪的黑印子——两个女隐士看到自己朋友里有人衣服换了季节，就想着，"夏天又到了"，或是"冬天来了"。

转眼又到了五月末，在一个和风习习的傍晚，街头景色又侵入到打开的窗子，戴西蕾与母亲坐在自己的老地方，正用功地使着针，尽量在掌灯前充分利用落日的最后一抹余晖。

这时能隐约听到孩子们在户外游戏的叫声，低低的钢琴声加上一个推着空车的小贩的说话声。空气里弥漫着春天的气息，飘着一股风信子和丁香的淡淡的清香。

德洛贝尔太太撂下活计，像往常一样在关窗子前胳膊支着窗台，谛听着把干完一天活的人群抛向街头的大工业城市的喧嚣。她头都不回地把映入眼帘的景色说给女儿听："那儿还有西吉斯蒙先生。他今天怎么下班那么早？……也许，白天真是显得长了吗？可是，据我看现在怎么也不会有七点钟……老出纳，他这是和谁一起走呢？奇怪……仿佛是……可不，真的……仿佛是和法朗士先生……但这不是没有的事吗……法朗士现在离这么远……他过去也不长胡子……可他毕竟还是非常像他……你来瞧瞧呀，女儿！"

可是女儿没有从椅子上起来，她甚至纹丝不动。她眼睛望着远方，一手往上抬着针，她像一尊迷人的劳动妇女的塑像那样发着愣，她向一个令人神往的国度奔驰，向着那个任何残废都能自由而去的奇妙地方奔驰。

　　母亲由于偶尔见到形貌相似而无意说出的法朗士这个名字，对戴西蕾就是一天世界破灭的幻想和快乐的希望，这种希望有时会像当年法朗士晚上回家后去找她闲话片刻时，在她双颊泛起的红晕那样稍纵即逝。所有这些是多么地遥远！真是难以设想，当初他曾住在隔壁的小房间里，她倾听着他怎样上楼，怎样把桌子挪到窗口准备画画。她曾多么痛苦而又多么甜蜜地听着他讲西陀涅的事，他坐在她脚旁的矮椅子上，而她给自己的虫子和小鸟安着铜丝。

　　她一面不停地工作着，一面鼓励他，安慰他——要知道西陀涅在使可怜的法朗士吃这次大苦头之前就有很多事情叫他伤心。他说话的声音——尽管他说的是另一个女人；他在回忆那个女人时眼睛的光彩——尽管是毫无它意，却每每使她入迷。而当他满怀绝望地离去时，他所留下的爱情要比他随身带走的更为强烈，这爱情因为景物如昨和隐居生活，被原封不动地与所有她那辛酸味一起保留了下来，可是他的感情，却在海阔天空中慢慢烟消云散。

　　……这时天已然整个黑了。无尽的惆怅随同暖洋洋静悄悄的溶溶夜色袭上可怜姑娘的心头。幸福的往事，就像她母亲现在靠着的那个小窗洞里的一线光亮在她面前渐归暗淡。

　　突然门打开了，有个人站在门口，但来人的脸看不清楚。这到底是谁呢？谁也不上德洛贝尔女士家作客。母亲转过身来，以为是商店里有人来收活计。

　　"我丈夫刚上您那儿去了，先生……我们这儿再没什么了。德洛贝尔先生把所有的货都抱走了。"

　　来人一声不吭地往前走了几步，当他身子逐渐向窗子靠近的时候，他的轮廓变得明显起来。这是个高大而结实的小伙子，脸晒得黑黑的，蓄着浓密的浅色胡子。

"您竟然不认识我了,德洛贝尔太太?"他声如洪钟地说着,略带点粗硬的口音。

"我可一下就认出是您,法朗士先生。"戴西蕾非常平静地说,声调冷淡而拘谨。

"仁慈的上帝!真是法朗士先生来了!"

德洛贝尔妈妈迅速跑去拿灯,把灯点了起来,关上了窗子。

"是您吧,亲爱的法朗士?"犹同她说"我可一下就认出是您……"那么平静。小冰块儿!她将永远是这样子。

确实她也是真正的小冰块:惨白,惨白的……连同她放在法朗士手中那只手也完全是苍白冰凉的。

他发觉她出落得更美了,变得更清秀。

她发觉他还是那样辉煌,而深藏在眉宇间的劳顿和悲伤的表情使他变得比离去前更有成熟男子气概。

他的倦色——是因为他一接到西吉斯蒙那封可怕的信便立即匆匆登程。他为"耻辱"这个字眼所驱赶,冒着丢掉前程和位置的危险,不等批假就立即回来了。他几经舟车,到了巴黎才歇下脚来。没法不疲劳,特别当你心急火燎地赶路,路程上煞费周折,思想上又受着疑虑、恐惧和情况不明的折磨的时候。

他的忧伤甚于出国那一回,也可以说是由来已久,从他所爱的人拒绝婚事而半年后又嫁给他哥哥时就开始了,两次可怕的打击接踵而至,而第二次比第一次更为沉重。

确实,黎斯莱在结婚前也给他写了信,仿佛是请求他对这桩好事加以宥谅,而且通篇措辞是那么委婉和感动人,这无形中使他所受的打击在分量上要轻些;而后来由于环境的改变、工作和长时间的旅居生活,他的痛苦逐渐得到消解,所留下的仅仅是深深的忧伤,只有现在这个羞辱他哥哥的女人在他心中激起的仇恨和愤怒不会成为死水余澜。

不会! 法朗士·黎斯莱只有一个想法, 为黎斯莱家的名誉报仇。他此番来是一个法官, 而不是恋人, 且让西陀涅放小心点儿!

出了火车站, 法官直奔工厂而来, 心想只要他来个措手不及突然袭击, 他就能够亲眼目睹到底是怎么一回事。

遗憾的是, 他谁也没有撞见。

花园深处的小住宅, 护窗板已经下了有两个礼拜了。

阿希尔大叔告诉他, 女士们住在各自的别墅里, 两位合伙人每天晚上都回自己家里去。

弗罗蒙小弟平常很早就离开工厂, 黎斯莱大哥刚走。

法朗士决定和老西吉斯蒙谈谈。但这天是星期六——开支日期——所以他只好等着, 要等到这个从阿希尔岗亭排到出纳窗口的大队人马散去。

纵有满怀忧伤和焦急, 这个自幼就过着巴黎工人生活的可爱的小伙子, 对于自己重又置身于这个有着特殊风光的热闹人群里感到很愉快。在所有的脸上——老实的也好, 轻浮的也好——都显露着一种意识到一星期已经结束的喜悦。显然, 对他们来说现在就已经开始过礼拜了, 就在这星期六晚上七点, 在出纳的小灯盏前。

想要体会这种有一天休息的全部妙趣和整个庄严性, 必须到工厂区住一住。这些身子被绑在有损健康的劳动上的穷苦大众, 他们等待这幸福至极的礼拜, 有如大旱之望云霓。个中乐趣和无聊的开心事真是说不完! 看来, 一星期的劳动重轭已随同连吼带向外冒烟的机器的蒸汽一股脑儿飘到九霄云外。

工人们离了窗槛, 点着在他们发黑的手中闪闪发光的金钱。这儿有不满的，有低声唠叨的，也有要求找补的；陈说着旷工的事，预支的钱数；同时透过钱币的叮叮声，能听到在死命维护自己主人利益的西吉斯蒙平静而冷酷的声音。

法朗士对关连到这笔工资的所有苦衷和隐情了如指掌，他知道谁在说假话，谁在说真话。知道有的挣钱是为了顾家，要付面包房、药房的钱，或是孩子学费；有的为了上小酒馆，或是更糟。他知道，在工厂大门口跑前跑后和两眼盯着院洞里的那些悲惨凄凉的影子在等待着什么；知道其中有的在窥伺着父亲，有的窥伺着丈夫，等着一会儿又唠叨又劝说地快快把他弄回家去。

这些光脚板的野小子，裹在旧披巾里的吃奶婴儿，哭丧的脸近乎头上包发帽颜色的邋遢女人……

这种围着工资打转的隐蔽的坏毛病；在黑胡同的深处挂着灯的窑子赌窟；小酒馆的模糊的橱窗，那儿千百种酒毒琳琅满目……

法朗士了解巴黎小市民的阴暗面，但从来还没有像今天晚上那样感到它们是如此可怕、邪恶。

工资终于发放完毕，西吉斯蒙从办公室走了出来。

朋友们彼此相认，拥抱，并在这难得有一昼夜安静的沉寂和空无一人的工厂里，出纳把所有的事情告诉了法朗士。他叙述了西陀涅的行径，她的疯狂的花销和万劫不复的家庭名誉。黎斯莱家不久前在阿尼埃尔买了一所原先属于一个女演员的别墅，并在那里大讲排场。现在他们有马，有轿车，生活得像阔佬一样。但使西吉斯蒙最为不安的是弗罗蒙最近反常的节制。一段时间内他几乎不拿金库里的钱，可同时，西陀涅花钱比以往任何时候都凶。

"我不升①，"倒霉的出纳说，一面摇着头，"我不升②！"接着又压低了嗓门，"可是你哥哥，法朗士，你哥哥怎么样呐？他这人简直没法说！他就像没事人一样，两手往口袋一插，光想着自己的大发明，可这玩意儿，遗憾，不是母鸡下蛋……你知道我要跟你说什么吗？据我看，他要不是生了坏心，就是个糊涂虫。"

他们边谈边在小花园里前前后后地停停走走。法朗士似乎觉得自己在经历着一场噩梦。急如星火的旅行，环境和气候的剧烈变换，西吉斯蒙滔滔不绝的话语，自己对黎斯莱和西陀涅，这个他曾经是那样爱着的西陀涅，所形成的新的看法——所有这些都使他头晕目眩，差点儿精神失常。

时间已经不早了。快入夜了。西吉斯蒙想请他去蒙特鲁日他那儿过夜，但法朗士谢绝了，推说自己太疲劳，终于他一个人留在了马莱，而就在这个白昼已尽、灯火未明的朦胧的凄凉时刻里，他机械地向着白拉克街自己的旧居走去。

在入口的门上挂着一块牌子：召租单身房间

这正是他和自己哥哥长期住过的那间房间。他认得这幅四角用图钉钉在墙上的地图，楼台的窗子和德洛贝尔家门旁的小招牌：专做虫鸟饰品。

他们的房门虚掩着，所以他只消轻轻一推就可以进去。

他发觉这里还是老样子。无疑此刻整个巴黎再没有更好的避难所、更好的角落能使他激动的心情有所寄托和安慰。现在他精神受了那么大的震动，他的生活离开了常轨——这屋子对他犹如惊涛骇浪的海中的一个碧波荡漾的港湾，那里在阳光和煦的堤岸上妇女们干着活等待自己丈夫和父亲归来。

---

①② 我不信。我表示人物口音。

而主要的——他模糊地感觉到——这里有一个忠实的恋人在等待着他，那种具有特异功能的柔情往往使一个人的爱情成为对我们有价值的东西，即使我们自己并不爱这个人。

这个可爱的小冰块戴西蕾是那样地爱他！当她和他谈话的时候，即使说的是无关紧要的小事，他也看到她的眼睛在发亮，就像充满磷质的物体在整个地荧荧发光；他吐出来的每一个字都在戴西蕾漂亮的、变得愉快的脸蛋上亮起幸福的光芒。在听了西吉斯蒙一番残酷的谈话之后，这对他是一种多好的休息！

他们活跃地谈着话，而德洛贝尔太太这时摆开了桌子。

"您就在这儿吃饭吧，法朗士先生？……父亲送活去了，但他吃饭时准能回来。"

他吃饭时准能回来！……

可怜的女人不无骄傲地说到这一点。

真的，从谋求经理职务失败以来，德洛贝尔总是在家吃饭，哪怕领到工钱的日子也不例外，短命的经理在饭店里记了那么多顿的账，吓得他都不敢再上那儿露面。然而每逢星期六他必定要带两三个空肚子的不速之客"老同志""不走运的"陪他吃饭。这天晚上他来的时候也有两个赋闲的演员陪伴着：昂热剧院的喜剧演员和梅斯剧院专演金融家角色的演员。

喜剧演员刮得干干净净，一脸皱纹像被舞台脚灯的光焰给耗干了似的，有着一副老浪荡子的神态；"金融家"跶着家里穿的便鞋，潇洒得身上什么内衣也没有。德洛贝尔没等跨进门槛，就庄重地开始为他们通报，但一看到法朗士·黎斯莱，就向他扑了过来。

"法朗士，我亲爱的法朗士！……"

这位生活中的老演员用世俗剧的舞台腔一声叫唤，两手痉挛地又抓又拍；而后，在久久的戏剧性的拥抱后，他给客人们作相互介绍："梅斯剧院的罗伯里卡尔先生……

"昂热剧院的香迪桑先生……

"法朗士·黎斯莱，工程师。"

"工程师"这名词到了德洛贝尔嘴里，仿佛成了什么神圣的字眼。

戴西蕾看到父亲的朋友来了，不由做了个小小的鬼脸。

可不是，偏找今天这个日子挤到一起来！但大人物丝毫没有想到这一点。他忙着给自己口袋卸货。首先打里面掏出一张偌大的馅儿饼。"给女士们。"他说了声，忘了这是自己想吃的东西。接着出现的是龙虾，而后又是阿尔香肠，糖渍栗子，樱桃——初上市的樱桃。

虽然"金融家"这时已馋涎欲滴地开始整理着没有衬衣的假领子，而那位已经被巴黎人遗忘了十年之久的喜剧演员也打起手势祝贺这即将开始的会餐——戴西蕾一面看着操心的妈妈为拼凑餐具在食橱里到处摸索，一面可怕地想着这样一顿即兴的大餐会给他们俭省的一周的伙食捅多大的缺口。

会餐进行得非常愉快。两个演员张口鼓腮，其劲头之足就跟此刻和他们历数过去光荣历史的德洛贝尔相仿。还有什么比这更可悲的？当您眼前涌现出一片倒坍的门帘架，熄灭的排排小灯和成堆的行将化作灰土的发霉的道具……

他们时而用一种粗鲁而狎昵的行话谈笑，时而称兄道弟，借此回忆自身不朽的功业。听他们的对话——就像全城一直在为这三个人喝彩，扔花环，啧啧称道。他们一面话不停嘴，一面像舞台上的演员那样吃着饭：半侧着身子，犹同脸向观众，带着戏剧里面的客人在道具桌上进餐时的造作的仓促，带着同一种觥筹交错细语慢咂的姿势，尽量更富有戏剧效果地往桌上摞酒杯、动椅子，凭借刀叉的假动作来表现兴趣、惊异、喜悦、害怕或不意之情。

德洛贝尔太太只是一味笑着听他们说话。

由于给演员当了三十年的妻子，对这种奇怪的举止没法不习惯。

但在桌子的另一角，就像有道帷幕与其他客人隔开一样听不见那些蠢话、鄙笑和吹牛。在那儿法朗士和戴西蕾低声闲淡着，顾不到周围人的说话。童年时代的际遇，邻居生活的片断，所有过眼烟云，其所以有价值只是因为它们能唤起共鸣和在眼中点燃起同一种光彩，可以作为他们亲密的谈话内容。

但突然帷幕被撕裂，同时德洛贝尔像打雷一样的嗓门把他们的谈话打断了。

"你没见到哥哥？"他找法朗士说话，仿佛怕人觉得他对他过于怠慢了，"还有他妻子你也没见到？……瞧吧，她现在都成了贵夫人模样。打扮得跟什么似的，我亲爱的，有多阔气！别的我就不说了。他们在阿尼埃尔有一所漂亮的城堡。谢伯老两口也在那儿……如此种种，我的朋友，就使我们疏远了。他们现在有钱就瞧不起老朋友。从来也不搭句话，串个门——我倒是，这你知道，想得开，可对我的女士们来说，这有点太欺人了……"

"爸爸，"戴西蕾迅速打断他，"您明知道我们多爱西陀涅，而且我们根本就不会生她的气。"

演员在桌上猛击一掌。

"废话！……用不着替那种想方设法企图侮辱和损害您的人说好话。"

他总是不能忘记不借他钱开戏院的事，而且一想起来就压不住满腔怨气。

"要是你能知道，"他向法朗士接着说，"那里在怎样挥霍金钱。简直看了心痛……而且花得毫无根据，毫无道理……说起来真有意思：我向你哥哥提过一笔小数目，它可以帮我找条出路，同时他也稳能有笔可观的收入……他坚决拒绝了我! 真的! 夫人的胃口实在太大了，见它的鬼去! 她骑马玩，乘四轮马车去跳舞，做丈夫的在她手里就像是她在阿尼埃尔堤岸上驾驶的轻马车……说句私房话，我不认为我们的好黎斯莱就那么幸福，这小女人要叫他好看……"

独白一收场，前演员向着喜剧演员和"金融家"挤挤眼睛，立即所有这伙人都相互地又笑又做鬼脸，发出了各种各样"啊……嗬……嗬!""呃……哼……哼!"的怪叫——一句话，足足演了一场只能意会不可言传的哑剧。

法朗士大为震惊。不管他愿意不愿意，可怕的现实现在从各方面向他进逼。西吉斯蒙谈了自己的看法，德洛贝尔也有自己的看法，但归根结底是一个问题。

所幸的是饭局已经收摊。演员们离了桌子，上布隆迪尔街啤酒馆去了。剩下法朗士和两个妇女在一起。

戴西蕾看到这样一个亲热而温存的人在自己身旁，不禁对西陀涅感激涕零。她考虑，她有这样的幸福归根结底是出于西陀涅的宽宏大度，而且这种想法迫使她热情地要挺身为旧日的女友辩护："真的，法朗士先生，您不要相信爸爸谈到的所有关于您前未婚妻的事。他总爱添枝加叶，可爱的爸爸。我很清楚，西陀涅不会干出像人们所指摘的那些卑鄙事情。我肯定，她不会变心而且还像从前那样爱自己的朋友，虽说她对他们也有些忽略……但生活就是这样。有时人们分离并不是自己愿意的。不是这样吗，法朗士先生？"

此时在他心目中她是个多好的姑娘！过去他从没有看出她有什么细腻的情趣和有什么娇艳的容貌。因而当法朗士·黎斯莱这天晚上听到戴西蕾用可爱的妇人之见替女友的冷落和疏远作开脱，受戴西蕾那种替西陀涅辩护的热情感动而离去时——他有一种幼稚而自私的满足感，想到这姑娘曾经爱过他，可能她到现在还爱着他，并在自己内心深处为他保留着一个温暖的、防卫森严的小窝，一旦生活欺骗了你可以到那儿躲藏。

在自己的旧居里，他整宵在强风和浪涛声中昏昏沉沉——在长途跋涉后老是萦绕在脑际的旅途印象——他又梦见了自己青年时代的生活，见到了小谢伯，戴西蕾，德洛贝尔，梦见他们在游戏、工作，见到了国民工程师学校，此刻它那又大又暗的房子寂静地离他那黑魆魆的马莱街衢那么近……

而一直到天亮，当阳光透过没挂窗帘的窗子照到他的眼睛上，要他起来工作和执行任务时，他却朦胧地感到该上学去了，就像是他哥哥在临上班前推开门缝喊他：

"嗨，你这懒虫，起来吧！"

这种对梦境来说未免太生动和真切的慈爱的声音，使他彻底醒了过来。

黎斯莱站在他的床前，含有一种使人感动和略显狼狈的微笑在等他醒来。而最足以证明这是真正黎斯莱的是，当他重又见到弟弟时高兴得再找不出其他更好的话，而光是说着："我有福气……我有福气……"

尽管是礼拜天，黎斯莱还是照常到工厂来，以便利用假日的清静研究一下自己的印刷机。他还没有走到，阿希尔就告诉他，说是他弟弟来了，在白拉克街留宿。所以他惊喜交加地跑到这儿来，并有点儿埋怨法朗士没有事先告诉他，主要是他没享受到在抵达的头一晚兄弟俩促膝谈心的欢乐。这种惋惜之情在他那不连贯的言辞中不断有所流露，他想着要说的事情，总是没有好好说完就变成千百种形形色色的提问在温情脉脉的喜悦中不了了之。法朗士推说晚上自己疲劳了，况且他无意中又到了他们过去的房间，感到那么愉快。

"好吧，好吧，"黎斯莱说，"但现在我可不放你了，你这就上阿尼埃尔去。今天我给自己放天假……什么工作不工作，既然你来了……可囡囡会感到多么惊奇！……会多高兴！……我们总是谈到你……真是喜事！……真是喜事！……"

可怜人兴高采烈地絮絮叨叨说个没完——平常那么沉默寡言的他——而且对自己的法朗士看个没够。他发现他长高了。其实这个国民工程师学校的高材生在离开前就已经够高的，不过在这一时期他脸上的线条变得更为明晰，他的肩膀变得更宽，而且这个两年前上伊斯梅利亚时还带着见习生粗鲁举止的又高又瘦的少年，跟现在这个有着一个严肃而憨厚的面孔的黑里带俏的小伙子本来就相差太远。

就在黎斯莱一个劲欣赏他的时候，法朗士注意地打量着哥哥，他觉得他还是老样子，还是那样天真，温和，有时心不在焉。

"不，这不可能……他始终是个诚实的人。"法朗士想。

于是当他一想到人们强加在哥哥头上的东西，他那满腔怒火都转到了那个伪善的坏女人，她竟如此无耻，如此逍遥法外地欺骗自己丈夫，以至他都被认为是她的同谋。

呵，这真是太可怕了，要他去作这种解释——如果他猝然向她说出："我不准您，夫人，您懂吗，不准您败坏我哥哥的名誉！"

他一路都在考虑这个问题，眼望着圣日耳曼铁路两坡长得还像春天那样细弱的小树在迅速移动。黎斯莱坐在他的对面，嘀里嘟噜地说个不停。他谈着工厂的事情，本身的事业，去年他们每个人获利四万法郎，但如果他的机器一开动，那就不止这个数。

"轮转印刷机，法朗士，能自转，十二角隅。轮子一转它能印出十二色甚至十五色的画面：粉底套红，湖绿套墨绿，同时颜色还不能相混相夺，不能与旁边颜色有一丝掺和，不能有一点叫别的颜色伤着和吃掉。这你能听懂吧，小兄弟？……机器也跟人一样是个巧匠……这是印花纸事业的一场大革命！"

"说真的，你的发明搞得怎么样啦？可能目前这仅仅还是个幻想？"

"哪是幻想！……明天我就把所有图样给你看。同时我还想出了干燥室里挂纸的金属棒自动挂钩。下星期我搬到厂子楼上顶间里去住，我要领导第一台机器模型的秘密试装。一定要在三个月后获得专利权并让机器动起来……你看着吧，法朗士，我们大家有这就能发财，而且，这你是知道的，我高兴的是弗罗蒙家对我的一片好意我总算能有所回报。这真可谓上天不负苦心人……"

这时他开始列举自己命中的造化。西陀涅——可爱的尤物，迷人的女性，他的骄傲；他们有一所妙不可言的房产；他们已跻身于上流社会。囡囡会唱歌，跟夜莺一样，这得力于道勃森太太的富有表现力的教学法。这位道勃森太太——也是个可爱的尤物。只有一件事使可怜虫黎斯莱感到痛心：西吉斯蒙对他莫名其妙地冷淡。可能法朗士会帮他揭开这个谜底。

"是的，是的，我会帮助你，哥哥。"法朗士回答，咬紧了牙关，同时一想到有人怀疑这个诚实的襟怀坦白的人不禁气得脸都发红，此刻出现在他面前的完全是一个天真的和无辜的人。难得，作为一个法官，他此时此地还知道自己的本分。

他们离阿尼埃尔的房子越来越近，法朗士从远处就能看出这所房子，它有一个透亮的、里面有螺旋梯的泛着天蓝色石板瓦光辉的望楼。他似乎觉得这房子就是为西陀涅造的：与这只红翎翠羽的风流鸟相配的金丝笼。

这是栋两层的小别墅。从铁道这边就能望见挂有粉红色里子帷幔的玻璃窗，反射在绿草坪尽头悬架着的闪闪发亮的不列颠大金属球面上。

旁边有一条河，堵满了——跟巴黎一模一样——铁链、浴棚和大型游艇；在微波不兴的水面上荡漾着一片轻巧的拴在码头上的划子，在落上一层煤灰的船帮上依稀能辨认出新漆上的各种稀奇古怪的名字。西陀涅打自己窗口能看到那些浮动的水上饭馆，它们平日悄无人声，而一到星期日就挤满了形形色色吵吵嚷嚷的人群，欢乐的人声和着船桨沉重的拍击声从两岸传来，在河流上空汇成一股嘈杂不清的叫喊、嬉笑和歌声的巨流，就像每逢节日在塞纳河上下，绵亘十里不绝于耳的响声。

在平常日子里，这里所能见到的是衣着邋遢无所事事的人们，男的穿着羊毛短衫，戴着用粗麦秸编织的宽沿尖顶帽；女人们无聊地坐在青草鲜薄的岸坡上，瞪着像放牧的母牛那样毫无表情的眼睛。

赶集的魔术家，背着手风琴的流浪乐师，弹竖琴的和行踪不定的体操家——他们到了这里像到了关厢一样都要逗留一下。当他们星罗棋布地出现在堤岸上时，滨河一带小房子的门窗都打开了，窗口出现许多仓促扣上扣子的白短衫，蓬乱的头发或空叼着的烟斗，贪馋地等着看这种对他们来说颇有点巴黎噱头的卖艺……

这地方给人一种凄凉和乱糟糟的感觉。

刚出土的小草就被踩得枯萎发黄。大气里充塞着黑色的烟末。尤其是每隔一刻钟，为了赶赌场，所有中产阶级的精英就一批批坐着风雅的四套或六套轻马车——第一列的左马上骑着车厂的驭者——在这里招摇过市。所有这些，自然合乎像西陀涅那样有此种瘾头的巴黎女人的心意。况且早在童年时代小谢伯就总是听到有名的德洛贝尔在提起阿尼埃尔，类似很多其他演员，德洛贝尔曾幻想能在这一带购置一所小房子，一演完戏就可以搭夜班车回到郊外来住。

西陀涅·黎斯莱实现了做小姑娘时候的全部幻想。

兄弟俩来到了面向堤岸的篱笆门前，这门从来就不锁。进了门，他们沿着两旁刚返青的灌木丛往前走。远近隐现着一些弹子房，花匠小屋，细巧的玻璃暖房，就像是一组可以随意拆搭的瑞士玩具小房子。所有东西都显得非常轻佻。不长久，准备一旦遇到破产和变迁就可撒手而去的样子。地道是淫姬荡娃或股票投机商的别墅。

法朗士眼花缭乱地环视周围一切。往紧里面，可以看到装饰着花盆的露台和向着露台打开的客厅的落地长窗。近门处放着一张美式扶手椅，几把端丽的便椅，一个小桌，桌上的咖啡还没有收走。屋子里传来钢琴的奏鸣，能听到有人在低沉地说话。

"好，这下西陀涅会感到惊讶了，"黎斯莱说，轻轻地在沙子上迈着步子，"她心想我至少得晚上回来。现在她和道勃森太太在上音乐课。"

他敏捷地一推门，人还没进去，就在门槛上捏着嗓子高兴地喊起来：“你猜，我把谁带来了！”

道勃森太太一个人坐在钢琴边，吓得从自己的方凳上跳了起来；而在大客厅的深处，由那些俯在桌子上空像是要与桌子精致的纹彩相衔接的热带植物后面——慌张地出来了乔治和西陀涅。

“嗳，您可把我吓着了！……”西陀涅高声嚷着，一面向黎斯莱跑来。

她那装饰着天蓝色缎带的白色裙裙在地毯上曳曳发光，这些蓝色带子就像出没在白云间的片片蓝空。她已从惊惶中恢复过来，装出一副娇态和含着固有的微笑吻了丈夫和亲了法朗士的前额：“您好，小兄弟。”她说。

黎斯莱丢下了他俩，向弗罗蒙跑去，他非常奇怪竟会在这里碰到他。

“怎么，乔治，您在这儿？……我还以为您在萨维纳呢……”

“是啊，您想象……我是来……我想，您会在阿尼埃尔过礼拜天……有一个事我想必须和您谈一谈……”

他开始语无伦次地和他谈起了一桩什么重要的订货。西陀涅在与法朗士略事寒暄后见法朗士态度很冷淡就溜了。道勃森太太还在一个劲儿地悄悄弹着她那颤音，使人想起在戏里面情况危急时的配乐。

情况实际也是相当紧张，只不过因黎斯莱的实心眼才没有形成僵局。他向合伙人道歉，说是刚才他没有在家，并表示想让法朗士参观一下整座房子，他们从客厅到了马厩，从马厩到储藏室，到车库，到暖花房，一切都显得新颖，色彩缤纷，光怪陆离，但一切都使人觉得纤巧和不舒服。

“这花了很大一笔钱。”黎斯莱不无骄傲地说。

他希望西陀涅所占有的全部小玩意儿能得到人们赏识：他介绍了煤气，供整幢楼房用的水道，经过改装的传呼铃，花园用的家什，英制舶来品台球、澡盆和莲蓬头，而且总是带着对弗罗蒙小弟不胜感激的表情，他使他变为工厂合伙人，使他支撑起偌大一份家私。

黎斯莱每作一次新的称颂，乔治·弗罗蒙就感到法朗士古怪的眼光在看着他，他恨不得钻到地里面去。

午餐时空气很不活跃。

说话的几乎就是道勃森太太一个人，她为自己终于介入到真正浪漫主义的私情而感到满足。由于她了解或是确切地说她认为自己全部了解她女友的历史，因而她理解法朗士的这种无声的愤怒——一个被抛弃的，看到自己位置被人夺走的恋人，同时也理解因情敌的出现而为难的乔治的不安心理；她时而向这个投以鼓励的一瞥，时而向那个报以一个安慰的微笑，她钦佩西陀涅的沉着而把自己的满心蔑视留给了可憎的黎斯莱，这个粗鲁的、残忍的暴君……她的努力，其目的主要是不允许席间有那种可怕冷场，它在刀叉的叮当声里显得特别不合理和拘束。

午餐一结束，弗罗蒙就声称要回萨维纳去。黎斯莱不敢挽留他，因为考虑到他亲爱的"绍什太太"一个人在过星期天。于是不幸的情人，都顾不上和情妇说句话，就在那位说什么也要送他到车站的丈夫陪同下顶着日头去搭日班火车。

道勃森太太，在那个覆盖着葡萄藤、藤上的粉色蓓蕾斑斑点点犹如星星一样的小凉亭里与法朗士和西陀涅坐了一会儿，但一下想到这要碍他们的事，就回到了客厅，并像乔治来之前那样在自己伴奏下又开始富有表现力地轻轻哼起来。这种穿过树木叶丛而散发出来的压抑的乐声，使人想起在寂静庭院中暴风雨来临前的小鸟啁鸣。

终于只剩他们俩了。

在还没有连成一片绿荫的亭子顶下，五月的太阳烤得厉害。西陀涅一手挡着眼睛眺望着堤岸上的游客，法朗士望着另一个地方。就在这彼此形若无事的时候，突然两人都怀着同样想法，做着同样手势回过头来。

"我必须和您谈谈。"他说，这时她正准备张口。

"我也是，"她板着脸回答，"但我们上那边去吧，那儿谈比较好。"

于是他们走进了靠花园里边一个不大的尖阁里。

二
表　白

说实在话，法官早就该来了。

这女人已经疯狂地卷入了巴黎的马尔斯特里姆旋涡①。

亏得她运气好，现在还在水面上，但她的毫无节制的挥霍，讲究排场的奢侈，行为上的越加放荡——都是一种征兆，预示她很快就会带着丈夫的名誉，可能还有被她一手毁了的这家殷实商号的财产和信誉，一起沉入海底。

现在她与之周旋的人物，在加速她的毁灭。在巴黎，在小商业主的住宅区，这些地方和喜欢钩心斗角说长道短的外省别无二致，她还不得不有所顾忌。但在自己的阿尼埃尔别墅，处在那种演员的农舍式建筑和小别墅之间，住的都是一些形迹可疑的小情侣和临时度假的，那她就像脱缰之马了。包围着她的淫乐气氛对她的天性再适合不过，因而她在其中恰似如鱼得水。一到晚上，她就坐在花园里津津有味地听着远处传来的舞会上的音乐。

一天夜里，邻居家响起了手枪声，霎时四邻都为这一庸俗和愚蠢的私通惊动，这枪声居然引起她对这类桃色事件的幻想。她开始向往她也要有"艳史"。她再也不讲究什么言谈举止，到后来，当她不想再身穿短裙，手持长杖，仿效特鲁

---

① 拉封登群岛（大西洋）附近的旋涡名称。

维里和呼尔加特①的风雅女子沿着阿尼埃尔堤岸闲步时——她就穿着室内罩衫无精打采地在一间间屋子里逛荡，完全跟她的女邻居一样，什么事也不干，几乎都不关心家里有人偷她东西。她像娼妇，而她甚至丝毫没有觉察到。正是这个每天上午都能看到在骑马闲逛的女人，能够和自己侍女一谈起住在周围的那些奇怪的情侣整整几小时。

慢慢地她落到了自己过去的水平，甚至更低。她从凭借与黎斯莱的婚姻而进入的殷富的布尔乔亚圈子不能自持地滑到了当人小三的行列。她有时在列车车厢内遇到一些奇装异服的女郎，留着齐眉的刘海或搭背的长发的阿·拉·杰奈维叶芙·德·勃拉班特②，而逐渐地她自己也开始和这些女人一样。有两个月突然变成碧眼金发的女郎，令黎斯莱大吃一惊，他摸不着头脑，怎么有人把他的囡囡掉了包。——可是乔治对所有这些新花样感到很有意思：它们使他去找同一个女人时，似乎能邂逅十个女人——而他反正是真丈夫，一家之主。

为了取悦西陀涅，他在她周围建立了某种相称的社交圈子；里面都是他那些单身朋友，有点喜欢过放荡生活的商业家，女人——按常例不在邀请之列——女人的眼睛特别尖。唯一的女友就是道勃森太太。

他们经常举行宴会，驾艇出游，施放焰火。

可怜的黎斯莱，他的地位一天天变得越来越可笑和有名无实。他每天晚上拖着疲倦的身子行装难看地回来，一到家就得立刻到自己房间去把自己稍为弄得像点样子。

"家里今天有客人来吃饭，"做妻子的对他说，"快一点!"

---

① 拉曼什河岸的疗养地。
② 民间传说里的女英雄，其题材曾被广大作者采用。在小说涉及年代里，蒲弗剧院正首次演出奥芬巴赫歌剧《杰奈维叶芙·勃拉班特》(1859)。

他总是最后一个落座，依次与他刚刚知道名字的所有客人——弗罗蒙小弟的朋友——一握手。而且，说来不信，在这张饭桌上讨论的往往是工厂业务，而乔治带来的他那些俱乐部熟人又都像冤大头似的毫不还价。

"工作午餐和宴会！"在黎斯莱眼里，这些字眼把什么都解释清了：为什么合伙人经常来，济济一堂的被邀请者，盛装打扮的西陀涅在为公司利益打情骂俏。情妇的这种媚态使弗罗蒙开始悲观失望。不安和疑虑在折磨着他，他害怕这个虚伪的堕落的女人长此放纵下去，所以他现在白天抽空就来，想堵她个措手不及。

"你丈夫有什么事啦？……"老伽蒂努瓦常讥讽地问自己外孙女，"何以他现在那么难得上这儿来？"

克莱尔竭力替乔治的行为辩护，但他经常的不露面开始使她感到不安。而且她现在经常流泪，读着每天在晚饭时候送来的信条和电报："今晚别等我，亲爱的。我得明天或后天始能搭夜车来萨维纳。"

她伤心地对着一套空餐具吃饭，她还不知道丈夫已经对她变节，只是感觉他跟她疏远了。如果遇到家里有什么喜庆日子或其他情况要他留下，他也总是心不在焉的样子，从来也不肯说他心里有什么事。克莱尔现在离西陀涅很远，因而对阿尼埃尔的事情也就什么都不了解；但当乔治喜笑颜开地走了，和只剩她一个人的时候，一种本能的怀疑就开始折磨她，而且像人们有时在坐等一种巨大的灾难那样，她突然感到自己心里出奇的空虚，仿佛为承受奇祸腾好了位置。

她丈夫也并不是幸福的。这残酷的西陀涅显然拿折磨他作为自己的乐事。她对向自己献殷勤的来者不拒。现在就有一个演卡扎邦的，由道勃森太太介绍的图卢兹的意大利男高音，每天上她这儿来唱些什么激动的两重唱。乔治大吃其醋，往往扔掉所有工作顶着太阳就往阿尼埃尔跑，他已然开始认为，黎斯莱对妻子管束不严。他希望的是黎斯莱只对他一个人是瞎子……

呵！假设他处于丈夫地位，那他会把她控制得多严！

可是他没有任何权利，而且已经有人不客气地向他指出了这一点。有时有种即使最愚蠢的人也不会不懂的确定不移的逻辑在提醒他，可能是，背叛者人恒背叛之吧。总之，他这阵子很不愉快。他成天忙着往珠宝商和时装公司跑，挖空心思为自己情妇买新奇的礼品和馈送意外的礼物。须知他是最了解她的呀！知道只有贵重的首饰才能引起她高兴——但不是就范——而且还要在她感到苦闷的时候……

但西陀涅暂时还没有苦闷的时候。她日子过得挺称心，她所能想到的已然什么都有。她在对乔治的爱情上已没有任何能引起激情和浪漫主义的东西。他成了她第二个丈夫，比第一个丈夫年轻，主要是更富有，如此而已。为顾全外表上的礼节，她让父母搬到阿尼埃尔，把他们安置在这个小别墅的边缘的一所小屋里，利用重虚荣而装聋作哑的父亲和软弱的、跟从前那样糊涂的母亲，在自己周围建立起一种她自己越放荡就越感到有此必要的正派人家环境。

这个对所有自己行为作过冷静考虑的尤物，在她小脑袋里颇有点预见之明。看来，似乎不会有什么东西来扰乱她平静的生活进程，可突然出现了法朗士·黎斯莱。

就凭他一进屋的样子，西陀涅立刻意识到她的如意日子受到了威胁，他们之间会发生某种非常严重的摩擦。

霎时她就成竹在胸，所剩的只是把它付诸实践。

他们进去的那个尖阁——一个有四个窗子的圆形大房

间，每个窗子前都有一派不同景色——是专为夏天休憩，为在白昼最燥热的时分得以躲开日晒和满园子肆虐的飞虫而建筑的。沿墙是一溜宽大而低矮的沙发，房中间有一张上漆的小桌，也非常矮，堆满了各种期号的插图杂志。

糊墙纸是新的，同时那种波斯画图案——一群小鸟在淡青色芦苇丛中飞起——给人以一种虚幻的飞翔感，时而好像有轻飘的幻影在眼皮前掠过。落下的窗帘，委地的水晶坠子，亭外一圈遮荫的茉莉花树沁人心脾。而不远处潺潺流水声和浪花拍岸的汩汩声更加强了这种凉爽感。

一进门，西陀涅就坐下了。她用脚一甩白色裙裙，于是它就像雪白的铺单撑开在沙发边上。

那种逗人喜欢的笑容和微微歪着个花结松斜的小脑袋样子，使她更富有一种任性和寻衅的味道，她以一种等待的姿势，张着明亮而天真的眼睛望着法朗士。

他脸色发白地站着，环顾着四周。

"恭喜您，夫人，"终于他说了，"您安排得不坏。"接着好像怕离题太远击不中要害，就骤然问道："这样豪华的生活，您得感恩谁？……丈夫还是情人？……"

她纹丝不动，甚至没向他望一眼就平静地回答："都有。"

他被这种心安理得的态度弄得有点慌乱。

"那么说，您承认这个人是您的情夫？"

"就是！……见他的鬼去！"

有那么一会儿法朗士望着她，一句话也说不出来。别看她装得多么平静，脸也在发白，同时在她的嘴角已见不到平常的倩笑。

"您好好地听我说，西陀涅，"他说，"我哥哥的名字，他给自己妻子的这个名字——同时也是我的名字。如果黎斯莱轻率和无知到容忍您侮辱这个名字，那我认为自己有责任保卫它，不许您妄加侵犯……因此我建议您警告弗罗蒙先生，让他趁早给自己另找情妇，让他随便到哪个地方找死去……不然……"

"不然？……"西陀涅问，照旧玩弄着自己的指环。

"不然我不得不告诉兄长他家里出了什么事，到那时您恐怕要大吃一惊，这个素来温良而不得罪人的黎斯莱能有多厉害和残忍。可能，我的揭发会要了他的命，但您可以相信，他得先把您置于死地。"

她耸耸肩膀。

"死就死吧……这对我还不都一样……"

说话时的那份伤感和淡漠，使法朗士不由对这个视死如归的年纪轻轻、楚楚动人的女子感到有点可怜。

"那么说，你很爱他？……"他问，口气已经软了，"可见，您很爱弗罗蒙，您不是认为拒绝他还不如死了好吗？"

她冲动地挺直胸脯。

"您以为我会爱上这个花花公子，这个糨糊一样的人，这个穿着男人衣裳的婆娘？……够了！……我要他为我倾倒，我不管他是什么人……"

"为什么？"

"因为需要这样，因为我失去了理智，因为在我的心里存在过，而且现在还存在着有罪的情苗，而我愿不惜任何代价把它拔掉。"

她说着就站起来，眼睛直勾勾地望着他，嘴唇几乎要碰上他的嘴唇，浑身打战。

有罪的情苗！……她到底爱的是谁呢？

法朗士害怕问她。

再没什么可怀疑的了，他毕竟明白，这种眼光，这张向他贴近的脸是在向他表露着某种可怕的东西。

但法官的职责要求他样样都清清楚楚。

"您指的是谁呢？……"他问。

"您知道得一清二楚，就是——您。"她喑哑地回答。

她已经是他哥哥的妻子了。

两年来他对她仅存若姐若妹之想。对他来说哥哥的妻子与他昔日的未婚妻再无任何相似之处，所以他认为要从这个当年曾如此经常地向她说过"我爱您"的人身上去寻找旧时的影子是一种犯罪。

谁想她居然亲口跟他说她爱他。

不幸的法官大为震惊。他的脑子已然不起作用，一句话答不上来。

而她站在他面前等着……

这是一个在不久前刚下过几场雨的春光明媚的日子，雨后的蒸汽给一切染上了某种特有的缠绵和抑郁。暖洋洋的空气里充满了鲜花芳香，就像手笼里的紫罗兰，在这乍暖的第一天缓缓散发着香气。所有这些令人销魂的气息正一阵阵渗入他们所在的尖阁的临风半开的窗子。远处传来星期日的手风琴声和河面上窅远的叫声，而在尖阁下的花园里，道勃森太太像情痴样的声嘶力竭的声音在苦痛地咏叹：

你结了婚，可是，真的，你把死亡带——唉——给了我！

"是的，法朗士，我永远爱您，"西陀涅接着说，"我当初拒绝了这爱情，因为那时我还太年轻——要知道年轻姑娘往往不知道自己在做什么；但什么也不能磨灭或消解我心中的这种爱情。当我知道戴西蕾，这个可怜的受尽命运捉弄的戴西蕾她爱您时，我一时重于情义，想牺牲自己，成人之美，于是我一下把您推到她那儿去。但，当您刚一离去，我明白这种牺牲超出了我的力量。可怜的戴西蕾！多少次我心里暗暗地诅咒她。您信不信？……自那时起我总是躲着她，看到她我心里很痛苦。"

"可是如果您爱我，"法朗士问，声音小得像蚊子，"如果您爱我，为什么您嫁给我哥哥？"

她连眼都没眨一下。

"嫁给黎斯莱——和您在关系上就要近一些。我常对自己说：'我不能成为他的妻子，那我就做他妹妹吧。至少我还可以爱他，不使我们终生视同陌路。'唉，那都是劳而无功，事实很快证明是行不通的天真的幻想……我不能像妹妹那样爱您，法朗士。我总是这样想——我的婚姻妨碍我做到这一点。但凡我换个人做丈夫呐，可能我就能做到这一点，但和黎斯莱在一起这似乎是不可能的。他总是说起您，您的成就，您的未来生活……'法朗士说什么什么来着……法朗士做什么什么来着……'可怜人，他是这样地爱您。另外……对我来说这也是最可怕的——您哥哥长得像您。在你们的步态，脸型上有一种遗传的相似点，特别是声音；所以常常当他向我表示亲热的时候，我闭上眼睛跟自己说：'这是他……法朗士……'这种造孽的想法成了我的苦难，成为蛊惑——于是我决心设法使自己解脱出来。我同意按乔治的话试试，他很久以来就在向我献殷勤，我一下改变了生活，使它变得纷扰喧嚣，像暴风雨一样。可是，我向您发誓，法朗士，虽然我在享乐的涡流中旋转，却始终还是想着您，而如果有谁有权利要求我对自己行为作出回答，那当然决不是您；要知道尽管您自己的也不愿意，但，是您把我弄到今天这样的呀！……"

她停止了说话。

法朗士不敢正眼望她。他已经发觉她实在太漂亮，太有这个意思了。可她已经是他哥哥的妻子呀！

他连说话的勇气都没有。不幸的人感到旧日的热情重又专横地攫住了他和从今而后的顾盼、言语，所有来自他身上的东西——将都是爱情。

可她已经是哥哥的妻子了呀！……

"我和您是多么不幸的人。"可怜的法官低声喟喟，挨着她在沙发上坐下来。

这话已表现出一种软弱，要开始堕落，仿佛命运对他就这么冷酷，剥夺了他保卫自己的能力。西陀涅摸了下他的手，细声低唤着"法朗士……法朗士"——于是他们久久地在一起并肩坐着，激动而默默无言，心潮随着道勃森太太不断从树丛中传来的浪漫曲上下起伏：

> 你的爱情——是毒物，
> 我将在它的火中烧——为灰烬。①

突然门口出现了黎斯莱笨重的身影。

"这儿，谢伯，这儿。他们在尖阁里。"

说着他领着岳父岳母进了亭子。

开始道好和无尽的拥抱。应该指出的是，谢伯在向这个身材比他整整高出一头的宽肩膀的棒小伙子问长问短时，他那语调有多潇洒："嗯，你们那个苏伊士运河搞得怎么样啦，我亲

---

① 歌词借用希腊神话，赫剌客勒斯穿上妻子送他的涂有妖魔血的毒袍，浑身发痒而灼热，袍子却缠住了他的身子脱不下来，终于把他烧死。

爱的? 都不错吧? ”

谢伯太太，始终还是把法朗士看作没过门的女婿，紧紧地拥抱着他，而黎斯莱，还跟素常那样不善于表达自己的感情，站在台阶上挥舞着双手，说是为庆祝游子归来不妨宰几头肥肥的牛犊。他大声地——响得大概左邻右舍的园子里都能听到——向唱歌的女教师喊叫：“道勃森太太，道勃森太太……我，自然，不是吩咐您，可是，您唱的那个，实在太伤感了。今天让表现力见它鬼去吧! ……您给我们弹一支随便什么愉快的小曲子，能伴舞的，我要和谢伯太太跳一圈华尔兹……”

“黎斯莱，黎斯莱，好女婿，您真是发疯啦! ”

“嘿，嘿，妈妈……该当这样……跳! 跳! ”

于是他笨拙地带着自己岳母沿着花园的小道旋转起来，他跳的是那种自动化的六步华尔兹，真正的伏甘松①式华尔兹。上气不接下气的妈妈每一步都要停一下，整整松散的帽带和理理披巾花边，这华丽的披巾正是她在西陀涅结婚那天用的那条。

可怜虫黎斯莱简直高兴得忘乎所以。

对法朗士来说，这是漫长而又难忘的受罪的一天。坐着马车兜风，驾游艇玩儿，在拉瓦杰岛小草地上午餐——被逼着观光阿尼埃尔所有的名胜，而且老是——在路上炙人的阳光下和对着河面潋滟波光——得笑着，唠叨着，叙述自己旅途见闻，苏伊士地峡，进行的工程，秘密地听着那个总是对自己孩子不满的谢伯的诉苦，还有哥哥关于机械的不厌其详的说明。“轮转的，我的亲爱的，轮转的，十二个角隅”。西陀涅，一任男人们互相聊天，自己却仿佛陷于深思之中。她有

———————————
① 伏甘松·雅克（1709–1782）——法兰西机械专家，自动玩具发明家。

时向道勃森太太说上一句话或作一个愁闷的微笑。而法朗士，尽管不敢正眼看她，却一直盯着她那缝着天蓝色丝绸里子的遮阳伞的转动，欣赏着她那件薄如蝉翼的漂亮的连衣裙。

这两年她变化多大! 出落得多漂亮!

而突然一种可怕的思想开始进入他的脑子。那天在隆桑有赛马会。一辆辆四轮马车、轻马车，由那些浓妆艳抹紧蒙着面纱的女子驾驭着从他们身旁疾驰过去。她们一动不动，笔直地握着长长马鞭，坐在车前的驾驶台上，宛如玩偶一般，而似乎在她们身上唯一能活动的就是她们那一双凝视着马首的经过修饰的眼睛。所有视线都盯着她们，像被一阵车骑的涡流迷住。

西陀涅也是这一行里的人。她也能像她们那样驾驭乔治的四轮马车——可是法朗士坐在乔治的马车里。他喝的是乔治的葡萄酒。所有这种奢华的生活，他们现在暗地所享受的，都是由乔治那来的。

这是一种可耻的事，可恶的事。他真想把这些事情向哥哥和盘托出。他甚至认为自己责无旁贷,他本来就是为这来的。但他感到他已没有这种勇气了。

不幸的法官……

晚上，吃过饭以后，大家在客厅里坐着，新鲜的空气从河面上流进了洞开的窗户，黎斯莱请妻子随便唱点什么。

他想让她在法朗士面前显显她那新发现的天才。

西陀涅倚着钢琴，作着忧郁的脸色，推辞再三，而道勃森太太这时却一甩手试开了琴键，使劲晃动着她那长长的绺绺卷发。

"可是，真的，我什么也不懂。我能为您唱什么呢？"

终于她让了步。苍白的脸色、淡漠的表情，好像躯体已经离开了整个浊世，在那些似乎是在烧着檀香的闪烁不定的烛光下——花园里飘来的风信子和丁香花的香味浓得可以——她唱了一首在路易斯安那①极为流行，又经道勃森太太为适应演唱和演奏而改编的混血歌曲：

> 可怜的小东西齐齐姑娘！
> 小东西的脑袋瓜叫爱情给弄昏啦，
> 叫爱情给弄昏啦！

西陀涅在演唱这不幸的、痴情得失去理智的齐齐的遭遇时，那样子就像她自己受到了爱情的重创。在悲哀的副歌里含有无尽的苦楚和一个受创的少女的呻吟，它用殖民地移民孩子的方言唱出来是如此地令人感动和婉转：

> 小东西的脑袋瓜叫爱情给弄昏啦！——

因而不幸的法官的头晕脑涨，亦属无可厚非。

但不！塞壬②的情歌这次没有选好。由于齐齐姑娘这一名字，法朗士立刻想起了远离西陀涅客厅的马莱区一间凄凉的房间；他的心开始由于怜悯而打战，同时在他的脑海里出现了老早就爱上他的戴西蕾·德洛贝尔的可爱的形象。在十五岁以前谁也

---

① 1803 年前为法国殖民地，都德时代已归属美国，但五分之二的居民仍系法兰西人；由于主要语言是法语，他国移民在用法语时都各具特色。
② 这里都德借用了古希腊神话典故。神话中的塞壬是个半人半鸟的海妖，常以美妙歌声诱惑经过的海员而使航船触礁毁灭。

不叫她别的，光叫她齐蕾或齐齐，同时她也确实就是混血儿歌子里的真正的"小东西齐齐"——一个永远遭受离弃，永远忠实于爱情的姑娘。西陀涅现在可以恣情地唱，法朗士对她已充耳不闻，视而不见。他已到了另一个地方，在大扶手椅旁边，一个他常坐的矮矮的小椅子上，和她一起等候她的父亲。是的，现在他在那儿能得到拯救，只有在那儿。应该到这个姑娘的爱情里去寻求庇护，头也不回地跑去跟她说："收容我吧……救救我吧……"而且谁知道呢？她不是那样爱他吗？……可能，她会拯救他，把他从有罪的情欲中救出来。

"你上哪去？"黎斯莱问，他看到弟弟当伴奏的最后一个和声刚一停住就急着站起来的样子。

"我得走了，已经很晚了……"

"什么？难道你不在这过夜？已经给你准备了房间。"

"完全准备好了。"西陀涅含着一种特异的眼光补充了一句。

他坚决推辞着。他必须住在巴黎，公司给他很重要的委托。大家还想留他，但他已经到了前厅，一过了月色正浓的花园，就在阿尼埃尔一片喧嚣和轰鸣的伴送下阔步向车站走去。

黎斯莱在他走后就上楼到自己房间去了，西陀涅和道勃森太太待在客厅窗边。邻近一家赌场的音乐混杂着船夫的欢叫声和一种像是遥远的低沉而有节奏的手鼓似的踏步声向她们飘来。

"这客人真够瞧的！"道勃森太太低声说。

"哦，总算把他稳住了！"西陀涅回答，"可不管怎样，我还得谨慎……现在有人在加倍注意我。他是个非常爱吃醋的人……我要给卡扎邦写信，让他暂时别上这儿来，而你明天早晨告诉乔治，要他这两星期上萨维纳去。"

三

可怜的小东西齐齐姑娘

戴西蕾是多么幸福!

法朗士现在每天晚上都来,像美好的旧日一样坐在她脚边的矮椅子上,而且根本不是为了和她谈西陀涅的事。

早晨她刚一拿起活计,门就悄悄地推开一道缝:"您好,齐齐姑娘!"现在他总是这样称呼她,称她小名,而且您还没听到他那"您好,齐齐姑娘!"叫得有多动人。

每天晚上他们一起等着"父亲"。她干着活,而他向她讲着自己旅途的故事,这些小故事每次都会使她感到心里突突跳。

"你是怎么回事? 你简直变得叫人不敢认。"做母亲的说,她一直都在奇怪,戴西蕾变成这样高兴,特别是这样好动。

事实就是这样,小瘸腿姑娘再不跟过去似的成天坐着,克制得像年轻婆婆那样钉在自己的扶手椅里。她时不时地站起来,而且一阵阵地,仿佛长出了两个翅膀似的扑到窗口去,她在练习着尽量站得直一点,并悄悄问她母亲:"这看不大出来吧,要是我不走路? "

如果过去所有她的修饰只集中于把长长的秀发堆得尽量漂亮一些——这一头秀发当她把它们放下来时就像波浪一样把她淹没——那么现在她希望的是从头到脚都得漂亮。

事实上她也变得非常非常妩媚,并且是有目共睹。甚至她那些小鸟和小虫现在也开始有了一种特殊外貌。

哦，真的，戴西蕾·德洛贝尔是个幸福的人。你看，法朗士几天来都在说，要和全家一起去郊游。父亲，向来就是个善良和宽宏大度的人，他对于女士们休息上那么一天并不表示异议，所以在最近一个星期天的早晨，他们四口子就出去了。

真想不到，这天天气是多么地令人惊叹！当早晨六点钟戴西蕾打开窗子，透过朝雾看到火红太阳已经出来的时候，当她想到了树林，想到了田野和小路，想到了盼望那么久而现在就要和法朗士手挽手去观赏的奇妙的自然界时，她眼睛里流出了眼泪。钟声、已经开始在桥头升起的巴黎的轰鸣、休息日的气氛，这个连木炭工人的脸颊也发出光彩的穷人的节日，还有苏醒中的奇妙的晨景——所有这些使她久久地欣喜欲狂，陶醉不已。

头天夜里法朗士送给她一顶遮阳伞，一顶有象牙柄的小小的遮阳伞，她本人给自己做了一件非常可爱非常朴素的衣服，是照着不愿让人看出是个可怜的残废样式做的。

但不管怎么说，可怜的瘸姑娘真是够迷人了。

到九点光景，法朗士坐了一辆包一整天的出租马车来了，他上楼去请自己的朋友们。齐齐小姐扶着栏杆，袅袅婷婷地没有要人帮助，稳步下了楼梯。母亲走在后面，当心着她，而名演员，一手搭着大衣，与年轻的法朗士急忙走到前面去打开车门。

多么令人神往的旅行，多么奇妙的地方，多了不起的河流，多美的树木……

您别问她，那是什么地方，戴西蕾自己也不知道。她只会跟您那么说，那里太阳要亮一些，小鸟要高兴一些，森林比什么地方都密……她还真不是骗您。

在小时候，有时她也有机会在空气新鲜的郊外住上一段日子，在田野里久久徘徊。但稍稍长大后——经常的劳作、贫困，和由于本身生理缺陷而注定坐着的生活方式，使她像囚徒一样困在巴黎的一条老街里，生活在高屋顶和带铁栏杆阳台的窗子丛中，生活在那些新的红砖在老住宅发黑的围墙底色上显得格外触目的工厂烟囱之间。她视野所及，就是这些一成不变的场景。很久以来，除了自己窗台上的旋花，她不知道还有其他的花，除了弗罗蒙工厂院里在烟雾中隐约可见的洋槐，不知道有其他的树木。

一投入到大自然的怀抱里，她感到自己是个多么幸福的人！喜悦和被唤醒的青春为她插上翅膀，她对什么都好奇，拍着手，大惊小怪，活泼得跟小鸟一样，同时她那为表示自己天真的少见多怪的阵发性动作，正好掩盖了她步履的不稳。这回，肯定，这一丁点儿都看不出来。何况她身边有法朗士在，那么温柔，那么警惕，老提防着要去搀扶她，过个什么小沟就把手伸给她。这令人神荡的一天，像幻影一样一晃就过去了。那梦幻般隐现在浓枝密叶的缝隙间的高高蓝天，那神秘地托庇于大树根节的幼小的蘖条，在这些地方，花卉也像长得直溜些高些，连橡树躯干上金黄色的苔藓也像是阳光的耀斑；豁然开朗的光亮的林斑线，一切，甚至于在新鲜空气中走了整整一天后的疲劳，都使她为之神往、陶醉。

傍晚，在薄暮阳光下，当她从林边望见逶迤于田野间的白色大道，望见宛如银练般闪闪发光的小河，和远处在两个丘岗之间的那些灰色屋顶、尖顶和圆顶的模糊轮廓时——别人告诉她这是巴黎——她对整个这片散发着爱情和六月野蔷薇香气的景色投了最后一瞥，而且把它永远地铭刻在自己的记忆里，好像是从此，永远也不会再见到它。

可怜的瘸姑娘从这次难忘的郊游中带回的那一束花，整个星期在她的房间里散发着香气。在风信子、紫罗兰和白色野蔷薇之间还有许多不知名的小花，由于它们会飞的种子正在陌头路边抽出嫩芽而引起这两个朴实的过客的喜爱。

戴西蕾观赏着远在能工巧匠之前大自然就把颜色染得点滴入微的姹紫嫣红的花冠，在这一周里她又不止一次到旧地神游。紫罗兰每每使她回忆起那个长满绿苔的小岗，那儿她在叶底把它们找出并摘下来，自己的手指碰着法朗士的手指；水生的大花朵是在冬雨后的一片潮湿的小沟边采的，为了这些花，不得不使劲牵着法朗士的手。她边工作边回想着所有这一切，而这时太阳也像在向打开的窗子张望，在群鸟的小毛毛上变幻着鲜艳的色彩。

春天、青春、歌声、鲜花的芳香——所有这一切使五层楼上凄凉的工作室变了样，而戴西蕾闻着自己朋友的花束，像真有其事地对母亲说："你觉着吗，妈妈，今年的花怎么格外的香呢？"

法朗士也开始受到魅惑。齐齐姑娘潜移默化地把他的心彻底占领，连对西陀涅的回忆也从心房里赶了出去。

说实在的，为了达到这一点，不幸的法官竭尽心力。几乎整天他就在戴西蕾跟前像孩子般紧贴着她。他都不敢回阿尼埃尔去一次，他对那女人仍然心有余悸。

"你倒是上我们那儿去呀……西陀涅常常问到你……"黎斯莱有时当兄弟去工厂见他时就这样说。

但法朗士抱着坚定的态度，并借口事务繁忙把去期一拖再拖。他要糊弄无时不在为自己机器忙着的黎斯莱原不是什么难事，这时机器已着手制造。

每当法朗士从哥哥那里出来时，老西吉斯蒙就在暗中守候着他，连塔夫绸的套袖都来不及摘，手里拿着铅笔和削笔刀在院子里送他一阵。他随时把厂里的所有事务向年轻人通风报信。打一个时期来情况似乎有好转。乔治按部就班到办公室来，每天晚上去萨维纳过夜。再没人往金库送账单，显然，甚至连太太都开始安心多了。

出纳有些自鸣得意："你看，好朋友，我这一招多妙，把你给请来……你来得有价值，现在都太平无事了……可是话还是这么说，"老头照例又找补几句，"还是这么说……我不升（信），我不升（信）……"

"您放心，西吉斯蒙先生，有我。"法官说。

"难道你还不走吗，法朗士？"

"暂时还不……不走……我得在这儿办完一件重要事情。"

"啊，那就更好啦！"

法朗士的重要事情就是要与戴西蕾·德洛贝尔结婚。

这事他跟谁还都没提过，甚至对她本人；但齐齐姑娘，显然她心里是有数的，因为她一天天变得越来越高兴和漂亮，就像预感到自己的全部姿色和欢喜终于快到有用的时候了。

一次在星期日下午，工作室内剩下他们两人。德洛贝尔妈妈，虽然就这么一次能和自己伟大的丈夫挽着胳臂出门，也感到心满意足，她请求法朗士陪女儿坐坐，以免她一个人感到寂寞。法朗士这天来时在衣着上很下了点功夫，神态像过节一样，脸部表情有点儿特别：腼腆中带着坚定、温柔和喜气。光从他把矮椅子朝大扶手椅拉得那么近这点，连大扶手椅都明白，有人要听他作重大表白，而且它几乎都能猜到表白的是什么。谈话从家常开始，间或被长时间的沉默所阻断——就像一个人拾级而登，在半道要停一停，以便再鼓鼓劲把路走完。

"今天天气很好。"

"真的，很好。"

"我们的花束还那么香。"

"真的，很……"

就是在说这些普通话语的时候，他们的声音也被下面马上要说的话弄得激动不行。

最后小椅子又朝大扶手椅挪近了一步，手抓着手，眼望着眼，一对年轻人轻声慢气地相互叫起了名字：

"戴西蕾！"

"法朗士！"这时有人敲门。

那是一种戴着高贵的手套，别让手碰上什么脏东西的敲门声。

"请进来。"戴西蕾感到有点懊丧地说。

进来的是西陀涅——漂亮，装束入时，彬彬有礼。她顺路坐车来拜访自己的小齐齐，亲亲小齐齐。她早就想着要来了。

法朗士的在场仿佛使她感到非常惊讶，但她一心只扑在和自己老朋友的攀谈里，几乎都没瞅他一眼。在一番寒暄、亲热和话旧以后，她表示想看一看楼台的窗子，黎斯莱兄弟的旧居，对于能这样重温一下自己青年时代的生活她感到很有意思。

"您记得，法朗士，蜂鸟公主到您房间去是怎么打扮来着？小脑袋挺得高高的，戴一顶鸟毛做的羽冠。"

法朗士没有回答。这时要他回答，未免显得太激动。有什么东西在暗示他，这女人是为他来的，只是为了他，她想再度掌握他，不让他属于另外一个女人，不幸的人还可怕地感觉到，要达到这一点用不着她花很大力气。他只消一看到她，他的心就又属于她的了。

戴西蕾没有怀疑到什么。西陀涅从来就那么诚挚，那么可亲……况且她和法朗士现在是哥哥和妹妹——因此他们之间不可能产生爱情。

但可怜姑娘的心突然因为一种模糊的要出事的预感而发紧，那西陀涅，本已站在门口准备离去，这时却漫不经心地向法朗士转过身来："对啦，法朗士，黎斯莱委托我今天把您带去吃晚饭……马车在下面等着……我们顺路到工厂接他。"说着她做了个最诱人的微笑，又补充说："你会放他去的，是吧，齐蕾？你放心好啦，我们会把他归还你的。"

薄幸郎！他竟能忍心而去！

他走了，毫不犹豫，甚至连头都不回地被自己翻腾如海的欲念牵走了，而齐齐姑娘的大扶手椅，不管是这一天也好，和往后什么时候也好，就再无从知道小椅子想告诉它的究竟是什么重要的事……

四

候车室

是的，我爱你，爱你……比以往任何时候更爱你，并直至永远。斗争和抵抗无能为力！爱情的力量不是我们所能抗拒的……而且说到底，彼此相爱就是那么罪恶吗？……我们生来就有缘分。难道我们没有权利结合在一起，背叛使我们离散的生活？……你就来吧！决定：我们搭车走……明天晚上，里昂车站，十点钟……到时我买好票，我等你……

法朗士

整整一个月，西陀涅弄到了这封信，整整一个月，为了勾引小叔子书面表白，她施展了自己浑身解数和全部计谋。这封信她来之不易。要怂恿诚实的天良未泯的法朗士做出这样的行为不是那么简单的事，而且在这样一场谁动真情谁就倒霉的荒诞的格斗中，她每每感觉到已经力不从心，自己快失去了勇气。有时她认为他已然束手待缚，可他的良知突然又全部复苏，而且要准备逃跑，再次从她身边溜掉。

但当一天早晨她终于收到这封信时，她是多么地眉飞色舞啊！道勃森太太其时正在她家坐着，她是代弗罗蒙诉衷曲来的。他不耐两地相思的寂寞，同时对这个比亲丈夫还硬、还更爱吃醋和求全责备的小叔子开始感到担心。

"唉，可怜虫，可怜虫，"多愁善感的美国人说，"要是你能见到他那痛苦的样子呵!"

说着,她抖动着卷发,打开了卷成一卷的乐谱,从里面抽出小心藏在浪漫曲夹页中的"可怜虫"的信件。她为自己能参与一桩真正的桃色事件深感高兴;所有这些阴谋和私情弄得她神魂颠倒,使她那冷冰冰的眼睛泛出温和的光彩,使这个浅黄色头发的干瘦女子的平庸的脸有了生气。

最奇怪的是,这个年轻的讨人喜欢的道勃森太太尽管那么乐于替人传递情书,但她自己从来也不写,也从来没有接到过一封像这样的信。

这只小翅膀下系着情书经常往返于阿尼埃尔与巴黎道上的奇异的信鸽,始终相信这就是自己的鸽子窝,而且也只向自己认定是合法的夫妻咕咕作鸣。

当西陀涅把法朗士的便函给她看时,道勃森太太问道:"你准备作何答复?"

"我已经让来人答复他了。我回答同意。"

"怎么! 你要跟这疯子走?"

西陀涅咯咯大笑起来:"我根本没考虑! 我说的'行',是指他可以在车站等我,再没别的。让他尝点儿苦头。这一个月我受他的窝囊气都受够了。真难以想象:为了讨好这位先生我竟改变了我的全部生活。我不会客,我对我的朋友,对所有年轻的和可爱的,从乔治到你都关起了门……可不是,可不是,亲爱的,你也不中他的意,要能把你和所有其他人都辞掉,他才乐意。"

西陀涅闭口不谈她怀恨法朗士的主要原因是他把她吓着了,而且非同小可,存在着向丈夫摊牌的危险。从那时起她感到浑身都不自在,她只感到她那生活,她那如此难以割舍的宝贵的生活——处于险境。本来,像黎斯莱那样长浅色头发和外表那么冷酷的男子，一翻脸就会暴跳如雷，后果不堪设想；他们就像无色无臭无人敢碰的爆炸品，因为你摸不准它的属性。一想到丈夫有朝一日会明白真相，她就紧张得要死。

她不由想起她过去生活在拥挤的贫民区的情形，想起那些不幸的婚姻，一旦妻子有了外遇，做丈夫的往往用血来洗刷妻子私通的耻辱。死亡的幻影在不断追踪她，而死亡——长眠和寂灭——是这个贪图安逸和疯狂地热衷于喧闹的轻薄女人最恐怖的事。

这封期待已久的信使她的恐惧雾时云消烟散。现在，她明白她的手里有了那样一种武器，法朗士即使在受挫的盛怒下也不会告发她。只要他敢龇牙——她就拿出信来，这时他的全部控诉在黎斯莱的眼中就会变成纯粹的诬陷。

真是，法官先生，现在您在我们手中了！

一阵抑制不住的喜悦流过她的心头。

"我又活了……又活了……"她向道勃森太太说。

她在花园的小道上审来审去，给客厅采集大捧的花束，把向阳的窗子大大敞开，向厨娘、车夫、园丁发号施令。得把房子装饰一下……乔治又要登门，并且为了重打锣鼓新开张，她决定在周末大摆筵席。看到她这副急于重建自己生活的劲头，简直就像过了整整一个月的寂寞和疲惫的公事旅行，现在想要把失去的时间找回来。

第二天晚上，西陀涅、黎斯莱和道勃森太太一起坐在客厅里。黎斯莱翻阅着一部很厚的力学书，西陀涅在道勃森太太伴奏下唱着歌。时钟刚打完十点。西陀涅骤然收住歌喉扬声大笑起来。

黎斯莱急忙抬起脑袋。

"什么事那么好笑？"

"就是……没什么……我想起了一件什么事情……"西陀
涅回答,向道勃森太太递了个眼色和目光指指时钟。

时钟指针说明已到约定的会面时间,因而她捉摸着那个
白等她一场的情人该尝到苦头了。

当送信的一回来,给法朗士带回西陀涅已表同意这个提
心吊胆等候着的消息后,他心里的一块大石头总算放下,神经
也就立刻不那么紧张了。问题已经明朗化,再用不着在情欲
和道义之间作斗争。长期以来折磨着他的良心的呼声已归于
沉默,他立即觉得一身轻。他开始平静地做启程的准备工作:
整理好手提箱,把五斗橱和柜子里所有东西都捡个干净,而
且早在行李夫到来之前就已经在房中间的大箱子上坐着,眼
望着墙上那张仿佛是他流浪生活标记的地图,眼睛一会儿顺
着直溜的铁道线,一会儿又盯着弯弯扭扭像波浪起伏的,标
志着海洋的小曲线。

他没有想一想,在楼台那边有人在因他而叹息、哭泣。

他没有想一想哥哥的绝望,想想会使他们抱憾终身的这
可怕的悲剧。他的思想离所有这些太远了。他在想着未来,
他已经看到自己和西陀涅一起在车站月台上,西陀涅穿着一
身深色服装,就像那种女旅行家和弃家出走的女人;接着再
远一点,他们到了蓝色的海岸边,那儿,为了掩盖自己的行
踪,他们将暂作逗留。……而后,再、再远一点,在一个不知
道的地方,那儿就谁也找不到,谁也不能把她从他身边夺走了。
要不就想象着身在沿着空旷田野星夜疾驰的列车上。他见到
了枕边那张迷人的粉脸,像花一样鲜艳,嘴儿几乎正对着自
己的嘴唇,两只美妙的眼睛,在柔和的灯光下,在车轮的晃动
声和汽笛嘶鸣的伴奏下,默默凝视着他。

而现在你呼啸吧,吼叫吧,火车头! 让大地发抖吧,用

红色的火光把天空照亮吧，你尽情地喷吐烟雾火苗吧！你潜入隧道，你越过高山大川，你飞驰，你熊熊燃烧，你殷殷如雷，但你带着我们，带我们远离这有人烟的世界，远离它的法律，乡土骨肉，带我们离开生活，离开我们自己！……

在票房营业前两小时法朗士就已经在里昂车站了。由于地处巴黎的远郊区，这个凄凉的站台就像外省的第一旅站，法朗士钻到了一个最暗的角落里，宛如一个冬眠虫在那里坐着一动不动。他脑子里一片混乱和狼狈，足堪与这车站的情况媲美。千头万绪的想法，纷乱的回忆，奇怪的对比像浪潮一样向他涌来。刹时间，他周游了自己记忆中的最幽远角落，以至不得不再三扪心自问，为什么他在这里，想干什么？但西陀涅的形象不断在他混乱的思想中冒出来，一次次使阴霾聚而复散。

她马上就要来……

虽然约定相会的时刻还非常早，他还是机械地往那些行色匆匆、呼儿喊女的人群中不住眺望，盼望着能见到忽然从人群中突围而出，使所有人在惊人的姿色前纷纷让路的西陀涅的倩影。

几节列车进了站又开了出去。火车汽笛在天穹下发出尖利的响声，于是车站突然变为空空如也、不见人影，像是平常日子里的教堂。

马上该到的就是十点的列车，这次车之前没有别的车。

法朗士站了起来。

现在这已不是幻想，不是什么遥遥无期的空想。

过一刻钟，最多过半小时，她就在这儿了。

这段时间对他又是一种可怕的等待的磨难——一会儿浑身紧张，一会儿全部精神处于异样状态，有时心脏像是不再跳动了，呼吸和思想都停顿了；有时两个手连比带画，空话连篇；有时就像呆子一样等着。诗人们对于那些倾听着空巷里的马车声、倾听着楼梯上偷偷摸摸脚步声的情人曾费了多少笔墨来描写他们的激动和痛苦。

但在火车站，在公众的候车室里等自己情人——这还要更难受。那种在积满尘土的地板上引不起反射的昏暗的灯光，安着大玻璃的窗子，拼命往耳朵里灌的不停的脚步声和大门撞击声，高高的光秃秃的墙壁上赫然写着"摩纳哥旅游列车。瑞士×日游"的广告——所有这种促人想起旅行，想起变化的环境，以及四周漠不关心的过客——整个这地方仿佛就是为了要勾起人的千种愁绪。

法朗士前前后后来回走着，眼睛盯着来到的马车。它们陆续在车场的一长溜石阶边停靠下来。一扇扇车门打开了，随着一声响又关上了，接着，像从街头暗处浮游而来似的在通明的门槛上络绎不绝出现了平静或激动、幸福或伤心的脸，带面纱的羽饰帽子、乡下女人的包发帽、由大人牵着走的半睡不醒的小孩……每出现一张新的脸就会使法朗士身上打战。在每一张面纱下他都仿佛看到了西陀涅，那种踌躇不决羞答答的样子。就等他快步赶上去，好安慰她保护她。

随着车站上人越来越多，观望也就越来越困难。马车似流水般滚滚而至。法朗士被迫从一个门向另一个门来回地跑，于是索性来到了街上，认为那里看得更清些；加以压在他心头的不安情绪在窒息的候车室那种不良环境里已变得不堪忍受。

正是温和的九月天气。空中挂着一层薄雾，那些沿着长街爬着坡上来的马车，一盏盏车灯从远处看去犹如昏黄的模糊斑点。到来的每一辆马车就像是一面跑着一面跟他说："是我……就是我……"但里面出来的不是西陀涅，于是，他怀着满心希望老远就盯着的马车——仿佛车里有比他命还贵重的东西——又轻松地空车拐回巴黎去。

开车的时间快到了。法朗士瞧了瞧表——至多还有十五分钟时间。他吓呆了，但票房的铃声把他叫了回去。他急忙跑到里面在长长的队伍里占了一个位置。

"两张到马赛的头等票。"他说，而且他似乎觉得这样就好像已经证明西陀涅是属于他的。

他在运行李的手推车和一路上你推我挤地进来的迟到旅客间杀出一条道，回到了自己的瞭望岗上。赶车的向他喊叫着"小心！"他像聋子一样，圆睁大眼，冒着被马蹄踩倒的危险在马车群里乱奔乱跑。现在总共只剩五分钟。

她想赶到几乎是不可能了。乘客们都急着进内厅去，东西在向行李车运：包着麻布的大件行李，铆着铜钉的皮箱，有皮挎带的推销员背囊，形式各异大小不同的筐筐篓篓——所有这些，颠颠晃晃，一个接一个地钻进了同一个门洞里。

终于她来了……

是的，这当然是她，就是那个穿黑衣服的女人，长得那么秀气、匀称；而与她一起的那个矮一些的女人，想必是道勃森太太。可是再细细一瞧，原来他看错了。这是个跟她相似的年轻女人：也是那么个风雅的巴黎女子，有一张富态的脸。她身边来了个男子，也是个年轻人。显然他们是去作结婚旅行，送他们的是母亲。

他们打法朗士身边过去，好像有一股幸福巨流在卷着他们。他怀着忌妒和狠毒的感情看着他们消失在门背后，身子紧贴着身子，在这人群里靠得那么近。

他似乎觉得这些人在偷他，他们要把属于他和西陀涅的座位占去。

这时，发车前的一阵忙乱已经开始，传来了最后一遍铃声，释放蒸汽的呜呜响声，赶晚的旅客的急促步子，门户的乒乓声和轧轧滚动的公共马车声……可西陀涅还是人影全无……而法朗士还是等着……突然有一只手落到了他的肩膀上。

上帝！

他转过身去。在他面前是戴着耳套帽子的伽蒂努瓦先生的大脑袋。

"是啊，我没弄错，是法朗士·黎斯莱先生。您搭马赛的特别快车？我也是，只是我去不了多远。"

他向法朗士说，他没赶上奥尔良的车，所以打算由里昂线回萨维纳去。接着开始说起有关黎斯莱大哥的事，工厂的事。

"最近来看，事情搞得不怎么样……他们随着旁拿代尔的破产倒足了霉……是啊，我们的年轻人不妨要提高点儿警惕……照这样下去，他们可能也会弄得跟旁拿代尔一样……对啦，请原谅。看来票房要关门了。再见。"

法朗士几乎没在听伽蒂努瓦对他讲什么，哥哥的破产，整个宇宙的覆灭——现在对他都是白费。他等着……

等着……

但票房的小窗口猛一下关上了，就像在他执拗的希望前面下了最后的闸门。车站重又变得空荡荡的。所有的嘈杂声和全部的忙乎劲都转到了月台上；突然一声刺耳的汽笛声，散入夜空，像是一种讽刺的告别礼，传到了情人的耳朵里。

十点的列车开走了。

法朗士尽量定下心来斟酌发生的情况。显然，她在阿尼埃尔出来时没赶上火车，但她知道他在等她，所以一定会来，哪怕赶到深夜呢。再等吧，这候车室本来就是为这准备的。

不幸的人在一条长凳上坐下来。大窗子已经关了，窗子有点发乌和反光，仿佛糊着有光纸。书亭里一个老想打盹的女售货员在归拢自己的商品。法朗士机械地望着一些铁路丛书，一些花花绿绿，在他到这里以后的四小时内连名字都能背下来的书籍。

其中大多数书是他在伊斯梅利亚的帐篷里或从苏伊士出来的轮船上读过的，所以那些陈词滥调、内容贫乏的言情小说对他来说始终有一股海洋和异国风情的气息。但眼看书亭又关门了，这下他可连这一点能够糊弄疲劳和等待的手段都没有了。卖玩具的帐篷也躲进了自己的木栅栏后面。哨子、手车、喷壶、小铲子、耙子——小巴黎人的整套别墅用具霎时都不见了。女售货员——有着一张忧郁的脸的病女人——紧裹着一件旧得不成样子的连衣裙怀里，揣着汤婆子，也走了。

所有这些人结束了自己一天的劳动日，把劳动日抻到了极限，这种英勇精神和顽强是巴黎的传统，你没有看见巴黎要直到天亮才熄灯。

想到这种深宵不眠的习惯，使法朗士回忆起那个他非常熟悉的小房间，那儿此时此刻，在堆满蜂鸟和亮晶晶小昆虫的桌子上油灯正在渐渐熄灭；但这幻影很快就消失在茫无头绪的由等待所引起的思想混乱中。

突然他感到口渴得要死。这时车站咖啡馆还开着门。

于是他到了咖啡馆里面。夜班服务员正缩着身子在长凳上打盹，咖啡剩渍泼得满地都是。他们让法朗士等了好久，而到最后终于端来的时候，他猛然脑子里一闪，可能就在他不在的时候西陀涅来了，现在说不定在候车室里满处找他。他迅速跳起来，把钱和原封未动的杯子撂在桌上，像疯子一样地跑了。

不，她不会来了。

他有这样的感觉。

他在车站前的空场上来回地走过来又走过去，他那有节律的，单调的步伐使他听得心烦，它使他想起本身的孤独和倒霉。

可到底出了什么事呢？谁拖住她腿了？她不会是病了吧？要不，可能感到内心有愧？可是如果是这样，她多半会提前告诉他，会派道勃森太太……会不会黎斯莱发现他的信了？她原本就是那么个冒冒失失粗心大意的人呀！

就在他揣摩不定中，时间过去了。沉浸在黑暗里的华丽饭店的屋顶已经开始露白并显出轮廓。怎么办？必须立即上阿尼埃尔去，想法摸摸情况，出了什么事。他恨不得现在就已经身在阿尼埃尔。

一拿定主意，他飞也似的从车站往下跑，既不看一眼迎面走来的背着背包的士兵，也不理会为赶早车一早就来的贫民。

他在巴黎市内走着，黎明前的巴黎总是那么凄凉和冷静。警察岗亭的风灯散散落落地抛射着发红的灯光；巡逻的警察捉对儿地迈步走着，到了拐角就停一停，朝暗处机警地张望一下。

在一个岗亭前，他看到围着一群捡破烂的和家庭妇女，无疑有一件什么样的夜间悲剧把他们吸引到这儿来，现在警察委员正在调解这件事情。唉，要是法朗士知道这是个什么悲剧！……可是他想不到这上面去，只是远远在一旁无动于衷地瞧了瞧。

凄凉的街道，苍白的、萎靡不振地在巴黎上空亮起来的曙光，像出殡的蜡烛眨巴着从长夜里熬过来的倦怠的塞纳河沿岸的路灯——所有这一切勾起他心头的无限怅惘。

当他经过两三个小时踽踽独行来到阿尼埃尔时——他恍如梦中醒来一样。

火红的太阳正在升起，光芒万丈普照着原野和河流。

桥梁、房屋、堤岸——一切都带着清晨特有的明朗和清澈，一切都显示着一个新的、光明和美好的白昼在接替夜的幽暗。法朗士老远就认出他哥哥那所已经醒来的房屋，开着的百叶窗和窗台上的鲜花。他不敢贸然进去，在房子近旁徘徊着。

突然有谁在岸边叫他：“喂，法朗士先生！……您今儿怎么那么早啊？”

他认出是西陀涅的马车夫，那车夫正上河边洗马去。

“你们这阵子怎么样，一切正常？”法朗士问，浑身战栗。

“是的，法朗士先生。”

“哥哥在家吗？”

“不在，黎斯莱先生在厂里过夜。”

“没人病吧？”

“好像没有，法朗士先生。”

马群搅着浪花向河中心泅去。

终于法朗士下了决心，在篱栅边拉了门铃。

花园里有人在打扫小径。整幢房子都在行动。尽管是一清早，已能听到有西陀涅的声音，清脆嘹亮，跟房前玫瑰丛中小鸟的啼声一样。

她正活跃地在说着什么事情。

法朗士激动地往近处走了走，想听听在说什么。

“不，不要奶油甜食……单是冻糕就行……不过得使它冻得好一点，七点以前准备出来。而酒菜……想个什么样的酒菜好呢？……”

她与厨娘在认真研究预定明天举行的宴会。小叔子的突然出现丝毫也没引起她的慌乱："啊，早安，法朗士！"她平静地说，"我这就来为您效劳。明天我们有一个大型的工作晚餐，请了工厂的许多主顾……您会原谅我的吧？"

她鲜若朝花，含着微笑，在长罩衫和花边压发帽雪白绉褶的衬托下显得光彩照人，她继续拟定菜单，深深吸一口从草地和河面飘来的新鲜空气又轻轻吐出来。在她坦然的脸上没有一丝悲哀和不安的痕迹。她那舒展的眉宇，那驻颜有术、故作娇憨的顾盼和半启的朱唇，与情人那张煎熬了一宵狼狈不堪的脸形成了对照。

法朗士坐在客厅的一隅，在好像长得要命的一刻钟时间里，他就听着她们慢条斯理地安排布尔乔亚宴会上全部不可分离的席面，从烤肉包子，诺曼底鲽鱼和数不清的烹鱼佐料，到蒙特勒伊蜜桃和枫丹白露的葡萄，西陀涅没有因为他而牺牲一道菜。

最后，当只剩下他们两个人时，他瓮声瓮气问她："您难道没收到我的信？"

"怎么能，我收到啦。"

她站起来，到镜子面前整了整因为带子松散而搅乱的小发卷，左照右照地接着说："怎么能，我收到您信啦。当我收到信的时候我甚至太高兴了……现在，如果您还打算出头，向哥哥作卑鄙的告密，拿这个来威胁我，我当场就可以向他证明，您诬陷我的唯一原因是由于我拒绝这犯罪的爱情，使您恼羞成怒——除此而外还能有什么别的？现在您得放聪明一些，我亲爱的，好了……再见！"

犹如一个女演员那样豪放，一念完这段效果强烈的独白，她从他身边扬长而过出了客厅，带着嘲弄的微笑。

这下，他没有吃她的牌啦！

五
惊 变

　　在这个倒霉日子的前夕，就在法朗士偷偷离开白拉克街自己房间不久，有名的德洛贝尔到家时就像整个儿掉了魂似的，装着那种一有不愉快事就要做给人看的心力交瘁样子。

　　"我的上帝，出什么事啦？"那位二十年来对丈夫夸张的戏剧表情还没有学会相安无事的妻子急急向他扑过去。

　　在回答以前，前演员从不忘记要在自己最无足轻重的台词前表演他独擅胜场的某种怪相，他把嘴角一歪，以示最强烈的厌恶——仿佛他吞下了一个什么苦东西。

　　"要不怎么说，"他说，"这些个黎斯莱是忘恩负义的人或是利己主义者。他们实在是没有受过好的教育。你知道看门女人刚才在下面跟我说什么了吗？她说话的时候还拿斜眼瞧了瞧我。原来……法朗士·黎斯莱走了。他躲出这个屋子了，而这会儿，可能都出了巴黎，结果都没有来跟我握握手，谢谢对他的殷勤招待……您对这怎么看？……反正他也没有来向您告别，是不是？而当时，不过就一个月前他成天在我们家里，我们二话都没说。"

　　德洛贝尔妈妈不由惊异得叫了起来，并且在她的说话声音里含有一种真诚的痛惜的感情。相反，戴西蕾一句话也不说，也不动一动。还是那样的一块小冰块。甚至她来回转动着的铜丝都没有在她灵巧的手指间打一下格愣……

"这就是您的朋友,"有名的德洛贝尔继续说下去,"可是论这方面,请问,我怎么啦?"

他认为——这也是他许多自命不凡的想法之一——整个世界都在苦苦迫害他。这就给他在生活中扮演一个为忠于艺术而被钉于十字架的人的角色提供了根据。

德洛贝尔太太温和地,几乎是带着母性的温存——本来,如果这些大孩子也能引起人的百般迁就和无限宽容的话,那么在这种宠爱里总有着什么母性的东西——竭力安慰着丈夫,不断哄着他,甚至开晚饭时给添了一道甜食。

说实在,可怜人还真是觉得伤心:由黎斯莱大哥转到法朗士的一个永恒的安菲特里翁①角色,随着法朗士的离去又成了空缺,并且演员也由于预见到很多愉快的事都将慢慢失去而悲从中来。

而不可思议的是,在这利己主义的皮相的痛苦旁边有着一种真正的、深切的悲恸,这悲恸能致人死命,但瞎眼的母亲甚至都没看出来!你还是看看自己的女儿,这不幸的女子吧!看看这惨白的脸色,这凝视着一点的干涸的、发烧的眼睛,仿佛它们在全神贯注着只有它们才能见到的物体。让这个紧闭的、受难的灵魂打开吧。好好问问自己女儿吧。要让她说,让她最好放声大哭,这样才能把她从痛苦的重轭下解救出来,才能使她那双被泪水蒙住的眼睛不再在空虚中去搜寻那种以如此绝望的眼神谛视着的可怕而莫测的东西。

呜呼!……

世上有这样的女人,她更典型的是母亲而不是妻子。

可是在德洛贝尔太太身上——是妻子而不是母亲。她是

---

① 莫里哀采用古罗马剧作家帕拉夫特神话题材编写的同名喜剧中人物。安菲特里翁是传说中一个非常好客的国王。

这位自封为偶像，浑身浸透了伪善的德洛贝尔尊神的女祭司，在她想象中，连她女儿的降生也仅仅是为了使自己献身于同一祭祀行列，膜拜于同一祭坛面前。除了为大人物增光而劳动，作为这未经公认的天才的安慰者，不应存有非分之想。其他的事是不存在的。

做母亲的始终没有看出戴西蕾一见法朗士到工作室来就一下脸红，始终没有看出一个情窦初开的姑娘的全部心思，她会千方百计地把话题尽往自己所爱的人上面引，并一有合适机会就在她们工作时的闲谈中提他的名字。要说这事，也已经有些年头了，早在法朗士在国民工程师学校上学的时候就有了苗头，当时他每天早晨走时，也正是这两个妇女点起灯开始自己劳动日的时分。她把幸福而轻信的青春连同自己对未来的幻想用双重锁禁锢在持久的缄默中，从来没有吐露。有时母亲被女儿的缄默弄得心焦，也会问到她："你怎么啦？"戴西蕾最多也就是回答："没什么。"于是母亲的心就又转到刚丢开一分钟的意中人身上去了。

这个善能窥测自己丈夫心思，从奥林普大神前额一条最小褶子就猜得出这个卑微人物心情的女人，她对自己可怜的齐齐从未表现出那种母性的敏感，哪怕是最衰弱的母亲如果具有这种敏感，就会突然变得年轻似的成为自己孩子的朋友，成为孩子所信赖的人和参谋。

像德洛贝尔之流那种失掉知觉的利己主义，最可怕的地方恰恰是它使那些献身于他们的人对所有周围事物变得麻木不仁。

在某些家庭，把全部注意力集中于一身的那种根深蒂固的习惯，不知不觉就会把与这个偶像的利益不相容的欢乐或痛苦置之一边。

　　试问，对这样一个利欲薰心的大演员，一个满心委屈的失恋的少女的悲剧又何以打动他的心？

　　这时期戴西蕾精神上非常痛苦。

　　自从西陀涅用私人马车把法朗士接走那天起，转眼快一个月了，戴西蕾开始明白人家不再爱她，并且这会儿她也知道了情敌的名字。她并不生他们的气，多半还对他们有些怜悯。但为什么当时他重新又回到他们这儿来呢？为什么那么轻率地给她一个虚幻的希望？那些注定要在单人房间的永恒的黑暗中生活的不幸囚徒，会渐渐使自己的眼睛习惯于黑暗，同时身体习惯于狭窄的空间；而一旦放他们出来一分钟，那么回去以后房间就显得更为悲惨，更为黑暗。她也是如此，可怜的姑娘在那道骤然回到她生活中的光亮消逝后，幽居生活显得更似长夜无边。多少眼泪从那时起她默默吞咽着！多少痛苦向着自己的小鸟倾诉！就这一次，她还是从工作中找到了力量，努力地不断地工作着，她所从事的工作的刻板性、单调性，在用力和动作上的重复不变，仿佛对她的痛苦起了调节器的作用。

　　而且，就跟那些死的小鸟在她手指下重新获得生命的形貌那样，她的幻觉和希望——也是已经死了的，而且充满了比她工作台周围像飞尘般浮动的砒毒更钻心刻骨的毒物——有时还要在一阵怅惘中鼓鼓翅膀，企求复活。对她来说她还没有完全失去法朗士。虽然他极少上他们那儿露面，她毕竟知道他在这儿。很近，能听到他进进出出，急躁地在房间里面踱步，而有时在半开的房门中，她也有机会一睹他那可爱的，急速地一晃而过的侧影。他给人的印象并不像是很幸福。可不，能有什么幸福在等待着他？他爱上了哥哥的妻子。而每想到法朗士的不幸，善良的女性几乎忘了自身的痛苦，而只想着自己朋友的痛苦。

她很清楚他不会再回到她这来，不会再钟情于自己。

但她想，可能会有这么一天他会跑来找她，垂头丧气，痛苦到极点的样子，坐在她旁边的小椅子上，同时，脑袋在她的膝盖上一靠，痛声大哭地倾诉自己的悲伤，祈求给他安慰。

这点可怜的希望支持了她整整三个星期。她需要的就是那么一点儿。

就不给！她连这一点都遭到了拒绝。法朗士走了，没有望她一眼，没有向她告别就走了。在把她作为一个恋人抛弃之后——又把她作为一个朋友抛弃了。这真是太可怕了。

在父亲刚一说话的时候，她就有一种感觉，她在向着一个万丈深渊，一个冰冷的、漆黑的深渊滑下去，那么急促，无抓无攀地往下掉，意识到她已不能回到世界上来。她要憋死了。她想着挣扎，抵抗，叫人援救。

可是叫谁？

她非常清楚，母亲是听不到她的声音的。

西陀涅？……呵，现在她已经把她看清了！最好还就是找那些长着亮晶晶小毛毛、狡黠的小眼珠那么高兴和漠然望着她的小鸟。

但最可怕的事发生了，戴西蕾很快就明白这一次连工作都拯救不了她。她丧失了自己对工作的良好行为。一双怠惰的手已经没有力气，它们无精打采地耷拉在身上，被无尽的绝望挫伤。

在这心乱如麻的可怕时刻有谁能援救他？

上帝？那个人们称之为苍天的？

她甚至都想不起这个。在巴黎，特别是工人住宅区，想要见到苍天，房子未免太高，街道未免太窄，空气未免太污浊。

它消失在工厂的烟雾里，湮没在从潮湿的屋顶往上冒的蒸汽里，况且对大多数这些人来说，生活是那样严酷，以至他们在备受磨难之余如果也有人想到天道的话，那只不过是对苍天挥舞老拳，倾泻一肚子脏话。这就是为什么在巴黎有那么多自杀事件。这些人不会祷告，却敢于面对死亡。他们在自身的全部感受中始终牢记一点，不管什么时候它能给他们以平静，让他们摆脱所有的苦难。

可怜的瘸姑娘，她那锲而不舍的眼神也盯上了它。

她一下拿定了主意：死。

可是怎么死法呢？

于是，虽然荒诞的生活还按部就班地在她周围进行——母亲准备着晚饭，而大人物朗诵着一段冗长的鞭挞人类忘恩负义的独白——她却纹丝不动在自己扶手椅上坐着，寻思着她该选择哪种死法。她几乎从来就没有单身独处的时候，因而根本就不用考虑用煤炉子：先把门窗关严，再把炉子烧得旺旺的。她从来也不出家门，因而也不能考虑用毒药：在卖草药的商人那里买一小包白药末，把它和针盒、顶针一起深藏在口袋里。确实，倒是可以利用硫磺头火柴、古钱币的绿锈、朝马路开着的窗口，但想到她自杀的可怖景象会呈现在双亲面前，想到收拾残骸的场面会把围成一团的人群都吓坏了，她决定不用这种方式。

剩下还有河。

河水有时不是冲得那么远，连投河的身体也找不到吗？

那么死了谁也不知道……

河！……

戴西蕾一想起河就身上发抖。但她怕的不是又黑又深的河水，这对巴黎姑娘算不了什么。把围裙往头上一蒙，这就看不见了，接着"扑通"一声跳进了水……可是，要到河边得下楼，得一个人在街上走，而她就怕这街。

就在不幸的姑娘思想向着死亡和解脱急转直下、那双已然流露出要寻短见的恍惚的眼睛向着可怕的深渊探望时，有名的德洛贝尔又有点活跃起来，说话声音比较不那么激昂了。而当晚饭给他端来一份心爱的白菜时，他完全心软了，又开始回想起当年的丰功伟绩、金冠、阿兰松观众和一丢下饭碗就上奥代昂看头一回在《厌世者》①里演出的罗伯里卡尔去——雪白的袖口，衣着跟阔佬一样，口袋里装着一枚妻子给他买零食的崭新锃亮的五法郎银币。

"我很高兴，"德洛贝尔太太说；一面收拾桌子，"父亲今天吃得很香。这使可怜的人稍稍有点安慰，而看戏会使他最终忘了一切。他那么需要它……"

"……是的，最可怕的是——单身在街上走。得等到煤气灯熄了，待母亲一躺下就悄悄下楼，请看门女人开门和登上去巴黎的马路，那里会遇到不害臊地盯着您瞧的男人，那里磕头碰脑都是灯光通明的咖啡馆……"

戴西蕾自小就对街道抱有恐惧心。当她还是个小孩子的时候，大人有时让她去买东西，坏孩子们就取笑她，跟在她屁股后面跑来跑去，她真没遇到过有比这更刺激更痛苦的事：不要脸的坏孩子们一瘸一拐地学她走路，要不就是过路的行人出于同情而扭过头去的那种怜悯神色。

外加她怕马、怕公共汽车。河很远。她会走不动。可是她没有其他办法。

"我睡了，小女儿，你呢？还坐一会儿？"

---

① 奥代昂剧院上演莫里哀喜剧《厌世者》。

眼睛冲着活计，"小女儿"回答说她还要坐一会儿。她想做完一打。

"那么，祝你晚安。"母亲说，老花眼使她不能在灯光下工作得太晚。"父亲的夜宵我搁在炉子边上了。睡觉前留点神。"

戴西蕾并没有撒谎。她想要做完一打，好让父亲明天一早能把它们送走。说实在话，光看这个在明亮灯光下平静地弯着的小脑袋，谁也不会疑心这脑袋里有什么阴郁的想法在乱抓乱挠。

终于十二只里面的最后一个小鸟也做好了，这可爱的小鸟张着海蓝色的小翅膀：它们一色碧绿，闪着蓝宝石光泽。

戴西蕾细心地、娇媚地给它拴上铜丝，使它具有一种受惊而准备飞逸的姿态。

是的，小小的蓝色鸟儿眼看就要飞走。它多么厉害地鼓起了翅膀，活像是这一次它要高飞远飚，一去就不回头……

工作结束了，桌子收拾净了，用剩的丝线头归到了一起，大针小针都插到了小枕头上。

做父亲的一回到家，就借着微弱的灯光从热灰里掏出自己的夜宵，同时这个恐怖的不祥的夜晚因为房间收拾得整整齐齐，对他那细小的习惯也照办不误，所以他觉得似乎跟往常一样宁静。戴西蕾悄悄打开柜子，找出了围巾，把头和上身裹在围巾里准备离去。

怎么？不向母亲那边看一眼，不默默说声"再见"，没有一丝难舍之情？……没什么。就像行将就木的人看破红尘，她顿时醒悟她的童年和青春是牺牲在什么样一种利己主义的爱情之下。她很清楚，要安慰这个睡着的女人，有她的大人物一句话就够了，同时戴西蕾对母亲甚至有点儿怨恨：为什么她不醒过来，不睁开眼睛，那么平静地听凭我走了？

人如果死在正当年，就算是出于自己的意志，也决不会没有内心的不平，因而可怜的戴西蕾在离开生命时，对自己的命运深感愤懑。

她到了街上，该往哪个方向走呢？

四周杳无人影。这些住宅区白天那么活跃，晚上一早就阒无人声。这一带的人要想睡得晚，工作未免太重了。可是大林荫道上的巴黎，这时正生机盎然，一片灯火照得全市通红，这一带所有大门都已上了锁，铺子和住家的窗户也下了护窗板。只有悠然作响的门锤碰击声，闻其声而不见其人的警察的脚步声，踉跄的酒鬼时断时续的独白声偶尔在破坏这一片寂静；要不就是从近处的堤岸陡然袭来一阵狂风，把街灯的小窗砰一声关上，弄得辘轳的旧绳子轧轧叫唤，接着在巷尾风势渐渐平息下来，一声呼啸钻进了哪家没关严紧的门洞。

戴西蕾裹着围巾，快步地向前走：她高昂着头，眼睛发干。她不辨东西南北，只知道一直、一直地往前走。

闪烁着同样煤气喷嘴的又暗又窄的马莱街道，相互交叉，迂回曲折，而戴西蕾在一阵热病似的觅路中，总是又转回同一个地方。她怎么也不能与河相遇。可同时一股湿润的、新鲜的微风向她脸上吹来。这真是怪事，河在退却，在向壁垒后面躲藏，大墙和高楼为堵住她走死亡的道路有意在她面前往上长。可是可怜的瘸姑娘并没失去勇气，还在那些古老街道的坑洼不平的路面上走着、走着。

您是否见过晚上打猎以后受伤的沙鸡顺着垄沟挣扎的样子？拖着血迹斑斑的翅膀，它紧贴着地面，爬来爬去寻觅一处能安静地死去的隐蔽地方？这个小小的人影倒是有点像受伤的沙鸡，她一瘸一拐地顺着人行道滑动，身子胆怯地紧贴着墙根。而且真不可想象，就在这个时间，几乎就在同一段地头，还有一个人也是那样在街头彷徨，等待，守候着和经受着绝望的痛苦。唉，如果他们能相遇一起！……如果她走到这个激动的行人跟前，向他问路："请您告诉我往塞纳河怎么走？……"那他顿时就会认出她来："怎么！是您——齐齐小姐？半夜三更您在街上干什么？""我想死，法朗士。您夺去了我生的愿望。"

到那时他一定大受感动，会让她紧贴着自己，会把她抱在自己怀里，一面说着："不，不，你不能死，我需要你，为了安慰我，为了医治另一个女人给我造成的痛苦。"

但这仅仅是诗人的幻想——这种邂逅在生活中是不会有的。它太残酷了，这严峻的生活，而且即使对某一个人的得救有时只要求一个最微不足道的情节，它连这一点点也拒不给予。这就是为什么真实的小说总是如此悲惨……

过了一街又一街，过了广场来到了桥头，桥上的灯在黑黝黝的水面勾出了又一个亮灿灿的桥影。终于到了河了。戴西蕾压根儿不熟悉巴黎，现在透过潮湿的秋夜的寒雾到了，她觉得它好像是一个古怪的庞然大物，而处处显得陌生的地方更加强了这种印象。是啊，她要找的葬身之地就在这儿。

她感到自己在这灯火通明的巨大而空旷的城市中是那么渺小，那么孤独和被人遗忘……她似乎觉得她已经死了。

她慢慢迫近堤岸——可是突然，一阵花木和泡土的气息使她停了一下。她脚下，那条沿着河岸伸展的人行道上，为明天集市摆上了许许多多用草包好的灌木，里面还有用白纸裹着花盆的盆花。一群为夜寒冻住的睡意蒙眬的小贩，两脚放在汤婆子上，懒洋洋地倒在那种中间有孔的摊贩坐的小椅子里。各种颜色的中国翠菊、木樨草、晚开的玫瑰香气流溢。花儿在一片片月光下若隐若现，在自己周围投射着清影，人们把它们从故乡的泥土里挖出来，运到这儿，现在它们在等待着巴黎的醒来，来为它的奇香效劳。

可怜的戴西蕾！所有她那屈指可数的欢乐的日子，所有她那青春时代和她那受骗的爱情，在这流动花园的馨香中又浮现在她面前。她慢慢地在花丛中走着，有时一阵风吹来，灌木叶子交织一起，像树林中树枝那样发出簌簌响声，而人行道旁装满新起出的植株的篮子里扬起了湿润的生土气息。

她回想起法朗士为她举办的郊游。现在在死亡的时刻里，她重又感到那时第一次触动她的大自然的气息。"记得吗？"仿佛它在向她说话，而她暗自回答："啊，是的！我记得！"

她甚至记得太过于清楚了。当走到装饰得跟过节一样的堤岸尽头时，这悄然而入的小小人影在下水的阶梯上停了下来……

几乎就在这同时，沿着整个堤岸响起一片嘈杂的叫声："快放船，搭竿！"船夫和警察从四面八方跑来。从岸边驶出的一条带灯的划子快到了。

卖花的女人都醒了。而当其中一个打着呵欠问出了什么事时，桥堍下一家卖咖啡的女人平静地回答说："有个什么女人扑通跳河里了。"

但不。河流不想要这条年轻的生命。它怜悯这可爱的温良的生物。在一片向下游乱窜的灯影下，河畔集结起像黑点向前挪动的一班人。戴西蕾得救了！……有个工人把她拖了上来。几名警察在一群围观的船夫和装卸工中间逼着要把她带走；在夜的寂静中听到有一个沙嘎的、嘲弄的声音在说话："好，这田鸡又给我找了一份差使！我倒要瞧瞧，她还能从我手里跑了不能！想必，她不愿意让我得奖金……"渐渐地嘈杂声静了下来，好奇的人四散走了。那班穿黑衣服的在警察岗亭各就各位，卖花的女人又开始睡觉，而唯独那在风中摇曳的中国翠菊在空旷的堤岸上簌簌发着响声。

可怜的姑娘，你想着就那么容易离开人间，一瞬即逝……你不知道，大河不是尽快地把你带到你想去的冥间，而是把你抛了出来并要你去承受像一般未遂自杀事件的那种羞耻和屈辱。开始是警察分局，一处设着肮脏的条凳和地板上潮湿的积尘犹同街头垃圾的脏地方。戴西蕾得在这里度过残夜末宵。他们把她安置在火炉跟前的一张行军床上，这炉子是出于对她的怜悯才烧的，同时她那不住淌水的泡胀的衣服在不正常的体温下冒着水汽。她在哪儿? 她不知道。这些躺在她周围同样铺位上的人们，惨淡而光秃的房间，两个被锁在隔壁一个门洞里、拳头狂敲着门的酒鬼的号叫和放肆的骂街——所有这些，可怜的瘫姑娘犹同在梦中所见所闻一样，什么也不明白。

在她旁边，正对着炉前，蹲着一个破衣烂衫蓬头散发的女人。她那张惊惶的脸是那样的惨白，甚至红亮的火光都不能使脸部显出光彩。这是个夜间被收容来的疯子，不幸的女人一个劲儿地晃摇着脑袋，同时不可理解地几乎嘴皮都不颤一颤地不住重复着"嗳，多倒霉……嗳，多倒霉……"这种在沉睡着的人们的鼾声中阵阵传来的不祥的怨诉，对戴西蕾是一种难以忍受的折磨。她闭上了眼睛，好不再看到老太婆那张走了神的脸，它犹同是她自身绝望的化身，使她感到害怕。有时局子的门打开了，一个中士的声音大声唱着谁谁的名字，接着，两警察出去，另外俩进来并立即躺到了床上，疲惫不堪的样子就像夜岗下来的水兵。

终于东方欲曙，一个为病人和不幸的人所最难熬的阴惨惨的黎明到来。犹如从冬眠中骤然惊醒，戴西蕾在铺上欠起了身子，一把撩开给她盖着的斗篷，同时，尽管是那样疲劳并发烧，她还是想起来让神志哪怕稍稍清醒一下，好好想想。现在她只有一个想法：躲过所有这些好奇地盯住她看的眼睛，离开这个使人透不过气和吵得人不能安眠的可怕的地方。

"我请求您，先生，"她说，浑身哆嗦着，"请您允许我回到妈妈那儿去。"

不管这些人对巴黎的悲剧如何看不惯，他们清楚，眼前发生的这件事要比往常多点儿什么高尚和令人感动的地方。可是他们毕竟还不能就此把她送回家去。首先得要上警察局首长那儿过一下。出于对她的怜悯叫了一辆出租马车，可是，要坐车就得从局里出来，而门口已然聚集了一大帮看热闹的人，都想看一眼这两鬓黏着湿漉漉头发、穿着警察斗篷但还在冷得发抖的可怜瘸子。

在警察分局里，她得爬上一条黑洞洞的、尽是些不明身份的人在上蹿下跳的潮湿的楼梯。就跟所有公共场所一样，这里的门接连不断地关上又打开；遍处是凉冰冰、透光很差的房间，一条条板凳上坐着沉默的，神志不清的，半睡不醒的人，流浪汉，小偷，娼妓；在蒙着旧绿呢子桌子后面——坐着个录事，一个像学监那样穿着磨损的常礼服的魁梧的年轻人。

当戴西蕾进去时，从暗处出现一个男子朝她走来，一面向他递着手。这就是想得奖金的那人——她的不共戴天的二十五法郎的救命恩人。

"呃，怎么样，小囡囡，"他厚颜无耻地笑了笑问，同时他那破嗓子滔滔不绝地说着雾夜在水上值勤的经历，"洗澡以后，身上舒服了吗？"

接着他开始向在场的人描述他怎么救她上来，他开始是怎么地一把抓住她，后来又是那么一下，而且要不是他的话，她早就飘到鲁昂去了。

难女的脸庞由于羞耻和热病在发烧，她觉着仿佛河水还在冲击着她的眼睛，在她的耳鼓里嗡嗡直灌。最后她给带到了一间较小的房间里，那里有一个佩着勋章的大官，首长先生本人，他坐在一张桌子里，正在阅读一份《司法报》，一面小口地呷着牛奶咖啡。

"啊，是您?……"他嘟囔了一声，把面包在咖啡里蘸了蘸，眼不离报纸。

那个把戴西蕾弄到手的警察当即开始作口头报告："夜间十一时四十五分，在梅琪赛丽堤岸，十七号房前，有一名叫德洛贝尔的女子，年二十四岁，做假花为业，居住白拉克街父母处，企图自杀，投入塞纳河，由现住比特－沙蒙街的工人帕舍米纳自河中安全救起。"

首长先生一面吃一面听着他讲，带着一种司空见惯的平静和无聊的样子。最后他向"名叫德洛贝尔的"严厉地瞥了一眼并狠狠地训起她来。她做的这件事，非常愚蠢，非常不好。什么原因促使她采取这样的行为，您回答吧，为什么?

可是"名叫德洛贝尔的"说什么也不愿意回答这个问题。在她看来，在这种地方供认自己的爱情，无异是对爱情的亵渎。

"不知道……我不知道……"她轻声说着，浑身发抖。

给弄得大伤脑筋和失去耐心的首长宣布叫人把她领回父母那里去，可是有一个条件：她必须作出承诺，永远不再重犯。

"那么您能向我作出诺言吗?"

"行，大人……"

"永远不再犯了?"

"不啦，当然……永远，永远……"

对她的保证，警察局首长只是摇了摇头，似乎没法相信她的诺言。

终于她就这样上了街，登上了回家的路，回到栖身之地去。但她的折磨还没有结束……

随车伴送她的警官，是个太过斯文太过殷勤的人。她老装作什么也不明白的样子，尽躲着他，把他的手扳开……这是什么罪孽！……但最可怕的是白拉克街这一关，家里的风波，邻人的好奇……整个住宅区一早就知道了关于她失踪的事件。传说是好像她跟法朗士·黎斯莱跑了。有人见到有名的德洛贝尔早晨老早就像掉了魂似的从家里出去，歪戴着帽子，袖口都没没直，这种情形在他身上就是出了大事的标志。而那个给他们送粮食去的看门女人，又正撞见不幸的母亲痛不欲生的样子，她从一个房间到一个房间来回地跑，寻找着女儿的留言，哪怕能找到个能消释疑团的什么东西也好。

迟钝的悟性在不幸的母亲心头突然一亮，她想起女儿一时期的行动坐卧和一听到法朗士离去消息时那沉默的样子。

"不要哭，妻子……我把她找来。"做父亲的说完就走了。

他一方面为的是打听消息，同时也为的是好不看到妻子可怕的悲痛。而她从他走了以后就光是从楼台到窗口，从窗口到楼台来回地转。一听到楼梯上有脚步声，她就心里怦怦跳地打开门往外跑，而一回到屋子，由于工作台边扶手椅里缺了个戴西蕾而更感到冷清，不禁泪珠儿直流。

这时，楼下有一辆马车在门口停下。大家往屋子里乱跑，听到了一片人声："德洛贝尔太太，她在这儿！……您女儿找到啦！……"

可不，是戴西蕾。脸色发白，颤巍巍地挽住一个不认识的人的胳膊上楼来了，没有披巾也没有帽子，裹着一件宽大的褐色斗篷。一看到母亲，她向她作了一个微笑，但只是那么一种毫无表情的微笑。

"不要害怕……不要紧……"她费劲地说着说着，就无神地坐在梯阶上。德洛贝尔太太从来也没想到自己会有那么大的力气，她一把抓起女儿的手，把她抱进房间里，放到床上躺好——也就是一眨眼的工夫；接着就是吻她，一面不停地说着："你到底回来了……你上哪儿去了，可怜的姑娘？你说呀，难道这是真话，你不想活着了？这么说你是有苦处，有大苦处？……你究竟为什么要瞒着我呢？"

看到泪痕满面和几小时来突然显老的母亲这样伤心，戴西蕾受到良心强烈的谴责。她想起没有和母亲作别就走了，并且在内心里她还责备母亲，认为她不爱她。

不爱她！

"你要死了我也活不下去了！"可怜的女人说，"呵，当我今天早上一起来，看到您的被褥没有动，而工作室也没有你的人……我开始都站不住，一下就晕倒了……你已经暖和过来了吗？……你感到好些吗？……你以后别再做这种事啦，啊？……不要想死，啊？"

接着，她把被子给她拉拉好，温温她的脚，紧抱着她的胸口，来回摇晃她。

戴西蕾闭着眼躺在床上，她回想着自己投河自尽的所有细节，她遇救后所经受的所有羞辱。寒热在加重，同时在已经开始出现的沉重的昏迷中，夜间漫游巴黎的场景在不断折磨和惊扰着他。千百条幽暗的街道涌现在她面前，而每条街道的尽头都是塞纳河。

这条她夜间曾是如此难以寻觅的可怕的河流，现在苦苦地追踪着她。

她神思恍惚，好似整个身子都黏上了厚厚一层水藻和腻

滞的淤泥。同时在一幕幕可怕的噩梦折磨中，可怜的姑娘不
知道怎么来摆脱那些纠缠不休的思念，只是喃喃地向母亲低
诉着："我见不得人啦……我见不得人啦……我惭愧！"

六
她答应再不做这个事了

不,她永不会再重复自己的企图。首长先生可以高枕无忧。他没什么可担心的。现在她连床都下不了,焉能到得了河边?要是首长先生能在此时见到她,他对她的诺言就不会再有怀疑。诚然,像那天上午在她苍白的脸上所表露的那种不可动摇的必死愿望到现在也还没有消失,只不过表情上有所缓和,出现了某种听天由命的色彩。"名叫德洛贝尔的"知道,她很快,非常快,就再没什么可挣扎的了。

医生们断定她会叫肺炎给送了命,这是她整宵穿着湿衣服得上的。医生们诊断错了,这根本不是肺炎。那么,应该说她是死于爱情?……也不是。在那个可怕的夜晚以后,她不再想法朗士——她认为她已不配去爱别人,也不配被人爱。如今在她洁白无瑕的生命中出现了污点,这就是她送命的原因。

她当着一群男子的面从水中被打捞上来,警察局里难眠的夜,她在那里听到的下流歌曲,炉边取暖的疯老婆子,所有她在警察局楼梯上撞见的丑恶的、不良的和惊心动魄的事物,一些人的鄙视眼光,另一些人的厚颜无耻,她那救命人的嘲谑,那个护送警官伤及她妇女羞耻心的狎昵,强要说出自己的名字,最后还有对残废的想法,它在她赴难的每一段路上都紧紧钉住她,好像一种恶作剧,好像是对她企图因爱情而自尽的嘲弄——这可怕的悲剧在她看来,每一个细节无不是一种羞辱……

她是羞愧死的，我敢向您这么说。夜里，在梦呓中她时时重复着"我羞耻，我羞耻！"——而当安静下来一会儿，她就把头蒙在被子里，仿佛想躲起来，不让人见到她。

在戴西蕾床边，德洛贝尔妈妈靠着窗户在干活计。有时她抬起眼睛，不使女儿注意地望望她脸上隐忍的绝望表情，竭力想找到她病痛的根源……接着又匆忙地干活。不幸的穷人本来就没有权利充分忘情于悲痛。他们必须工作，马不停蹄地工作，甚至死神就在身边徘徊的时候，还要想着日常用度，为生活苦苦撑持。

有钱的人可以寄情于自己的悲痛，可以全力以赴，指它来度日子，而只觉得自己是在受苦和掉眼泪就行。

穷人不可能也没有权利这样做。我在自己老家，乡下，认识一个老妇人，她一年里头失去了男人和女儿——两件可怕的考验一个接一个落到她的头上。可是她还有一群要她养活的孩子，农活和大量家务……天一亮就得工作，东奔西跑，去完成一处处相隔有几里的田头上各种各样活计，这个叫愁苦压得喘不过气的寡妇对我说："平时我想哭一哭的空闲时间都没有，然而在礼拜天——呵，礼拜天我可都找补回来了……"事实也是这样，到了这一天，孩子逛街或玩儿去了，她一锁上门在空房里喊着丈夫和女儿号啕大哭，一哭就是半天。

德洛贝尔妈妈连这种星期天都没有。本来现在就她一个人工作了，同时她的手指没有戴西蕾小手那股出奇的灵巧劲，而药费又很贵，兼之她怎么也不答应对"父亲"的高尚习惯哪怕有一丝一毫的剥夺。因而，不管病人在什么时候睁开眼睛。她总是——在晨光微曦中和深夜的灯光下——见到母亲在做活，没有完的时候。

当她的床帷给掩上的时候，戴西蕾能听到母亲一忽儿一忽儿往桌上撂剪子的干巴的金属声音。

夜间，当她在发烧中折腾，而母亲坐到她跟前低头工作时，戴西蕾望着她疲惫的脸，痛苦得无法忍受。有时这种感觉席卷了所有其他的思绪。

"让我稍稍干点儿试试，妈妈。"她说，一面在床上强自抬起身来。

每逢这种时刻，就仿佛在一天天见黑的幽暗里闪过一道亮光。母亲从她的请求中看到病人有想回到生活的企望，就尽量给她垫得舒服一些，把桌子往她那儿靠一靠。但手头的针是那么沉重，眼睛是那么无力，而由楼下传来的马车驶过路面的最微小的辚辚声、叫喊声，都使戴西蕾想起这街道，这条令人沮丧的街道近在咫尺。不，她已完全没有力量生存下去! 如果她能够死去，而后再生出来多好……

而现在她快死了，与尘世渐告脱离。每次当她需要换线纫针的时候，德洛贝尔妈妈就把目光投向日见苍白的女儿。

"你感到身上怎么样?"

"很好……"病人回答，这时在她饱经忧伤的脸上闪过的惨淡的笑容，往往把脸部所起的变化显露得特别引人注目——如同一道透入陋室的阳光，不是增添光辉，而仅仅是更突出了它的凄清和荒凉。

接着就是一阵长时间的沉默。母亲生怕哭出来而不说话，而受热病钳制的女儿，已经被那块无形尸布裹住，死神好像是出于怜悯用它来包裹亡者，以便摧毁他们最后一点力气，安定而无所抗拒地把他们送入冥间。

曾经蜚声剧坛的德洛贝尔从来不在家里待着。他丝毫没有改变一个赋闲演员的独特的生活方式。其实他知道戴西蕾

203

快要死了，医生预先给他打过招呼，这对他甚至是一个沉重的打击，因为在内心深处他非常爱自己的女儿。可是在这个怪物的身上最真实的、最真诚的感情都具有某种赝造的和不自然的性质，这正合乎物体被放置在倾斜的平面上不能显出直形的定律。

对德洛贝尔来说最主要的是——沽名钓誉和在人前兜售自己的悲痛。在所有林荫道上他扮演着一个不幸的父亲的角色。在各家戏院的入口处和演员咖啡馆里都可以遇见他脸色苍白，两眼红肿的样子。他喜欢别人问他："呃，怎么啦，老朋友？你家里有什么事啦？"作为回答，他脑袋抽筋似的一阵震颤，脸部的表情仿佛在强忍着眼泪和有一肚子的怨愤无处可诉，接着就像当年演《儿科医生》那样把自己怒气冲天的目光默默凝视着天穹。不过话又说回来，所有这些并不有碍于他对女儿的温存体贴和殷勤。

例如，自戴西蕾害病那时起，他在自己逛完巴黎后又添了一个要给女儿带花的习惯，而且他还看不上那些平庸的花卉，那些为瘪钱包准备的摆得满街都是的寒酸的紫罗兰。在这些阴霾的秋日里他非得要玫瑰和石竹不可，特别是暖房里生长的白丁香——花、茎、叶子都几乎是一色嫩白，就同大自然仓促中用一种颜色把它们染成的那种丁香。

"何苦呢……何必这样……我要恼了。"当他手里拿着花束凯旋般来到病人身边时，她每次都这样说。但他总是装着那种阔佬样子回答："别这样……别这样……这是我的一份小意思……"于是她也不再坚持。

实际这是一笔很大的开销，而母亲为一家人糊口累得筋疲力尽……

但德洛贝尔太太连一点抱怨的意思都没有，她认为所有这些是出于这个大人物的深情厚义。

她欣赏他那鄙薄钱财，他那可爱的乐天派性格，而且比以往任何时候都更相信自己丈夫有天才和有演戏前途。

他也是这样，在这些沉重的事故中仍保持着不可动摇的自信。但就在这时他几乎一眼瞧到了现实：发烫的小手一接触这个庄严的充满空想的大脑门，差点没把长期以来盘踞在那里的执拗思想一下都赶跑了。

事情原来是这样。

有一天夜里，戴西蕾突然在某种说不出来的异样状态中醒来。更有意思的是，头天晚上医生对她病情的变化感到非常惊奇，病人显得格外有精神，格外安静；热度几乎全退了。对这种突如其来的好转，医生没有作病理说明，说了声"看看发展怎么样"就走了，他这是寄希望于万一，因为病中出现这种凶险危象，有时会因青春的活力战胜死亡的症候，使濒死的机体重新复活。可惜他没有朝戴西蕾枕头底下看一眼。不然他就会发现那里有一封盖有开罗邮戳的信，一封能使如此幸运的转机谜底大白的信。这信一共四页，有法朗士的签名，他在信里毫不隐瞒地把所有自己的行为对亲爱的齐齐作了交代。

病人所幻想的正是这样的一封信。这信即便是由她亲自口授，也不会有像信中那样能打动她的心的美好词句，而且所有能医治她的创伤的赔礼道歉也不能表达得更加使人信服和圆满。法朗士后悔了，他请她原谅，但没有作出什么许诺，而主要是没有向她提什么请求，只是向忠实的女友叙述了自己的斗争，良心的责备和痛苦。他愤恨西陀涅居心险诈，恳求戴西蕾不要轻信她，并怀着一种基于受骗者的感情而变得露骨和冷酷的敌意，说到这个女人的堕落和浮华的本性，说到她的仿佛天生就是为了说谎话的冷淡无情的声音，这种声音里从来就没有真心的音符。因为他失去了理智，再加上这个巴黎玩偶的大灌迷汤。

多么糟糕，这信不早来几天，现在所有这些好话对戴西蕾等于是给快饿死的人一席迟到的大菜。她嗅着菜的香味，渴望尝尝，但她已经没力气享受它们。整整一天病人倒来过去地读着信。她一回回把信从信封里抽出来，重又深情地放回去，待一闭上眼睛，又看到它整个地在自己面前，直到邮票的颜色。法朗士在想着她！这一意识使她心中充满甜蜜的宁静，这时她就带着一种像有一支友谊的手托着她无力的小脑袋似的感觉睡过去了。

突然她在一种不知什么样的——就像我刚才所说的——不同寻常的状态中醒来。发软，周身有种什么样的惊慌感，一种说不出来的味道……她感到似乎她的生命牵在一根极细的线上，绷得那么紧紧地，好像眼看就要断了。可是这根线的振荡使她所有的感觉具有一种超自然的精细和敏锐。

这是个夜间。她躺着的房间——老两口把她搬到自己的卧室，因为这比她在小凹室里要宽绰些，空气好些——已沉浸在半暗中，卧室的暗灯在天花板上反射出一圈光晕，如同为睡不着的病人解闷的什么惨淡的星座，忽明忽暗；工作台上捻低了的灯光在灯伞下照着摊成一片的活计和在扶手椅上打盹的德洛贝尔妈妈侧影。

戴西蕾觉得，似乎她的脑袋变成了一种什么非常轻飘的东西，一连串的念头和回忆突然在其中回旋转动。

所有她那遥远的往事仿佛又历历在目。童年时代最细微的事件，她在那会儿还不能理解的场面，一些像是在梦中听到过的话，都在她的记忆中复活。

这并没有使她感到害怕，而只是使她觉得惊奇。她不知道，在万念俱寂之前，常常会有那种回光返照的时刻，这时一个人的所有机体就像在鼓足自己的能力和劲头，作最后的无意识的斗争。

她从自己的床上看到了父亲和母亲。她就近在自己身边，他在还开着门的工作室里。德洛贝尔太太在扶手椅上打起了瞌睡，屈服在已然无法克制的长期疲劳下。

现在，在瞌睡中，岁月和境况犹如用马刀砍一样刻在老年人脸上的所有伤痛和不可磨灭的痕迹表露得特别清晰。白天，毅力和忙碌像是在真实的脸部表情上蒙上了假面，可是一入夜，它们又恢复了本来面目。这个顽强的女人的深深的皱纹、发红的眼睑、日见稀疏和两鬓发白的头发、因操作过度而哆嗦的两只手——都可一览无遗，戴西蕾也看到了所有这一切。她真希望自己有那么大的力气，走到母亲那儿亲亲她那平静的、尽管皱纹纵横但美丽的前额。

而在半开的房门里，如同鲜明的对照，浮现在戴西蕾眼前的是摆起自己一种最心爱的姿势的有名的德洛贝尔。

他半侧身地坐在铺着白色台布的桌子角落里，一面吃着夜宵，一面眼睛向一本斜靠在他前面一个细颈酒瓶上的小册子乱转。大人物刚刚回来——显然病人就是被他那步伐声惊醒的——接着，思想还没有从步行和有趣的戏剧里收回来，就郑重其事和得意地独自吃开了夜宵，绷着那件新的常礼服，卷着袖口，颌下系着餐巾……

在自己一生中，戴西蕾第一次注意到母亲与父亲之间这种令人吃惊的对照，一个形容憔悴，穿着件破旧的使她那苍白和消瘦显得更为突出的黑色连衣裙。一个神态自若，红光满面，无所用心，平静而又无忧无虑。她突然明白他们的生活方式是多么地不一样。那种为孩子们所习惯，以至对家庭所有事情都变得熟视无睹的生活圈子——现在对她来说，破裂了。现在她是在一个无形中距他们很远的地方评判自己的双亲。而且这种弥留时分的天眼通，对她来说是多余的烦恼。他们会落到什么地步，如果她不在了？

或是母亲把全部生活担子压在自己身上活活累死，或是可怜的女人没法再工作，而她那利己主义的生活伴侣，为追求对自己演员虚荣心的满足，终将慢慢把两口子领到愈陷愈深的衣食无着的泥坑里去。

可他并不是一个行恶的人呀！而且从他身上不止一次地证明了这一点。但他吃了过分自信和闭目塞听的苦头。

而如果她硬着头皮试试，会怎么样呢？要是在咽气之前——有一种情况已经向她提醒这很快就会发生——要是她能把这个不幸的人完全出于自愿甚至是死命绑在自己眼上的那条结实的绷带扯下来，会怎么样呢？

只有像她那样温柔而深情的手，才敢于做这一类手术。

只有她一个人有权利向父亲说："你挣钱谋生吧……你放弃掉戏剧吧……"

同时因为必须抓紧时间，戴西蕾·德洛贝尔鼓足了自己全部勇气，轻轻地呼唤着："爸爸……爸爸……"

大人物忙不迭地答应着女儿的召唤，那天晚上在安比古剧院初次上演一个叫什么的剧本，所以他回来时很兴奋，情绪很高。枝形吊灯、捧场的掌声、场外的谈论——所有这些借以支持自己狂念的刺激性细节，这一次比以往任何时候都使他的空想烧得更旺。

一手高擎着灯，钮孔上插着朵山茶花，他神采奕奕、气概非凡地进了戴西蕾的房间。

"晚上好，齐齐。你还没睡吗？"

他说话的欢畅的音调与房间凄惨的环境真是不协调到有点儿出奇。

戴西蕾用手指指睡着的母亲，向他做着手势叫他别说话。

"您把灯搁下……我得和您谈谈。"

她那激动得断断续续的声音使他大吃一惊；使他大吃一惊的还有她那眼睛，睁得大大的，看人时那种充满热情的眼光是他过去在她身上没见到过的。

他怯生生地向她走去，一手拿着朵山茶花，"多情地"撮起嘴唇和新皮鞋一阵轧吱轧吱响，在他看来这就是贵族气派。他的神色显得颇有点狼狈：他刚由剧院回来，那热闹的，灯火辉煌的大厅与这个躺着病人，迷糊的响声和微弱的灯光只是使气氛变得使人更紧张的小房间之间，其对比简直过于强烈了。

"你怎么啦，我的小天使？……你不好过吗？"

戴西蕾用头部动作表示她实在感到身上非常不好受和想跟他说几句话……但就是要父亲向她靠近点，尽量近一点。当他在她床头一坐下，她把自己滚烫的手搁到了大人物手上开始对着他耳朵轻轻诉说着什么。她不行了，完全不行了。她知道，她生命的极限快到了……

"……您要一个人和母亲过活了，父亲……您别哆嗦得那样……您该是知道的，迟早就是这么回事，甚至很快……但我想和您讲的是……我担心，一旦我不在，妈妈没有力量一个人支撑整个家……您看，她多么苍白，憔悴……"

演员向自己的"神圣的女人"瞥了一眼，立刻，连他都感到吃惊，她的容颜真是那样苍白。但他立刻拿利己主义的说法来安慰自己："她从来就不是特别健壮的女人。"

这句话和说话时的那种口吻使戴西蕾感到愤懑和更加强

了她既定的主意。她再不顾惜演员的幻想，接着说下去："如果我不在了……您俩该怎么好？是的，我知道，您有很大的抱负，但看来总是实现不了。您打早就等待着的良好的结局，可能还得拖很长一个时期，可在这之前您怎么办……您听我说，亲爱的爸爸，我不是要使您伤心，可我觉得，就像您的年纪，凭您的智慧，您本可以轻而易举的……我肯定，黎斯莱大哥会答应……"

她说得很慢，很用力，一边寻思着要说的话，说一句停一停，希望父亲能有所反应而别老是默不作声。但演员什么也没理会。他听着她讲，瞪着大眼望着她，模糊地感到这颗贞洁的、直言不讳的童心在开始对他发出责难。他只是还没弄清楚，到底是指哪一点。

"我觉得，您是一定能干好的……"戴西蕾胆怯地说下去，"我觉得，您是一定能干好的，如果能放弃……"

"什么？……什么？……怎么？……"

她不作声了，看到了自己说话的效果。老演员活泼的面容突然在最强烈的失望下变得非常难看。同时眼泪，真实的眼泪，这时他都不用像在舞台上所做的那样用手背来搪盖，自动就凝结在眼睛里，激动哽住了他的嗓子。不幸的人开始明白……事到如今，在两个始终还忠实于他的女崇拜者之中，一个对他已经掉过脸去，他的女儿再不信仰他的荣耀。不，这不可能。他不这样理解，他没听清楚……

他应该放弃什么？啊？……但在戴西蕾这种乞求饶恕的目光的无言恳求面前，他没有勇气把话说出来。加之可怜的姑娘此时已耗尽了最后一点力气，她的生命行将熄灭……

她奄奄一息地喃喃着："放弃……放弃……"

接着，她的小脑袋一下倒在枕上……她死了，到头来还是没敢对他说出他应该放弃什么。

"名叫德洛贝尔的"死了，首长先生。我本来就跟您说过，她再不会去走那条老路。这次，死亡免了她奔走之苦，它自己找上门来了。而现在，您这不相信人的人，四块结实的，钉得牢牢的松木板替可怜姑娘的诺言向您作了担保。

她答应过再不这样做，实际她也再做不了啦……

小瘸姑娘死了。这一悲惨的事件惊动了整个法朗—布尔乔亚街道。这并不是说戴西蕾在那块地方名气很大——她本来就几乎没出过家门，只是偶尔在晦暗的窗口，露一露她那遁世者的小脸和她那大大的、四周发青的辛勤的劳动妇女的眼睛。可是来给有名的德洛贝尔的女儿送殡的，势必有很多演员，而巴黎崇拜的就是这些人。巴黎人爱看看他们夜晚的偶像在光天化日下行街穿巷的模样，爱瞧瞧他们不是在舞台脚灯下的真脸。因此这就没什么值得奇怪，到了那天早晨，当白拉克街那个又小又窄的门帘子附近咚咚敲着锤子，绷起白色帷幔的时候，赶热闹的像潮水一样涌到了人行道和马路上。

应该替他们说句公道话——演员们都是非常齐心的，或是说在任何情况下都被一种不知什么样的精神和职业的蜂蜡胶在一起，而且一有抛头露面的机会——舞会、音乐会、酒会、丧事，这种东西就把他们结合在一起。

虽然有名的德洛贝尔与戏剧界早就不存在任何关系，他的名字已有十五年以上没有在任何一篇剧评、任何一张戏报上提起，但只消在一张什么三流戏报上出现一块小小花边新闻，内称："前梅斯和阿兰松剧院首席演员德洛贝尔先生沉痛告知……出殡……"就足以使演员们立刻从巴黎和郊区所有角落蜂拥而至。

成名的和后起的，有声望的和无名之辈——这里还有曾一度与德洛贝尔在外省同台演出的，还有在他常去的剧院咖啡馆里的点头朋友，在这种咖啡馆里他是那类常客之一，有时你叫不出他们的名字，可是由于他们变得好像与你所常去的那个环境成为不可分离的了，所以你也就能想起他们来。这里还有临时来到巴黎想找剧团经理"挂钩"，弄一张高薪聘请书的外省演员。

而他们，不出名的和出名的、巴黎人和外省人都渴望着一个东西：能见到自己名字登在一张什么报纸的出殡新闻上。对这些好虚荣的人士，所有形式的广告都是好的。

他们如此地怕公众忘了他们，以至只要他们有一段时期没有演出，就千方百计让别人议论他们，并不择手段地竭力使巴黎喜新厌旧、反复无常的观众想起他们。

从早上九时起，这个满城风雨的马莱，全部下等人都在窗台、门前和街上等看演员们上场。工人们在自己灰尘邋遢的窗口守候着，住家户从放下的窗帘里边张望着，主妇们手拤着篮子，学徒们头上顶着一包包东西。

终于他们开始登场了：步行的和坐马车的，单独和结成一伙的。他们一下就能认出来，一张张刮得精光的脸，下颌和两颊胡髭根发青，过分倨傲或故作潇洒的不自然姿态，特别是出于舞台条件要求，需要经常夸大内心感受所养成的过火的敏感。观察一下他们那些人对可悲的事件如何各有千秋地来表现自己的激动，确实是件饶有兴味的事。

他们每个人出现在丧事人家黑洞洞的铺着砂石的小院时，都有自己特殊的台风，并因演员的行当而异。悲剧演员亮相时，悠悠沉沉，紧锁着双眉，开始先用手套尖在眼角挤出一滴眼泪；接着是叹息，目光凝向天空并找到舞台即院子的中心站定，礼帽紧贴胯股，左脚微微拍地有声，这样就像有助于抑止悲痛："安静点，我的心，安静点……"

相反，喜剧演员们都是缺心眼。他们一个往一个跟前凑，脸上露着同情和怜悯的表情，一个称一个"老朋友"，相互激动不已地握手，同时让自己耷拉的面颊微微颤动，借助眼睛和嘴唇的表情动作，竭力表现自己的哀恸——他们把自己深切的同情化为一场庸俗的滑稽剧……

大家都假，大家就都是真的。

才一进去，这些先生们就自动站成两个营垒。知名的，当红的演员有时向不出名的、邋遢的罗伯利卡尔之辈轻蔑地瞄上一眼，而那些人出于嫉妒就拿成千种令人难堪的话语来回敬他们的蔑视："你看到了吗，某某老朽成什么样子?……他这碗饭快吃不长了。"

德洛贝尔，穿得一身黑，戴着黑色手套，泪眼红肿，咬紧牙关，从这一拨走到那一拨默默和大家握手，可怜人的心在泪水里洗澡，但这不妨碍他烫鬈发并把发式梳成阿·拉·卡普里①，这与情节也是吻合的。怪异的性格!

要是望一眼他的灵魂，谁也甭想找到哪儿是真情与假意的界线——它们彼此交织得那么紧密——在演员们中间还有几位我们的熟人，其中有谢伯先生，比往常显得尤为神气，他装着一副关切的样子，围着一代名流团团转，而谢伯太太这时伴着不幸的母亲在楼上坐着。西陀涅不能前来，但黎斯莱在这儿，悲哀的神色几乎和做父亲的相等。善良的黎斯莱，这个患难中的忠实朋友，承担了全部殡仪费用：送殡的马车极为显赫，有银饰披挂，灵柩上放满了白玫瑰和紫罗兰。在白蜡烛光焰中的这一点素白，在又暗又窄的白拉克街背景下

---

① 以法国歌唱家维克多·卡普里（1839–1924）名字称呼的发型。

微微颤动着的这些洒满圣水的花朵，不由使人想起在淡淡的微笑中总是隐含着一把辛酸泪的可怜姑娘的命运。

参加殡仪的队伍起动了，沿着弯弯曲曲的街道缓缓地前进。

在行列的最前面，痛不欲生地走着德洛贝尔。他既在痛哭自己的亡女，又在痛哭自己，这个为自己亡女送葬的父亲。在真挚的悲哀深处埋藏着他那演员的虚荣本质，它坚固得就像埋在海底的一块石头，任凭风吹浪打兀自屹立不动。

仪仗的豪华、一路上使所有街头活动都为之停顿的送殡队伍、披挂着车围的马车、西陀涅按上流社会排场仿制的黎斯莱的小轿车——所有这些，不管怎么说，使德洛贝尔得到了满足，使他感到兴奋。甚至有一时他情不自禁向与他并肩而行的罗伯里卡尔俯过身去，跟他轻轻地说："你注意了没有？"

"怎么回事？"

不幸的父亲擦了擦眼睛，不无骄傲地低声说出来："两辆私人马车……"

可亲可爱的齐齐，这样的善良和单纯！所有这种为摆场面的悲痛，所有这种蔚为奇观的被雇用的哭灵人扈从队伍——所有这些，对她是何等的无谓……

幸而在那儿楼上，工作室的窗口，在落下的窗帘后面站着德洛贝尔妈妈，目送着人们把她的女儿带走。

"永别了……永别了……"她轻轻重复着，几乎是无声地，机械地挥动着手，同时在这手势里有着一种老年人的或精神错乱的什么东西。

可是，不管这"永别了"说得有多么轻，戴西蕾·德洛贝尔应该是能听到的。

第四卷
disijuan

一

关于蓝色小传信神的离奇传说

    信不信由您，可我，我对蓝色小神是确信不疑的。并不是说我在什么时候见到过它，可我有一个完全信得过的诗人朋友，他就经常跟我说一天夜里他怎么不知不觉地和这个奇怪的小护财神打过照面，这事说来话长。

    我那朋友一时不慎，给自己的裁缝开了一张期票；同时，就像一般具有天生的丰富想象力的人们在类似情况下常犯的毛病，一签完字，他认为义务就此摆脱，关于期票的事也就置之脑后。但就在一天夜间，我们的诗人突然为一阵从壁炉里发出来的喧闹声惊醒。开始他想，这是哪只冻僵的乌鸦想找一点烧火以后剩下的暖气，要不，可能是屋顶上的风信旗被无头风扯得吱吱响。可是过了一段时间喧闹声大作，而且他清清楚楚地能听出有钱袋的叮当声和像是链子的轧轧声。同时有一个细细的小嗓音，像机车在远方嘶鸣那样刺耳，跟公鸡打鸣那么嘹亮，在上面冲着他直叫："期票到期……期票到期! ……"

    "哎哟，上帝! ……我的期票! "——可怜的伙计醒悟过来，突然想起他开给裁缝的债据过一星期就到期了，于是他在自己床上辗转反侧一直折腾到天亮，心里老想着这张该死的期票。在第二个、第三个和所有以后的夜间，他都在同一时刻被同一种方式弄醒：钱币的叮当声，链子的轧轧声和细细的嗓门嘲讽地叫着"期票到期! ……期票到期! ……"最可怕的就是, 随着付款日子的迫近叫声变得愈来愈严厉无情, 大有招致查封财产和吃官司的危险。

不幸的诗人! 白天他累得没个够, 到城里满处张罗钱, 更够瞧的是, 这个残忍的小嗓门连睡觉和安静都给剥夺了! 说来说去, 这离奇的声音究竟是谁呀? 什么样的恶魔在拿这开玩笑, 用这样的方式折磨他? 他决心要弄个水落石出。

这天夜里, 他不睡了, 吹了灯, 开了窗, 等着。

这我不说您也知道, 我那朋友, 按照写抒情诗的诗人规矩, 住在非常高的地方, 达到屋顶的水平。在几小时内他什么也没见到, 除了景色如画的一大堆倾斜的屋顶。

它们互相拥挤着, 被从上面看下去犹如一个个深坑的街道打四面切断, 只是那些让月色剪成碎条的烟囱和风信旗给这幅画面增添了一种别致的异彩。这里恰似在昏昏入梦的巴黎上空的第二城市——悬在重重黑暗和夺目的月色之间的空中城市。

我的朋友等着, 等了很久。终于, 在夜间近二点或三点的时候, 所有的黑影幢幢的钟楼一个接一个地开始报时, 他听到, 就在离他不远的地方, 在邻人的屋顶上响起了一个轻轻的脚步声, 踩着瓦片和石板瓦, 并接着就在他那壁炉烟囱里呼啸起一个细细的小声音: "期票到期! ……期票到期! ……"说着, 我那位诗人就由窗子里略一探首, 见到了这个已经差不多有一个星期没让他睡觉的坏东西——护财神, 人间的磨难者。他没法确切地跟我说, 这神身量多高——月亮经常爱跟我们开玩笑, 它会弄得物体和它们的影子不成比例; 他只看出这个奇怪的小鬼穿的衣服跟银行送信员一样——带银扣的蓝色制服, 三角制帽, 袖口有两条杠杠——在胳肢窝下夹了个皮革的公事包，包儿大小差不多跟它本人一样。公事包的钥匙挂在一串长长的链子上，蓝色小神每跨一步，链子就疯狂地嘎楞楞响，在它另一只手里提着的来回摆动的钱囊也是如此。

这就是我朋友见到的蓝色小神的样子，当时它正在一道有月光的地方迅速飞跑，它的神情极为焦躁，并且显然它是个大忙人，因为过街时都是一蹦而过，接着掠过一个个屋顶，从一个烟囱飞驰到另一个烟囱。

它有那么多的委托人，这个该死的小神！巴黎有那么多的商业家，那么多的人到月底该付款，那么多的倒霉蛋，开了债据或是在别人的期票上签了自己名字。所有这些人，蓝色小神边跑边对他们发出警报。在寂静无声的沉浸在黑暗中的工厂上空，在巨大的酣睡在华丽的花园中的银行办公楼上空，在高五六层的楼房上空，在贫民区挤成一团的歪七扭八形形色色屋顶的上空，都发出了警报。"期票到期！……期票到期！……"在清澈如晶的大气中——在月光下寒彻肌骨的高处常是这样——这个残忍的小嗓音由一个城脚蹿到另一个城脚，听起来特别摧人心腑。一路上所到之处它把梦赶跑，唤起不安，使人神昏目眩，闹得巴黎大家小户产生一种难以名状的惊惶和失眠。

关于这个神话您怎么想都可以，但我只想从我这方面对我的诗人的故事添一旁证：一天夜里，在正月月终，老西吉斯蒙，弗罗蒙小弟与黎斯莱大哥工厂的出纳，在自己蒙特鲁日的小别居里冷不丁就被这同一种讨厌的声音、这同样的链子轧轧声、同样凶险的叫声惊醒："期票到期！……"

"还真是这样，"出纳坐在床上想，"后天是月终。可我还在睡太平觉！……"

确实，这里说的是一笔大数：有两张期票得偿付十万法郎，而恰好碰上弗罗蒙公司的金库——这是三十年来头一回——空空如也。怎么办？西吉斯蒙曾不止一次想对弗罗蒙小弟开口，可是那位显然是在回避棘手的业务责任，每当经过办公室时总是加紧脚步，心事重重的样子，对自己周围的事什么也不看，什么也不听，对出纳焦心的问题他总是咬上一阵细胡髭回答说："好，好，亲爱的泼拉纽斯……您放心……一切都会好转……"

而且所有这些总带着这么一股神色，仿佛这时他所想的完全是另一码事，身体离这儿有十万八千里。在厂子里，他和黎斯莱太太的关系已经对谁也不是秘密，流言传来，说是西陀涅另有所欢，现在他是个非常不幸的人。事实也是这样，情妇的勾当在他思想上占的位置比出纳所有的焦急重大得多。至于说到黎斯莱，那谁也难得见着他，他锁在自己的阁楼里，监督着他那部机器的装配工作，这工作是保密的，一时还完不了。

主人们对自己工厂的漠不关心的态度和管理上的放任自流，慢慢使整个组织陷于混乱。这正合了工人和职员们的胃口，他们晚上工，早下班，根本就不把敲钟当一回事，这口老钟那些年来喊着要人们干活，而现在看来，它是在鸣警和敲丧钟。工作还在进行，因为一家运营中的企业基于惯性，它自己也会长年摆动，但在似乎是平安无事的背后是多么地杂乱无章，多么地狼狈！

西吉斯蒙在这一点上比任何人都更清楚，这就是为什么蓝色小神的叫声能一下把他从梦里惊醒。出纳点上了蜡烛——似乎这有助于他更亮堂地对盘旋在自己脑子里的乱麻样的痛苦思想理出个头绪——他坐在床上并开始考虑……上哪儿去弄这十万法郎？显然，公司有更大一笔账在外面，客户那里有很多旧账可以收，普罗夏桑兄弟和另一些人还有尾欠；可是这对他来说是多么丢人，一家家跑去敛钱！大买卖家这样的事是做不出来的——他们可不是什么小铺！可是这总比让人家说出话来好……真是难以想象，如果银行的股东老板安详而随便地走近他的小窗口，把期票往柜台一撂，而他，泼拉纽斯，西吉斯蒙·泼拉纽斯，竟不得不向他说："请您把您的期票先拿着……我没钱可支付……"

不，不……这不可能……随便什么都行，可别这么丢人。

"那么，就这样决定……明天挨户要去。"——可怜的出纳叹了口气。

但惊惶和不安没有饶了他，一直到天亮他就是没合过眼。而蓝色小神当时还在继续赶路，并已经在博马须林荫道一个顶楼的上空叮当地响着钱囊和链子，那儿在女儿亡故后住着有名的德洛贝尔和妻子。

"期票到期！……期票到期！……"

呜呼！可怜的瘸姑娘所作的预言应验了。在她身后，德洛贝尔太太已干不了"虫鸟饰品"行业。她的视力因流泪而减弱，而苍老的手抖得都无法牢固地安插微小的蜂鸟，而且尽管她尽了全部力量，但经她安装的小鸟还都有着一种可怜的、垂泪欲滴的样子。于是不辞辛劳的女人只好放弃了这门手艺。拿起了针线活。她代人修补花边和刺绣品，并慢慢沦落到一个普通的女工地位。可是她的工资愈来愈少，勉强能供自己的温饱，而那个以可怕的赋闲当作职业，有出无进的德洛贝尔，必然背了一身的债。他又欠裁缝的，又欠鞋匠的，在内衣商店还欠了钱，但最使他心里不踏实的是他在自任"经理"期间在林荫道臭名远扬的赊账。

账单达到了二百五十个法郎，这些钱在一月底都该付清，而且这次再没有任何拖期的指望。因而无怪乎蓝色小神的声音会叫他吓得发抖……

总共还有一天到期。一天里头要弄到这二百五十法郎！如果他弄不到，他们家所有东西就得拍卖。要卖掉从他们结婚以来一直为他们服务的那套可怜家具，这些家具尽管寒酸、不舒适，但可贵的是每一道划痕，每一个破旧的角落都与回忆紧紧相连。要卖掉二十年间他在一隅吃着夜宵的长长的工作台；还要卖掉齐齐的大扶手椅，这把椅子现在他们见到它都不能不掉眼泪，它似乎还保留着爱女的什么东西——一见到它就想起了所有她的手势、动作，想起她在长日劳作和缅想后倦怠的神态。德洛贝尔妈太太，如果所有这些宝贵的回忆给她剥夺了，她就活不成……

想到所有这些，不幸的演员——虽说存在着骇人听闻的利己主义，他毕竟不能没有某种内疚——在床上翻来覆去，深深叹着气；戴西蕾苍白的小脸在他眼前长聚不散，他看到了她在临死前怅然凝望着他的苦苦恳求的温和的目光，当时她奄奄一息地请求他放弃……放弃……到底要他放弃什么呢？她临死还是没把这一点向他说清楚。但德洛贝尔多少能了解她请求的是什么，并从那时起在他铁石心肠里滋生出一种不安情绪和疑虑，再加上这天，夜里对银钱方面的操心，把他折磨得够呛。

"期票到期！……期票到期！……"

这一回蓝色小神的凶恶的叫声到了谢伯房间的烟囱上。

必须向您说明的是，自某一时期起谢伯先生干了一番大事业，一种云山雾罩的"跑腿生意"，吃光了他很多的钱。

黎斯莱和西陀涅已经不止一次地被迫替他还债，同时再三说定要他洗手不干，可他没有这些恒久的刺激就活不了。他每经过一次淬火就变得越坚强，对事业越雄心勃勃。当他手头没钱的时候，谢伯就用自己的签字，他甚至对自己签字用得太狠，总想着这一档子买卖的利润会补偿他全部的债务。可是，见他的鬼去! ……赚头连屁也见不着，而签发的期票在整个巴黎飘流几个月后，就以惊人的正确性又回到他的住处，期票上黑压压地攒满了在游历途中填写的不明所以的签注。

一月份他恰好面临一笔很大的付款，一听到蓝色小神的声音，他就猛然想起他手头一个苏也没有。真是大伤脑筋! 还得去黎斯莱面前服小，腆着脸去冒一次险，承认自己说话不算话……可怜人由于夜阑人静一团漆黑，目无所视思无所依而更增加了惊惶之情，而且平着躺着也使身上有一种动不了窝的感觉，结果那颗无力自卫的头脑便完全陷入揪心的焦虑和恐怖之中。他时不时地点起灯，拿过报纸毫无作用地拼命看报，闹得妻子大不满意，为了避开灯亮她轻轻叹着气冲着墙侧过身去。

在这同时，该死的蓝色小神感到自己有办法而沾沾自喜，一面嗤笑着往前走，以便赶快上别处耍链子和钱囊去。

瞧，这会他又到了维耶—霍德里特街，一家大工厂上空，那里所有窗洞都是暗的，除了花园深处的那个窗户。

尽管时辰很晚了，乔治·弗罗蒙还没有睡，他两手捂着脑袋坐在壁炉旁边，对身旁的事什么也看不见，就像已到了山穷水尽的人那样木然发愣，他脑子里在想着西陀涅，那个跟楼上房子一样睡得死死的可怕的西陀涅。她使他完全失去了理智。她抛弃了他，现在他已经肯定，她爱上了图卢兹的男高音，这个由道勃森太太带到她家里来的舞台上的卡扎邦。他对她不知说了多少回，不要接待这个人，西陀涅不听他的，而且就在今天白天，当谈到即将举行的盛大舞会时，她径直声明谁也甭想拦阻她邀请自己的男高音。

"可不，这是您的情人！"乔治发狂地喊起来，眼睛直逼着她。

她并不否认。她甚至不掉过目光，只是非常冷淡地，带着素常那种叫人讨厌的微笑，宣称她不承认任何人有指责或束缚她行为的权利，她是个自由的人并将永远是个自由的人，既不容许他，也不容许黎斯莱压制自己。他们就这样整小时地在放下帘子的轿车里争吵，叱骂，差点没动起武来。

真太可怕了，为了这个女人他牺牲了一切：财富、名誉、甚至现在正和孩子在卧室睡着的可爱的克莱尔；所有这些他坐享其成的幸福，为了那么个荡妇他弃之不顾！……

刚才她对他坦白说她不爱他了，她爱另一个人。而他是这样没出息，还总想她。她让他喝了什么媚药？

憋着一腔怒火，乔治·弗罗蒙一下打扶手椅站起来，神经质地在房间里来回走着，在整栋房子都已经入睡的寂静中，他的步伐听着就像人格化的失眠症……而那女人在楼上睡着了。这个可耻的，不知道什么叫良心责备的女人，她能够平静地睡觉，而且可能，她在想着自己的卡扎邦？

当乔治的头脑中闪过这个想法时，他疯得想要登上楼去，叫醒黎斯莱，把事情向他和盘托出，并与她同归于尽。这个妻子有外遇的丈夫真是太愚钝了！这样的女人怎么能够袖手不管？就凭她那么漂亮，主要是行为那么放荡，就该为她担心。

就在他一阵痛苦而徒然的冥想之际，透过呼呼风声突然向他传来蓝色小神报警的叫声："期票到期！……期票到期！……"

不幸的人儿！他在自己的火头上压根忘了这件事。而实质他早就在念叨着他最最害怕的这一月底的日子。每次他在两个约会的间隔时间，思想刚从西陀涅的身上放下来而回到工作，回到现实中来时，他就对自己说："这一天一切都完蛋。"但像所有那种过着醉生梦死的生活的人那样，他由于自己意志薄弱，立刻又认为已经晚了，认为现在反正已经无可挽回，从而更变本加厉地我行我素，以求解脱，忘掉……

但这会儿已不是什么忘掉的事了。破产的前景清清楚楚摆在他面前，而且他好像看到了西吉斯蒙·泼拉纽斯那张干巴巴神情严重的脸，脸上严峻的线条恰似用刀子刻出来一样，看到了他那一个时期以来目光总是那么残忍地盯着他的德意志血统瑞士人的浅色眼睛……

嗯，可不是……可不是……他没有这些个十万法郎了，他也没处去借。为了满足情妇倾家荡产的幻想，他近半年来赌得很凶，输了一笔巨大的款子，一份悲惨的年度平衡表……他只剩了一个工厂，而且何其岌岌可危！

现在还有什么路可走，怎么办？

那种总共才几小时前他认为是乱麻一堆无法清理、但多少还存有一点侥幸之想的前景，这会突然以可怕的明晰性呈现在他面前。刮得空空的金库，下了锁的门，拒付的期票，破产……现在转来转去见到的就是这个；而火上加油的——西陀涅的变心。不幸的人完全张皇失措，在这可怕的灭顶之灾中不知抓什么好。从他胸膛中不由发出哼唧的呻吟声，接着仿佛是想诉诸于天道似的失声大哭起来。

"乔治，乔治——是我……你怎么啦？"

在他面前站着妻子。现在她每天夜里都等着他，提心吊胆守候着他从俱乐部回来——她一直还以为他所有的夜晚就是在那儿度过的。她看到丈夫变了，一天天变得越来越灰溜溜，克莱尔认为他有很大的金钱上的烦恼事，大概是输了钱。有人警告过她，他赌得很凶，所以尽管他对她很冷淡，她可真为他担忧，而且她很希望他能把她当作自己的知心人，使她有机会表露自己的体贴和宽宏大量。那天夜里她很晚还听到他在房间里踱来踱去。他的小女儿咳嗽很厉害，克莱尔虽然身子在女儿身旁，但心挂着两处，她竖起耳朵倾听着每个细微的响动，就像那种甘心挑起生活重担而变得心毅志坚的妇女，在熬受着一个使人感动和痛苦的不眠之夜。终于孩子睡着了，克莱尔一听到丈夫的啼哭又向他跑来。

一看到她在自己面前，如此温柔、激动和秀丽，他产生了一种多么强烈的懊悔莫及的感情！是啊，她才是一个真正的生活中的伴侣，朋友。他怎么就做出忍心把她抛弃的事呢？他哭了又哭，偎着她的肩膀，哭得说话力气都没有。他不能说话倒还好，因为那时他要说话就会把一切、一切都说出来……不幸的人直感到有吐露的要求，感到有一种不可遏制的想谴责自己、请求原谅、从而减轻内心痛苦的愿望……

克莱尔免了他这一场告白。

"你，大概是赌钱了？……你输了……很多？"

他表示确认地点了点头。而后，当他恢复了说话能力，他承认过一天他得还十万法郎的债而且不知道上哪儿找这笔钱去。

她并没说他什么。像她这流女性在大难当前不喜欢多作无谓的埋怨，而只想着如何排难解纷。在灵魂深处她甚至对这种气氛感到庆幸，它使她和丈夫在经过一段长期的同床异梦生活后又靠近了。她沉思了一会，而后，一咬牙——足见，她下这样的决心不是什么轻松的事——说：

"事情还有救。明天我上萨维纳向外公借钱去。"

这事要他自己，那是永世不敢启齿的。他头脑里根本就没有这类想法。克莱尔那样自尊，而老伽蒂努瓦是那么个铁石心肠的人！从她方面来说这自然是一种伟大的牺牲，也是对忠实的爱情的一种明证。蓦然间一股好像劫后余生的庆幸和雀跃之情流过他的全身。克莱尔此时在他看来就像是个能禳灾降福的神器，而那位，住在楼上的另一个女人，光会把人引到伤天害理和死亡路上去。他直想一下跪倒在妻子面前，看看她那张裹在夜间梳洗得光光洁洁的青黑色秀发中的美丽的脸庞，欣赏一下她那微带刚强但在可爱的温柔的表情下变得如此柔和的端正的线条……

"克莱尔，克莱尔……你心地多好！"

她没有作答，把他领到了孩子床边。

"你和她亲个吻……"她轻轻地说。他们并排站着，身子钻进纱帐里，低下脑袋细听着自患咳嗽以来喘气还有困难的女孩在睡梦中的呼吸。而乔治，由于怕把女儿吵醒，反倒热烈地吻开了做母亲的。

无疑，在蓝色小神光临过的家庭里产生这种效果这还是头一份。通常在这个可怕的小神所经之处，它会使同胞反目，夫妻离心，把头脑里最美好的感情断送，而代之以千思万虑、种种愁绪一旦生于他那链子叮当和狂叫声中："期票到期！……期票到期！……"

二

原形毕露

"啊，西吉斯蒙！……最近怎么样，亲爱的西吉斯蒙？买卖怎么样？……一切正常？"

老出纳温厚地咧开嘴，与主人、主人妻子和兄弟握着手，边回答着问题边好奇地打量着四周。这里说的是在圣安东郊区的一家花纸厂，即所谓在竞争中已成为威胁力量的普罗夏桑兄弟工厂。这些弗罗蒙公司的旧属，最初为自立门户从小本经营开始，逐渐在商业界赢得了自己的地位。

乔治·弗罗蒙舅舅曾长期以自己的信誉和金钱支持过他们，由于这个原因，两家字号间有一层亲密的关系并至今他们还有一万或一万五千法郎的尾欠没最后轧平，因为大家知道，普罗夏桑家欠的账从不会落空。

确实，工厂外表就给人一种信得过的印象。一个个烟囱自豪地冒着团团烟雾。从人手杂沓的作坊里传来的轰隆隆的响声，说明那儿正干得热火朝天。厂房设施很完备，到处亮晶晶的玻璃窗，一切都显得有朝气、活泼、井井有条。而在金库窗槛后面坐着某一个兄弟的妻子，衣着朴素，梳洗整洁，这个年轻女子脸上有一种坚毅的表情，在聚精会神地审查一笔笔数字。

老西吉斯蒙不是滋味地想起当年曾如此威风，而今只靠自己老招牌生存的弗罗蒙字号与此刻在他眼前的这家兴旺的企业间的差距。他那锐利的眼光直盯入所有角落，尽量想找出个什么不足之处，看有没有可以挑眼的地方，但他什么也没找出来，这使他的心里压抑得难受，同时他那笑容也变得非常不自然和牵强。而主要是——他感到非常为难：怎么向主人要账，而又不露出自己金库的拮据境况？

可怜人故意装出那种从容和随便的样子，叫人看了心里真是怪可怜……是的，是的，买卖不错……很不错……他偶尔经过这里，顺便进来瞧瞧……这是理所当然，可不是吗？……会会老朋友是件高兴的事。

但总是这样寒暄和绕弯子是达不到目的的，反而越扯越远。而且当他突然觉得听他说话的人眼睛里闪过一种诧异的神色，他就开始前言不搭后语，说话结巴起来，整个儿变得毫无主意，最后一着就是拿起帽子装着要走。

直到门口他宛如忽然想起什么事似的："啊! 对啦，既然我已来了……"

说着他递了个眼色，以为这样就显得他很狡猾。事实他的表情给人以一种沉重的印象。

"还是的，既然我已经来了，我们是不是把旧账清理了？"

哥儿俩和坐在写字台里头的年轻女子一下变得面面相觑、不明所以。

"账? 什么账? "

接着，所有三人开心地哈哈大笑起来，他们认为老出纳是在开玩笑——确实这玩笑有点不怎么合适。啊哈，这泼拉纽斯! ……老头也笑了起来，虽然他根本没有笑的心思，他是在陪着别人笑。

终于他们把事情说明了，半年以前弗罗蒙小弟亲自跑来把他们余欠的钱要走了。

西吉斯蒙感到两腿直发软，但毕竟他还是打起了精神回答："对，对，不错……我都忘了……啊呀，老了，西吉斯蒙·泼拉纽斯……我老朽了，我的孩子们，老朽了……"

于是善心人走了，擦着眼睛，那儿亮晶晶地还挂着几颗刚才笑出来的眼泪。而在他背后，年轻人们在相互交换眼色，摇着头。他们明白。

所受到的打击使老出纳变得惊魂不定，以至一上了街，他不得不在长凳上坐下以免摔倒。怪不得乔治再不上金库来要钱！他自己在收账。既然他对普罗夏桑家这样，别处自然也能这么做。所以，用不着自己再去丢这个脸了。算了……可是，要付钱，要付钱呐！想到这他又有了力气。他拭去额上的汗，重又上路，决心作最后的努力，想在这同一地带再找一家客户试试。但这一次他学乖了，甚至没进去就打门槛外喊里面的出纳："你好啊，伙计！……有个小事您是不是给我查一下？"

他开着半边门，抽搐地紧攥着门把。

"我们最后一次账是什么时候结的？我那儿忘了下账了。"

哦，他们的账老早老早就轧齐了。弗罗蒙小弟的收据注明是九月份。也就是过了有五个月了。

老头怏怏把门砰一下关上。

还是一样，看来哪处都是这样了。

"唉，绍什先生，绍什先生……"可怜的西吉斯蒙低声嘟哝着，接着又躬着背，步履蹒跚地踏上他那朝圣的征途。

在这个时候，弗罗蒙小弟的轿式马车正贴着他的身边驶过，直往奥尔良车站而去。但克莱尔没有注意到老泼拉纽斯，就像她从自己家大门坐车出来没注意到谢伯长长的常礼服和有名的德洛贝尔的高筒礼帽一样——原来这儿还有两个到期付款的受害者——他们正好先后拐过了维耶－霍德里特街的拐角向着工厂走去，盘算着黎斯莱的钱包。年轻的女人对她眼前的事情委实太操心了，再没有心思注意车外的事。

真难以想象，这实在太可怕了！……去向老伽蒂努瓦借十万法郎，这个经常自诩一辈子没有借旁人一个苏也不借给任何人一个苏的人！他还乐于称道自己只有一次为了买裤子，被迫向父亲借过四十法郎，但事后还是一笔一笔地把这四十法郎归还了父亲。对任何人，甚至自己孩子，老伽蒂努瓦也不能在这种传统的悭吝上作出让步，这种悭吝的习性是土地给养成的，它对那些耕耘它们的人和所有的农民，是那样严峻而又时常不体恤他们的辛勤劳苦。老头希望，只要他活着一天，就甭想有一个子儿从他那庞大的财产里跑到他家庭成员手里去。

"到我死了他们再拿我的东西。"经常他就这么说。

基于这个原则，他在自己女儿、老弗罗蒙太太出嫁的时候，没给任何陪嫁，而结果女婿发了财他也就不好向女婿伸手，没去找他帮过忙。这种天性里还有一个既虚荣又贪婪的古怪之处，就是想要看到所有的人都向他移樽就教，所有的人都拜倒在他的金钱面前。如果弗罗蒙家人适逢其会对自己的事业出现幸运转机表示高兴，他那狡狯的蓝眼珠就会辛辣地微微作笑和仅仅是说上一句"等着看吧"，那种声调听着真叫人毛骨悚然。有时傍晚在萨维纳，当园林小径、城堡的蓝顶子、马厩的红墙、池塘和人工湖沐浴在奇妙的金色落照中闪闪发亮时，这个乖戾的暴发户会向自己的庄园瞄上一眼，接着就高声向在场的孩子宣称："一想到死，我也可以自慰，在我们家族里还找不出这么个有钱的人，能保住这所一年花五万法郎经费的庄园。"

然而在老伽蒂努瓦的心坎里，也颤动着那么一种即使在最冷酷的老人心中也不会绝对没有的迟暮的温情，所以他乐意要给自己外孙女施点儿恩惠。但克莱尔，当时还完全是个小孩，对这位旧农民的铁石心肠和重虚荣的利己主义抱有不可遏制的反感，所以，事情从来就是这样，一旦爱情无力把两个教养和教育不同的人结合在一起——这种反感就会寻找种种机缘越演越烈。当克莱尔与乔治结婚时，老头对弗罗蒙太太说："如果你女儿愿意，她可以从我这儿得到一份富埒王室的赠予，就是得让她自己来请求。"

但克莱尔没找他去请求，因而她什么也没得到。

多大罪孽，事过三年为谋求十万法郎她还得来请他布施，不久前还那么傲气的倔强女人，要贬辱身份，要听无尽无休的教训和粗鲁的嘲笑，而且嘲笑里有的是贝里松地方的打诨，本地俏皮话和由这个浅薄但言之成理的思想家发明的、侮辱起人来就像下人粗话那样难听的尖酸刻薄的谚语。

可怜的克莱尔! 她丈夫和她父亲的面子都要给她丢尽了。得承认乔治把钱赌光了，是他把父亲创办的工厂弄破产了，而父亲生前对这家工厂曾如此地引以为豪。想到自己得为这世界上至爱的人作辩解,她产生了一种力量,同时又感到气馁……

上午十一时，克莱尔来到了萨维纳。这次访问她没有预先告知，因而没有派车接她，所以她也就不得不从车站走去。

正值寒冬腊月，大地一片干冷梆硬。北风呼呼地刮过光裸的田野，猛击着河面，所向无阻地穿过叶子落尽的树林和灌木丛。在低沉的穹隆下隐现出由矮墙和把庄园与周围田野隔断的篱笆构成一条长线的城堡。灰蒙蒙的石板瓦顶同屋顶上空的天宇一般凄凉，而且这整座富丽堂皇的夏宫到了冬天变得叫人都不敢认；树上见不到一片叶子，屋顶见不到一只鸽子，四周冷冷清清；看来，有点儿生气的也只是湖塘间水汽的浮动加上杨树的临空悲吟，它们一个向一个弯着身子，摇撼着结在枝丫间的鹊巢。

这所克莱尔曾度过童年的房子，冷淡而阴沉地出现在她的眼前。

从它外貌上有一种什么冷冰冰的、傲慢不逊的东西向她扑来。大概，它就是要让生人，让那些在它铁栏杆尖下逗留的过路人产生这种感觉。

冷酷无情的东西！

不，实际还真不是那么冷酷，萨维纳这座紧闭的房子难道不是在真相毕露地向她发出警告："走开……别进去！"

克莱尔要真是听了它的话，那她就会放弃自己和外公商量的念头，就会返回巴黎并保持自己灵魂上的安宁。但可怜的女人不明白它的语言，而且说话间她已经到了进口处的门边，里面一条认识她的纽芬兰大狗连跳带喘地踩着枯叶向她急急跑来。

"您好，弗朗索丝……外公在哪儿？"年轻女人问给她开门的女园丁，女园丁一副顺从、伪善和哆嗦样子，城堡里所有仆人感到主人眼睛在看自己时都是这样。

外公正在自己工作室内，一间坐落在主体建筑物外边的小亭阁。他成天就泡在那儿：在文件柜和文件夹中乱翻乱找，翻阅着一本本厚厚的绿脊账簿，而所有这种对文牍主义的热忱，出现在他的身上，实在是他天生的无知加上某一时期他老家的公证人事务所在他身上所起的那种令人眼红的印象的结果。

同他一起锁在里面的还有一名警卫，像个乡下奸细，领赏格的暗探，专事向他汇报最近周围有些什么事，什么谈话。

这是主子的宠儿。他的名字叫伏依那①，他那扁平的、狡猾的、残忍的面孔和他的名字再没有更相配的了。

一见外孙女裹在雍容华贵的皮大衣里那种苍白和哆嗦的神态，老头知道有什么重大的不寻常的事发生了。他对警卫做了个手势，那人就消失了，不声不响地溜出了门缝——宛如进了墙头里面。

"你怎么啦，可爱的……你都支持不住了。"老头从自己那张巨大的写字台后边对外孙女说。

由于激动、慌乱和差点没疯了，克莱尔真如外公所说有点支持不住。冒着严寒疾走，一路上自己给自己打气，使她那张从来是平静和端正的脸具有一种异乎寻常的表情。

虽说外公的态度没有任何足以唤起家人温情的地方，但她还是先向他亲吻，而后在那炉火通明的哗啵地响着从园林夹道捡来的青苔斑驳的干柴和罗汉松球果的壁炉旁坐了下来。她甚至顾不上抖落抖落面纱上凝成水珠的霜华，就开始说起来，因为她决计一进门就马上道出来访原因，以免心里一恐慌和考虑到问题的严重性而不敢轻举妄动。

可是在他那冷目瞩视、听到她说了头几句话就闪出幸灾乐祸之色的眼光面前，在他那死不做声紧闭着嘴唇，显示出顽固不化和没有任何一点恻隐之心的死硬的表情面前，她得要有相当的勇气才能使自己行事不慌，说话不嗫嚅。

她一口气把整个事情统统说了个完，恭谨但不失自尊，抑制着自己的激动，说话的声音由于谈话者的胸怀坦白而显得坚定和稳重。

他们面对面坐着，他——态度冷冷的，静静的，仰在扶

---

① 法语"貂"，含义老奸巨猾。

手椅上，双手插在灰色法兰绒背心的口袋里；她——全副精神处于戒备状态，掂量着每一个字的分量，仿佛其中任何一个字都关系到她是有罪或无罪的判决。看他们的样子，谁都不敢说这是外公和外孙女；倒像是——女被告人和法院侦查员。

老头心里十分高兴和得意。到底他们还是垮了，这帮傲慢的弗罗蒙! 那么说，他们还是要求到老伽蒂努瓦头上来! 虚荣心——他那压倒一切的欲念——一阵一阵地弄得他心痒难熬。当她一结束，他就说起话来，当然，开头得先来一通"我早就料到这一步……我事先就说过……我知道最后结果就是这样……"然后，带着还是那种无聊的挖苦的声调结束了自己的发言，说是"按照合家共知的既定原则"，他一个苏也不借。

于是克莱尔开始提到自己的孩子，丈夫的姓氏——要知道这同时也是她父亲的姓氏，它现在眼看就将因破产而丧失名誉……但老头还是像原先那样冷淡和铁石心肠，而且并没有忘记乘人之危损得越发厉害。他原本就是那类好农民门庭的种子，他们一旦看到自己敌人翻倒在地，都巴不得要逞能再往脸上踩一脚。

"我所能向你说的是，亲爱的，萨维纳的门永远为你们开着……让你丈夫上这儿来。我正好缺个秘书。乔治可以管理我的文件，每年领取一千二百法郎外加你们所有人的全部生活费……你以我的名义向他建议——你们来吧!"

克莱尔愤懑地站起来。她作为一个外孙女来找他，而他把她当作一个女丐……幸而，他们还没有到这个地步。

"你意下如何?"伽蒂努瓦问，狰狞地眯起两只小眼珠。

克莱尔什么也没有回答，浑身哆嗦地向门口走去。老头做了个手势让她停下。

"你瞧，你自己不知道凭什么要拒绝。你得看到，我提出让你丈夫上这儿来正是为了你的利益……你都想不到他在那里过的是什么生活……当然，你是意想不到，要不你就不会来找我借钱……我可知道你小丈夫干的好事。我不仅在萨维纳，而且在巴黎，甚至阿尼埃尔都有自己的耳目。我很清楚这个花花公子黑天白夜地在哪儿混，我可不愿意让我的艾叩①跟着他上他那种地方去。这对用诚实的劳动挣来的钱不是什么光彩的事。"

克莱尔向他瞪着一双又惊又怕的大眼，感到有一种可怕的悲剧在这一刹那通过密探的矮矮的门堂进入了她的生活。

老头冷笑着接着说："还得说这个西陀涅的小牙齿厉害！"

"西陀涅！"

"嘿，可真是，没有法子。我把名字说出来了……其实，你迟早还是会知道的……纳闷，直到现在……是啊，你们就是那种专相信自己的女人……你们怎么也想不通有人会欺骗你们。可事情就这样摆着！西陀涅把他全刮空了，当然，这是你丈夫愿意。"

接着，他残忍地告诉年轻女人，买阿尼埃尔别墅、马匹和轿车的钱是从哪儿垫出来的，他们在加布利埃街的豪华的小巢是怎么个阔气法。他说得头头是道，一样也不落下。可见，为寻找新的机会来满足自己对密探行为的欲望，他在到处滥用这门行当。也有可能，在所有这些后面隐藏着对小囡囡谢伯的暧昧的怨恨，隐藏着一个纵然有情也再无法追求的老恋人的懊恼。

克莱尔默默听着他说，脸上露着简直不信的微笑。这

---

① 法 14–17 世纪的金币。

种笑容使老头感到生气，逼着他起了狠心……啊，你不相信我！……你要证据！……这个他可舍得拿出来，拿了一件又一件，给她的心一次又一次的打击。还让她上米尔街找珠宝商达尔夏去。两周以前乔治在那儿买了一个价值三万法郎的钻石项链。西陀涅的新年礼物。在破产前夕买三万法郎的钻石！

他可以说上一整天——如果克莱尔不打断他。她感到眼泪马上就要夺眶而出，但这个可爱的勇敢的女人反而要微笑，微笑到底。她不过时而望望窗外的路。她想着尽快离开，逃出这个如此残忍地折磨着自己的罪恶声音。

终于他不说了，他什么都说了。她点了点头就向门口走去。

"你这就走？……你干什么那么着急？"外公说，一面送她到门外。

在内心深处他对自己的冷酷感到有点惭愧。

"要不，和我一起吃午饭？"

她摇摇头表示不用了，连说一句话的力气也没有。

"哪怕等一下，套上马车……送你到车站。"

"不，不……"

她还是往前走，而老头紧跟在她后面。

她傲气地走过了充满童年时代回忆的庭院，甚至都不屑一顾。然而这庭院的每一颗沙粒，保藏着她多少欢笑的余音，保藏着多少道曾经照亮过她少年时代生活的阳光！

她的树，她喜爱的长凳，还立在原来的地方。她对它们视若无睹，还有铁栅栏里的野鸡，甚至那条大狗凯丝，它摇头摆尾地紧跟着她，枉然地等待着她的抚爱。她进门的时候，是自家人、亲人，而离去的时候，是陌路人，心里说不出的惶惶然，而对宁静和幸福的往事的每一点细微的回想，只能更加重这种惶乱之情。

"再见了，外公！"

"好吧，再见！"

门户在她后面无情地砰的一声关上，当只剩她一个人时，她走得越来越快，差点没跑了起来。她不是在走路，她是在逃命。突然，在到达园林篱笆的尽头时，她发觉自己来到了一个挂在爬满紫藤和忍冬的绿色便门上的邮箱跟前。

她潜意识地停了下来，被一个陡然觉醒的记忆吓得目瞪口呆，这种觉醒往往出现在我们生命的紧要关头，那些与目前的欢乐和惨变相联系的细小往事，会历历在目地重现于我们的面前，这是太阳引起的吗？它在这个冬天的日子里出其不意地冒了出来，红彤彤的斜晖照亮了一片广袤平原，犹如在八月末梢的日没时分……或者，可能是由于这块平原？

它除了大自然和谐的簌簌声一年四季都处在几乎同样的寂静中……

不管怎么样，她还是见到了自己在三年前的情景，就在这个地方，那天她把邀请西陀涅的信投入了邮箱里，让西陀涅上她这儿到乡间住一个月。现在有什么东西在向她陈说，她的所有的灾难是从这一分钟开始的。"唉，如果我能知道……如果我能知道！……"而这时她觉得，似乎她的手指尖还留有投信时与丝一般光滑的信封相接的感觉。

克莱尔回想起她那时是个何等幸福、何等天真而又满怀着希望的孩子，所以，不管她有多么温顺，她对生活的不公正突然爆发出一阵愤慨。"因为什么？我做了什么啦？"

她想着。但立刻又安慰自己："不！不是真的！这不可能……他们在骗我……"在到达车站的整个路上这不幸的人一直在努方说服自己，要自己相信这一点。但她没有成功。

事情真相在没有彻底揭晓以前正好比雾中观日，自需费一番眼力。在还笼罩着她那不幸事件的惨雾愁云中，可怜的女人对所有事情慢慢地看得越来越清楚。现在她明白了，找到了丈夫行动诡秘的答案，他的彻夜不归，心神不定，惶惑的脸色和在一段日子里向她搪塞的许多借口，那时他一回到家来就开始谈论自己在作何消遣，急着向她举出一些什么样的人名以资证明，而她根本就没有向他提出过这种要求。

在把所有的事情进行对照后，她产生了一种想法，丈夫是有罪的，可是她还是不肯就此相信，并为了消除所有怀疑希望能尽快去到巴黎。

车站上，在这个小小的、一到冬天难得见到旅客的荒芜的车站上，这时空无一人。克莱尔在坐着等车时心不在焉地瞭望着站长房子的那个凄凉的花园，和爬在铁道旁栅栏上的蔓生植物的枯藤残叶。突然她感到自己手套上一股湿乎乎的热气。原来是她的朋友凯丝，它紧跟着她跑来，像是要提醒她过去他们曾在一起开怀地散过步。它摇摆着尾巴，欢跳着，恣情地表现自己的高兴和忠顺，直到最后在冷冰冰的地板上靠着自己女主人的脚直挺挺躺下，仿佛想用自己洁白而松软的毛皮温暖主人的脚。这种畏葸的、像是在表达温存和真情的动物的抚爱，使克莱尔忍之已久的眼泪一下涌了上来。但她立刻为自己的软弱感到羞耻。她站起来把它赶走，她狠心地赶它，向它大声吆喝，作手势叫它回去。同时她那脸色的严厉，是可怜的凯丝过去还从来没有见到过的。之后，她匆忙擦了擦眼泪和沾湿的手，去巴黎的列车到了，她知道很快就需要她拿出全部的勇气。

出了车厢，克莱尔决定首先上米尔街的珠宝店去，据外公的说法乔治在那儿买过钻石项链，如果这一件事能得到证实——那么，所有其他的事也是真的。但她是那么怕了解真情，直到人已到了豪华的橱窗跟前，她还是站着不敢进去。为了不惹人注意，她装着好像是在观察罗列在匣内丝绒上的珠宝，谁要是看到这位俯身在璀璨宝石上的雍容华贵的女士，很可能认为这是一个为自己挑选首饰的幸福女人，而不会想到是一个心惊胆战、跑来打听自己生活中可怕隐情的受难的生物。

这正是午后三点。在冬日的这一时间，米尔街有着使人眼花的市面。在这繁华区里，人们都赶在晌午和很快来临的薄暮之间的时间出来。马车前后飞驰，轮子声络绎不绝，人行道上卖弄风流的女人摩肩接踵，丝绸和轻裘窸窣作响。冬天——巴黎的最佳季节，要想领略这个叹为观止的城市其全部的美色，其全部的宏丽和豪华，必须看看这个城市在低垂的、彤云密布的天幕下是怎样生活的。可以说，大自然在这幅画上是缺席的，既没有风也没有太阳。一点儿光线，其亮度也就是刚够把那些最白的颜料和最柔和的底色，从灰褐色的石头建筑物和妇女服装上的一串串黑色琉璃珠间区别开来。剧场和音乐会的海报，光彩夺目恰似打上了舞台脚灯。商店里处处人满为患，看上去就像这些人在不停地准备过节。

而如果说，谁的愁苦能在这种嘈杂和拥挤中被遗忘，那仅仅是因为新的愁苦更为可怕。在那么五分钟的时间内，克莱尔经受着一种类似垂死挣扎的痛苦。在那儿，从萨维纳出来的路上，在一望无际的空旷的田野之间，她的悲观失望渐渐消散在自由的空气中，好像还能松上一口气。到了这里使她感到窒息。在她耳边嗡嗡直响的说话声、脚步声、过路人无意的碰撞——无一不使她的痛苦更加深重。

终于她进去了……

"是的，是的，夫人，完全正确……弗罗蒙先生……钻石项链……我们可以要两万五千法郎为您做一个完全一样的。"

比他的便宜五千法郎。

"谢谢您，"克莱尔说，"我考虑一下。"

从对面镜子里一望见自己，她被自己像死人一般苍白和四周发青的眼睛吓着了。她迅速出来，鼓起了全部力量以免摔倒。

她所想的只是一点：尽快离开这条街，离开这喧闹声，一个人待着，完全一个人，好让自己潜入于、沉浸于像旋风般在头脑里打转的痛苦的恶毒的思想深渊中去。卑鄙的，低劣的小人！……而她还在昨天夜里安慰他，拥抱他！

而突然，自己也不知道这是怎么回事，她发觉自己落到了工厂的院子里。她怎么跑到这儿来的？走来的，还是坐车来的？她什么也不清楚。她机械地动着，就像梦游一样。

但等到她走近自己房子的台阶时，她又恢复了痛苦的，残酷的现实感。她看见了黎斯莱，原来今天晚上西陀涅要举行一个豪华的舞会，黎斯莱正监督着送花木桶的人往楼上他妻子那儿搬运。他还是那样慢条斯理地领着工人，扶着花木枝条，要他们别把枝条折断："别这样……侧着身子拿……小心，别擦着地毯……"

在街上时那种使克莱尔大受刺激的兴高采烈的气氛，到了这家里还跟踪着她。这样的恶作剧未免也太过分了！

她已止不住心头的愤激，所以当黎斯莱一如往常，真挚而敬重地冲她点头时，她流露出一种极端厌恶的脸色，同时从他身旁过去时都没有跟他搭一句话，也没注意他是何等惊奇地瞪着自己一双善良的大眼睛。

在这时候她已经作出了决定，愤怒、傲气和正义被受到侮辱的感情，掌握了她的行动。

一回到自己房间，她匆匆吻了吻孩子娇嫩的双颊并立即跑到母亲的房间去。

"妈妈，快穿衣服……我们走……立刻就走。"

老妇人不慌不忙从扶手椅上站起来，遗憾地放下自己的项链，她正用尽各种办法来保持链子的干净，用大头针剔着表链的每一个环节。克莱尔止不住急躁起来。

"快一点……快一点……把您那东西归置归置。"

她的声音发抖。她环顾了一下母亲的房间，室内那种已渐成为一种洁癖的明净程度使她感到可怕。她正经历着一个非常可怕的时刻，当一个破灭的幻想强使我们失去所有一切并在我们面前突然揭开人类内心创伤的时候，我们都有这种感情。克莱尔第一次理解，委身在自己半疯的母亲、不忠实的丈夫和尚在幼年的孩子之中是多么孤独，但这只能使她对自己的决定更坚决。

顿时，整个屋子都忙着为这次仓促的意想不及的出走做准备工作。克莱尔催促着张皇失措的女仆，给母亲和在这一片慌乱中还不住地发笑的女孩穿衣服。她想赶在乔治回家之前离开，让他到家时只留给他一个空摇篮和荒芜的房子。她往哪儿去？她连自己也还不知道。可能，上奥尔良找姨妈去，可能，上萨维纳——哪儿都一样。但求能离开，能逃出这个撒谎和欺骗的环境。

她这样想着，一面在自己房间里收拾箱子和东西。痛苦的工作！她所触摸到的每一件东西都唤起她一连串的思念和回忆——在所用的衣物里本来就留有那么多可资思念的东西。一个香囊的熟悉的香味，一个花边的图案，都足以激起她的眼泪。突然透过半开的房门，她听到客厅里有谁沉重的脚步声，之后有人轻轻咳嗽了一声，仿佛在通报自己来了……她考虑这是黎斯莱——只有他一人有权利那么随便地进来找她。一想到即将看到他那伪善的脸、他那虚情假意的笑容，她憎恶地跑到门口去想把门关上。

"我谁也不接待。"

可是门合不上去,接着在门缝里探进了西吉斯蒙的方脑袋。

"是我,夫人,"他轻轻说了句,"我来取钱。"

"取什么钱?"克莱尔问,压根儿忘了她为什么要上萨维纳去。

"取明天付款的钱。乔治先生临走跟我说,我可以从您这拿到这笔钱。"

"哦,对……是这样……十万法郎……可我现在没有这些钱,泼拉纽斯先生,我什么也没有。"

"那就,"出纳用一种好像要咽气的声音跟自己说话似的喃喃着,"那就,宣告破产……"

说着,他慢慢转身出去。

破产!……

她坐了下来,周身一阵寒栗,像垮了一样。

在前几个小时里,家庭幸福的崩溃使她忘了公司的崩溃,现在她想起了这个问题。

那么说,她丈夫是个破产者。

等他回到家,他将看到大难已经临头,祸不单行的是他妻子和孩子已经走了,在一场浩劫中只剩下他孤独一人。

孤独一人……这个软弱的,意志薄弱的人,所会的就是哭,怨天尤人和像孩子一样用拳头捶打自己。他会出什么事呢,不幸的人?

她怜悯他,尽管他在她面前整个都是错的。

再者,这时她心里闪过一个念头,有人会把她的出走解释为因为破产,因为耐不得贫寒而逃奔。

乔治可能会这样想："如果我有钱呐，她就会原谅我了。"

她真会给他留下这种怀疑吗？

光是这一想法就足以使骄傲而大度的克莱尔改变她的决定。霎时间，所有憎恶之情在她身上平静了下来，怨气也平息了，而且好像骤然重见光明那样，她清楚地看到了自己现在该做的事情。当来人告诉她，孩子已经穿戴整齐和箱箧已经打点好的时候，她毅然作出新的决定。

"不必了……"她轻轻地说，"我们不走。"

三

期票到期

圣日尔维钟楼的时钟敲了午夜一点。天气是这么冷，在空中飘荡的雪花飞着飞着就开始凝结，给人行道铺上一层白皑皑嘎吱作响的硬膜。

黎斯莱从啤酒馆回来。他紧裹着大衣快步地跨过马莱一条条空旷的街道。

善人黎斯莱感到很幸福。他刚和自己两个忠实的债务人谢伯和德洛贝尔庆祝了自己的第一次出关，宣告长期隐居生活的结束，在这一时期他照管着印刷机的制造工作，历经一个发明家可能的所有怀疑、所有喜悦和失望。

这项工作时间拉得实在够长。在最后一分钟又发现了一个什么毛病，挂钩运转失灵，只得重新制图和计算。而最后，总算在今天完成了新机器的试验。从效果来看简直好得不能再好。善人感到很得意，他觉得似乎自己还了一笔债，使弗罗蒙公司能享用这个大有好处的发明，这项发明由于能减轻劳动和缩减工时，可使工厂增加一倍收入和声望大振。

他走着，遐想联翩，连他的步子也像是在配合着他快乐和自信的思潮发出骄傲的响声。

多少个计划，多少种想望！

现在可以把他们在阿尼埃尔的别墅、一段时间以来西陀涅认为是过于寒酸的房子，换上那么个漂亮的，离巴黎十至

245

十五里的庄园了吧；可以再给谢伯增加点养老金；更经常地帮助点德洛贝尔，他不幸的妻子都快让工作折磨死了。而且终于他现在有能力把法朗士叫回来。这是他最神圣的愿望。他不断怀念着这可怜的孩子，他旅居在气候恶劣的异国并听任苛刻的主管人员随心摆布，他们给了自己职员假期，之后又莫名其妙地要求职员立即返回——在法朗士骤然不明不白地离去以后，黎斯莱至今尚不能释怀，弟弟短暂的逗留没有让他充分享受到天伦之乐，仅仅是点燃了他对手足旧情和共同生活的全部回忆。所以他总是指望着——什么时候他印刷机开动起来——在工厂里替法朗士找个能用得上他的知识和小有地位的差事。和平时一样，黎斯莱所想的只是别人的幸福。他想让所有接近他的人在生活上称心和欢喜——这是他唯一的利己主义的愿望。

他紧走慢走，不觉到了维耶-霍德里特街的拐角。在房子面前停着一长溜的马车；投到街上的马车风灯的反光，和在这些老式住宅所特有的墙凸后面和凹兜里躲雪的车夫的黑黝黝侧影，尽管看上去像把人行道又抻出了一截，但使这夜阑人静的住区增加了生气。

"对……不错，"善人想了想，"我们家有舞会。"他想起了西陀涅今天要举办一个盛大的音乐舞蹈晚会，她没让他出席舞会，她还是把他解放了，当然，她知道他很忙。这种余音袅袅，使他对财富和与之相连的乐善好施的计划和遐想更趋于白热的节日气氛，弄得他心猿意马、得意之极。

他不无神气地推开了那两扇为来客进车而半开着的门，但见花园深处住宅的整个二层楼上灯火通明。

在飘动的窗纱后面人影幢幢，乐队悠扬的乐声时而一点点加强，时而慢慢低下去，好像是在给一些神秘的幽灵的动作配乐。那儿正跳着舞。黎斯莱的视线在舞会光怪陆离的幻影上停留了一会，而后在与客厅相接的小房间里认出了西陀涅的侧影。

她端正地穿着她那豪华的服装，像位美妇人样站在着衣镜前面。她后面有个稍矮的人影，大概是道勃森太太，在替她整理服装上一个什么不合适的地方——可能颈子后的花结开了，花结的两条长长的尾梢飘飘地直搭到长裙的柔和的绉祠。一切都显得非常模糊，但即使在这些模糊的线条里也能感觉到一个女人的绰约风姿。黎斯莱因之出神地在那儿站了好久。

这和楼下形成了一种多么惊人的对照！那儿什么灯光都见不着，仅仅在有雪青色糊墙纸的卧室里点了一盏小灯。

当黎斯莱注意到这个小东西时，心情有些不安起来，因为弗罗蒙的小女儿几天前病了。他突然想起今天上午从他身边迅速过去的弗罗蒙太太的奇怪的激动，于是他又回到阿希尔岗亭那儿，想打听一下怎么回事。

门房里挤满了人。马车夫们在炉边烤火，他们边抽着烟斗边劲头十足地说笑。黎斯莱一到就变得鸦雀无声，一种充满了好奇、打量和带嘲笑味道的沉默。很明显，议论的就是他。

"弗罗蒙家的孩子还病着吗？"他问。

"不。病的不是孩子，是老爷。"

"乔治先生病了？"

"是的，他是今天晚上病倒的，当时他回到家……我马上就跑去找医生……说是没什么大问题，老爷需要的是安静。"

而当黎斯莱一关上门时，阿希尔大叔像一般胆小怕事同时又想撒野的用人那样傲慢地小声补了句，他是想让大家都听到他的话，可谁都听不清："可不是！楼下不比楼上，乐不出来。"

事情的经过是这样的。

晚上一回到家，弗罗蒙从妻子心灰意懒变了样的脸上立即猜到出事了。但最近两年来，他逍遥法外地背着她干坏事都已经成了习惯，以至脑子里从没有想到妻子会打听他的行为。克莱尔方面由于不希望一棍子把他打死，也就按下这个事光谈去萨维纳的旅行。

"外公拒绝了。"她低声地说。

不幸的人脸色煞地发白。

"我完了……完了……"他魂不守舍，就跟说梦话似的重复了几遍，于是包括他长期失眠和新近他要西陀涅取消这个破产前夕的舞会时她作出的可怕声明、伽蒂努瓦的拒绝——所有这些彼此紧相联系，一个接一个落到他身上的激荡——就给自己招来了真正的神经病发作。克莱尔这会倒可怜起丈夫来，她强使他躺在床上，自己在他跟前守着。她还勉为其难地找话说，鼓励他，但在她的声音里已没有那种像安慰一个人和开导一个人那样的温存。在她的动作里，在她给病人脑袋下调整枕头，给病人调弄镇静剂时透着一种冷淡和疏远。

"是我把你弄得破产了！"乔治一阵一阵念叨，目的似乎是想缓和一下压得他难受的僵局。

她以一种鄙夷的手势答复他……唉，要是他的过错仅仅是这一点的话！

慢慢地，他毕竟安静了下来，热度退了，他就睡过去了。

她依旧在他跟前守护着。

"这是我的义务！"她对自己说。

她的义务！

现在她在这个自己曾如此盲目地爱他，希望与他幸福地白头偕老的人身上，所余的感情也就仅此而已。

但楼上西陀涅那里，舞会正进行得如火如荼。天花板在
悠悠颤动，因为为了舞客的舒适，黎斯莱太太命令把自己客
厅的全部地毯都收了起来。有时阵发性地传来一片喧嚣和掌
声，说明交际人数之广。

克莱尔在斟酌目前情况。她不让无谓的惋惜和徒然的谴
怒来苦恼自己。她知道生活是无情的，任何空谈都阻挡不了
这势如洪流的可悲的生活规律。她不想多考虑这人怎么会干
出长期欺骗她的事来，他怎么就甘心为了那么个狐媚女子，毁
掉名誉和自己的家庭幸福。这已经是个不可挽回的事实，不
是她任何空想所能勾销和补救的。现在她关心的只是将来。
她已经预见到等待着她的生活：黯淡、严峻、充满坎坷和贫困。
这真是怪事——破产不仅没有把她吓倒，反而使她恢复了全
部勇气。她想到，为了俭省，他们势必要改换住所，而乔治，
可能还有她还不得不拼命工作，一念及此她似乎平添了一股
坚毅的力量，使她从失神的绝望状态解脱了出来。本来在她
手里就有三个孩子：母亲、女儿和丈夫。一种意识到自己身上
责任重大的感觉使她不再为自身的不幸和毁灭的爱情忧思劳
神，并随着她对自己事情的忘却和考虑起将要出她照顾的这
些软弱的生灵时，她开始更懂得了那个在闲谈中是如此含糊
而一旦当它成为生活法则时又如此严肃的"牺牲"一词的涵义。

这就是可怜的女人在这个悲惨的夜间所想的事情，当时
她是噙着眼泪、为迎接伟大的战斗作精神准备。这就是黎斯
莱所注意到的，像是舞会上灿烂的枝形吊灯上的一颗陨星出
现在他面前的小灯盏的内幕。

从阿希尔的回答中放下了心，善人决定躲开舞会和那些
与他可称是毫不相干的客人，径自回自己房间去。

通常在这种情况下他就从后面那条与出纳办公室相通的楼梯上去，他顺着一个个有大玻璃窗的工作间走着。雪地上反射出来的月光把它们照得如白昼一样。那儿依稀还有着白天劳动的气氛，室人的热气，一股刺鼻的清漆和滑石粉气息。挂在烘干室里的一溜溜花纸，像花夹道那样发出噗簌簌响声。四处都是乱扔的工具，这儿那儿挂着洗净的准备明天穿的工作衣。每次经过这里黎斯莱总有一种特别愉快的感觉。

突然在这长长的、两边房间都已经没人的廊道尽头，他看到泼拉纽斯的办公室里还亮着灯，时近半夜老出纳还在工作，这是不寻常的事。

黎斯莱最初已经扭头想走。打从他不清楚为什么西吉斯蒙会和他感情破裂，对他总抱着一种敬而远之的态度以来，他尽量避免和他接触。由于认为自己在友谊的感情上受到侮辱，他回避作解释性谈话，不愿屈尊向泼拉纽斯探问因为什么发他的火。但在这天晚上，黎斯莱有一种遏制不住的内心要求，要别人理解他，给自己温暖的同情。加之现在有这样一个好机会，只有他和老朋友两个人，于是他趁这机会勇敢地进了办公室。

西吉斯蒙·泼拉纽斯一动不动地坐在一大堆文件和翻开的大账本中间，有几个账本都滑下来躺到了地板上。在他主人进去的时候，出纳甚至眼都不抬：他听得出黎斯莱的脚步声。后者略微有点发窘的样子，犹豫了一会儿之后，好像有一种不可违抗的命运的力量在推着他，他坚决地向金库小窗口走去。

"西吉斯蒙……"他意味深长地招呼了一声。

老头抬起头来，这时黎斯莱见到了两大颗眼泪正顺颊而下的扭曲的脸，可能，这个数字人在自己的一生中第一次淌眼泪。

"你哭啦，老朋友？你怎么啦？"

黎斯莱不觉深为感动，向老朋友伸出手去，但对方迅速把手缩了回去，这动作，反应得这样快，这样决绝，使黎斯莱一腔同情化为了愤慨。

他严肃地挺了挺身子。

"我向你伸出了手，西吉斯蒙·泼拉纽斯。"他说。

"可我……我不愿意把手伸给你……"泼拉纽斯回答，一面站了起来。

接着一阵紧张的沉默。能听到的只是头顶上震耳欲聋的乐队声、快乐的舞会的喧嚣声加上舞客们沉重而失去理性的使天花板都为之震颤的踏步声。

"为什么你不愿意把手伸给我？"黎斯莱平静地问，虽说他靠着的窗槛都开始隐隐颤动，发出金属的音响。

西吉斯蒙对着他站过来，两手往账台上一搭，像是要借此来加重自己回答的分量和意义："为什么？……因为您使公司破了产，因为就在您现在站着的地方几小时后，将站着我必须递交十万法郎的银行职员，而由于您的原因，金库里一个苏也没有……就这么回事！"

黎斯莱感到非常惊愕。

"我使公司破了产？……我？"

"更坏的是，先生……您串通您的妻子，您能从我们的破产和自己名誉扫地里捞取利益……呵，我对您的算计了解得太清楚了。钱，您妻子从不幸的弗罗蒙身上榨来的钱，阿尼埃尔的别墅，钻石和所有其他东西，当然，为了不受破产牵连都放到了她的名下，所以您现在能够平静得像没事人一样。"

"咳—咳—哟！……"黎斯莱像吓掉了魂的发闷的声音只

会哼哼，浑身震动得说不出话来。接着，他嘴里嘟哝着什么，一面死劲地把窗槛往怀里一拽，结果把窗槛都扯断了一整块，而后身子一打晃晕倒在地。他是如此无声无息地在地上一动不动，而唯一还在他身上活着的——是一股坚强的、在证实自己无罪之前他不能死的决心。而这决心看来非常强烈，因为，尽管他的两个太阳穴在怦怦跳动，脸色由于充血而发青，耳朵里声音直灌和迷离的眼神看上去好像已经见到了无常——不幸的人还是在以奄奄一息的声音，一种落水的人在风浪中快要呛死时的声音不断向自己重复着："要活……要活……"

当他神志恢复时，他看到自己坐在一张工人们在开支日等候领工资的沙发上。他的大衣滚到了地上，领带给解开了，衬衣领子被西吉斯蒙的削笔刀割断了。侥幸的是，窗槛扳断的时候他的两个手划破了，他流了很多血，而这小小的损失，无形中使他免去了一场脑充血的大灾难。等他第二次睁开眼时，他看到老西吉斯蒙和弗罗蒙太太在自己跟前。惊慌的出纳把她带到了这儿。黎斯莱一恢复说话能力，就喘着气喃喃地说："这是真的吗，绍什夫人？……他们方才跟我说的是真事吧？"

她没有勇气欺骗他，她把视线转移到别处。

"那么，"不幸的人接着说下去，"那么，公司破产了，就是我……"

"不，黎斯莱，不，我的朋友……这不是您……"

"那就是说，我的妻子？这太可怕了！……看，我就这样以怨报德……可是您呢，绍什夫人，难道您也认为我是这种肮脏勾当的同谋？"

"不，不，我的朋友，您放心吧……我知道您是世界上最诚实的人。"

他那天真的性格，处处都表现出某种孩子气，他随即模仿着她的样子，像做祷告般交叉着双手，哆嗦的嘴唇念念有词地："唉，绍什夫人，绍什夫人……我真不敢想，会是我把您弄得破产了……"

对于这个像晴天霹雳一样使他那颗对西陀涅充满爱情的心受到重创的打击，他愿意只把它看成是一场由于他盲目轻信妻子所造成的弗罗蒙公司的财务危机。突然，他猛地站起身来。

"好吧，"他说，"用不着哭鼻子……有债要还……"

弗罗蒙太太害起怕来。

"黎斯莱……黎斯莱……您上哪儿？"

她寻思他要去找乔治。

黎斯莱明白了她的意思，他脸上掠过一丝骄傲而轻蔑的嘲笑。

"您别惊慌，太太……乔治先生可以放心睡觉。现在我有紧急的事情，它比一个名誉受污辱的丈夫的报复更重要。您在这儿等我……我就回来。"

他急忙顺着楼梯往上跑去，克莱尔相信他不会食言，便和泼拉纽斯留了下来。但她还是经历了一个紧张而疑虑重重的时刻，由于脑子里有很多阴暗的推测，这时间就显得特别长。

过了几分钟，在幽暗的狭窄的楼梯上听到急促的步子和长裙的窸窣声。

最初出现的是西陀涅，眼花缭乱地穿着她那舞会上的盛装，但脸色是那么苍白，以至在她那没有血色的皮肤上闪闪发亮的宝石看来都要比她本人有生气——仿佛它们是装饰在一尊大理石雕像上。由于跳舞跳得气促，并在激动和快步行走下惊魂未定，她浑身都在颤动，同时她那蝉翼似的裙子绉边、缎带、花朵，整个她那华丽的舞服不知怎么也像悲剧似的耷拉下来。跟着她后面来的是满载着匣子、小首饰箱、文据的黎斯莱。原来他一到楼上就扑向妻子的书桌，看到里面有什么值钱的东西就抓——各种首饰、有价证券，阿尼埃尔房地产契据——而后从房间门槛边高声地叫着妻子："黎斯莱太太！……"

她马上应声跑来，而客人们舞兴正浓甚至都没注意这短短的一幕。一看到丈夫站在书桌前面，而书桌的抽屉连同里面的零碎东西都一起翻倒在地毯上，她知道有什么严重事情发生了……

"我们快走，"黎斯莱说，"我什么都知道了。"

她还想装着自己是无罪的和傲慢的样子，但黎斯莱一把抓住了她的手，这劲头使她不由想起法朗士的话："他可能由于这个而死掉，但他先得把您杀死……"她现在想到死就害怕，所以就只好不作抵抗地让他把自己带走，甚至都没敢再狡辩。

"我们去哪儿？"她轻声地问。

黎斯莱什么也没有回答。她刚把一块纱巾披上裸露的肩膀（她从不忘记对自己的关心），他就催着她，说准确一点是把她揪到了通向金库的楼梯上，自己就在后面一步不离地盯着她一起下去，好像生怕他的猎物溜了。

"瞧……"他说着进了屋，"我们偷了，我们就得抵偿……拿着，泼拉纽斯，这就马上可以变出钱来。"

接着他把满捧的精品放到了出纳的账台上：精妙绝伦的小首饰、妇女服装上的小零碎以及有钤记印章的文据。

而后，他转向妻子，简短地命令她："好，现在把您的宝石……快着点儿。"

她慢吞吞，非常惋惜地解着手镯和耳环的搭扣，特别是钻石项链的扣环，扣环上那个闪闪发光的"S"——她名字的第一个字母——看着像条睡着的盘成金色连环的蛇。

黎斯莱觉得她太拖延，粗暴地一下把那脆弱的扣环扯了下来。似乎，他要把所有这种奢侈品都处以死刑，而它仿佛也在他惩罚的大手下发出了一声呻吟……

"现在该我了……"他说，"我也应该把所有东西交出来……这是我的钱包……我还有什么呢? ……我还有什么呢? ……"

他焦躁地摸着身子。

"对，表……连表链子它至少能值一千法郎……我的宝石戒指、订婚戒指……全部归金库……全部……今天我们有十万法郎的账要付，一清早就动身，卖掉，清偿。我知道有一个人想买阿尼埃尔房子。得抓紧把契约手续办好。"

他一个人说着动着。西吉斯蒙和弗罗蒙太太望着他，说不出一句话来。西陀涅显得漠不关心的样子像是什么也不理解。花园里的冷空气由黎斯莱晕倒时稍稍打开的小门钻进来，现在她只是冷得缩着身子，像木头人似的，含着发愣的眼光不知所措地裹着披巾。也许是听到了自己舞会的音乐吧? 这乐声，像是一种残忍的嘲笑在静默的几分钟里混合着舞客们沉重得使地板都发颤的踏步声向她传来……一只落在她肩上的铁手，骤然使她从麻痹状态中惊醒过来。黎斯莱把她领到合伙人的妻子跟前。

"跪下。"他说。

弗罗蒙太太吃惊地急忙闪开。

"不，不，黎斯莱，千万别这样。"

"就要这样，"黎斯莱斩钉截铁地回答，"欠债要还……有罪要赎……跪下，坏蛋……"说着，他采取了断然行动将西陀涅一把扔到克莱尔跟前。他不让他的手松开，一面继续说下去："您要一字一句地重复我说的话：'夫人……'"

西陀涅都快吓昏了，她轻轻重复着："夫人……"

"我以整个生命的温顺和诚恳……"

"我以整个……不，我受不了！"她大叫了一声，像一头野兽那样一下蹦起来，挣开黎斯莱的手，迅速蹿出了那扇开着的门，这门打这可怕的场面一开始，就在招呼她做好趁黑逃跑的准备。她光着肩膀在风雪交加中没命地跑起来。

"把她喊住，把她……黎斯莱，泼拉纽斯，我恳求你们……看在上帝的面上，别让她这样走了……"克莱尔喊着。

泼拉纽斯抬脚向门口走。

黎斯莱拦住了他。

"我不准你离开原地……你听到了吗?……请原谅，夫人，现在我们有更重要的事情……这会儿顾不上黎斯莱太太……必须把至今还押在宝上的弗罗蒙公司的名誉拯救出来。现在对我来说有意义的也仅仅是这一点。泼拉纽斯，我们到你金库去，我们统计一下。"

西吉斯蒙把手伸给了他。

"你是个诚实的人，黎斯莱。请你原谅，我不该怀疑你"。

黎斯莱装作没听见。

"你是说必须得支付十万法郎? 你那金库现在有多少? "

他靠着窗槛坐下，全神贯注地翻着现金账、有息证券，打开盒子，与这个珠宝商的儿子泼拉纽斯一起估算所有首饰价值，这些东西他不过是有时从他妻子身上作一观赏，并没有怀疑它们的价值。

而在这同时，克莱尔浑身哆嗦地望着窗外的小花园，西陀涅的脚印在大雪纷飞下已经慢慢消失，像是证明这仓皇的逃奔有去无还。

而楼上，舞会还在进行，客人们以为女主人去忙着准备夜宵，可她在这时候头上一无遮拦地正奔跑着，在号哭和狂怒中喘不过气来。

她上哪儿去呢？

她像疯子一样地跑着，穿过花园、工厂院子和寒风呼啸的黑黝黝的拱门。阿希尔大叔没认出是她，在这天夜里他看到那么些银装素裹的人！

年轻女人第一念头是想上男高音卡扎邦那儿去，今晚她终究还是没有敢邀请他参加舞会，但他住在蒙马脱，而那地方，对不起，就她现在这身衣服是难以到达的。再说她准能碰上他在家吗？上父母亲那儿，当然会很好接待她，但她早些时候就听到过母亲的埋怨和小广告人冠冕堂皇的教训话。在这时候她考虑到德洛贝尔，考虑到她那老德洛贝尔来——现在，当她成了脱了毛的凤凰时，她想到了指导她去参加上流社会生活的启蒙老师，那个在她童年时代曾教过她跳舞和上等人举止的人，那个曾对她可爱的眉眼加以嘲笑但在别人指出之前最先使她认识到自己是个美人的人。她似乎有一种直觉，这个不走时的人跟旁人不一样，他会支持她。她坐进了停在门口的一辆马车，叫车夫把自己送到演员住着的博马须大街去。

一段时间以来，德洛贝尔太太在制作供出口的草帽，这种可怜的手艺，如果它还能称得上是一项手艺的话——她十二小时的工作也就勉强能挣到两个半法郎。

而德洛贝尔，随着他那"神圣的女人"的日益憔悴在继续发福。碰巧在这个时候，他已经准备下手，端那份给他焐在炉灰里的香喷喷的奶油汤，突然听到有人在急促地敲门。这位演员刚从博马须剧院看完一场凶杀剧——甚至做广告的海报上都拓满了血——听到这种来得不是时候的敲门声不由一哆嗦。

"谁在那儿敲门？"他心里发毛地问。

"是我……西陀涅……快开门。"

她进来了，浑身打抖的样子，一把扔下漂亮的披巾就向已经熄火的炉边走去。她随即就张口说起来，急于发泄已经憋了整整一小时的满腔怒火。为了不至把一旁睡着的德洛贝尔太太吵醒，她压着嗓子叙述了工厂里那恐怖的一幕。落在这间五层赤贫住所里的她那身豪华的打扮，在一大堆散得满屋都是的粗草帽和碎脚料之间白得刺眼的揉皱的花边披巾——所有这些都给人一种印象，在可怕的生活簸荡中又发生一场使社会地位、感情、财富和贫困都突然变位的悲剧。

"不，我再也不回去了……当然！到底我还是自由了，自由了！"

"可究竟还有谁能娶你呢？"演员问。

"法朗士！我有把握，法朗士要我。谁的话他都不信。正好昨天晚上从埃及来了一封信……要是您知道他在这个女人面前怎么侮辱我！……逼着我下跪！……但我会替自己报仇。幸而我还趁机把我要的东西带在身边。"

这时在她苍白的嘴角开始浮现一种像过去那样的笑容。

老演员怀着极大的兴趣听着她讲。尽管他对可怜人黎斯莱，甚至对西陀涅，这个拿戏剧语言来表达他认为是"美丽的叛逆"的女人抱有同情，但他还是不能不从纯舞台观点来看待这个事故，并终于技痒难熬地发出了感叹："第五幕的剧情真使人回肠荡气！……"

她没听清他说什么。她坐在炉子旁边，伸着一双穿着镂空袜子和湿透的缎鞋的脚，沉思着一种还没有做就使她在那儿发笑的什么阴险的预谋。

"现在你到底怎么办呢？"过一会儿德洛贝尔问。

"在这里等到天亮……稍稍休息一下……那时就有办法……"

"可是我无法请你上床睡觉，我可怜的姑娘……妻子已经躺下了……"

"您不用为我费神，我的好德洛贝尔……我完全可以在这张扶手椅上睡一会儿。我是个能将就的人。"

演员叹了口气。

"是，是的……这张扶手椅……我可怜的齐齐的扶手椅。活紧的时候，多少个不眠之夜她就在这上面度过……唉，说真话，死者要比生者幸福。"

他总有一套利己主义的、可告自慰的至理名言在等着自己。但就在他话音刚一落下，可了不得，他看到汤都快冰凉了。在西陀涅面前他用不着避讳。

"您看来止在吃夜宵？您请吃吧。"

"好，真的……没有法子！这些午夜餐与我们的职业，与我们演员所处的沉重的生存条件多么分不开……要知道我还是抱定了宗旨，我可爱的女儿……我不放弃……什么时候也不放弃……"

如果戴西蕾在那间她住了二十年的赤贫的住所还留有一点英灵——听到这种可怕的声明她该受到多大震动！他什么时候也不放弃！

"不管人家怎么说，"德洛贝尔说下去，"这毕竟是世上最美好的职业。你是个自由的人，谁也管不着……一切为了事业和观众！……噢，要是我处于你的地位我就知道该怎么办。你不是为了与这些小市侩生活在一起而创造的，见他的鬼去！你需要有演员生活，需要成名、机会、激动的狂热……"

他一面说着一面坐下来，在下巴颏底下系上一块餐巾并给自己倒了一大盆汤。

"……更不用说，你在作为一个漂亮的女人上所取得的成功，绝对无碍于你在作为一个演员上的成功……你知道说什么吗？你应当上几堂朗诵课。就凭你的嗓子、聪明，你的条件，你会创造一个灿烂的前程。"

说着突然又好像愿意让她领略一下演员生活的乐趣，他补充说："是啊，我怎么就没想到这一点！你大概还没有用夜宵吧？……激动最能引发食欲。你坐到这儿来，拿个汤盘……我肯定，你很久没有吃奶油汤了。"

为了给她找套餐具和餐巾，他翻遍了整个碗橱。她坐在他对面，做他的助手，对左右掣肘的环境差点没笑出来。

她脸上已经不是那么苍白了。在她的眼睛里甚至露出了美妙的神采——刚流完眼泪又破涕为笑。

喜剧演员！

她的福分到此为止：名誉、家庭、财产，全部完蛋。她被家庭驱赶出来，剥夺了一切，成为一个名声败坏的女人。

她刚受完莫大的耻辱，承受了沉重的打击……而所有这些并不妨碍她津津有味地吃夜宵并高兴地应酬着德洛贝尔对她的使命和未来成就上开的玩笑。她感觉自己飘飘然，很幸福，而且已经踏上了通向名士派王国——自己真正的故乡——的道路。她还会受到什么样的考验呢？在一种新的、充满坎坷和变幻莫测的生活中有什么样的起飞和沦落在等待着她呢？她想着所有这一切，在戴西蕾的大扶手椅里翻来覆去。但她同时也在想着自己的报复，念念不忘的报复，这报复她唾手可逞，已经准备好，如此地可信，如此地残忍！

四

弗罗蒙公司的新职员

弗罗蒙小弟醒来时，天已经大亮。整宵，就在下边紧锣密鼓地演出悲剧而楼上的舞会闹得震天响之际，他一直睡得很死，就像犯人临杀头前夕和败军将领在全军覆没的夜里酣然大睡一样，就像那种希望永远别醒和先尝试一下死的滋味似的，一点知觉也没有。

从帘外钻进来的阳光，由于花园和所有周围屋顶覆盖着积雪变得更刺眼，使乔治又回到现实中来，他周身好像有一种什么样的颠荡感，还没等思想完全清醒，先就感到有一种暂时忘却的不如意事留在心头的隐隐的烦恼。

工厂里那种熟悉的轰鸣声，机器低沉而断续的呼吸——一切跟往常一样。可见，世界还存在！——于是慢慢地，他又恢复了责任感。

"今天……"他思忖着，身子下意识地往壁龛的阴影里又缩进去一点，好像愿意再沉入梦乡。

工厂的钟当当响了起来，邻近的钟也跟着响成一片，接着传来了教堂的钟声。

"都到中午了……我这一觉睡得可够长的！……

他一想到这场破产的悲剧没有要他去参加就演完了，不免有点内疚但同时又如释重负。不知他们在下面是怎么对付的？怎么不来叫他呢？

他起了床，微微撩开窗帘，看到了在花园里谈话的黎斯莱大哥和西吉斯蒙。他们不是已经那么长时期彼此不说话了吗？现在怎么又说起话来了呢？

他打算下去，但在房门口碰上了克莱尔。

"你不应当出去。"她说。

"为什么？"

"你别管……我会告诉你的。"

"究竟怎么回事？……银行来人啦？"

"是的，来过了……钱已经拿走了。"

"拿走了？"

"黎斯莱张罗的钱……他一清早就和泼拉纽斯奔忙着。大概，他妻子有些值钱的首饰……单是一个钻石项链就卖了两万法郎……同时他还把阿尼埃尔的别墅连同别墅里全部家产都卖了。可是不动产的过户手续需要时间，暂时是借的泼拉纽斯和他妹子的贷款。"

她说着，眼睛并不望着他。他也低着头，在躲着她的眼光。

"黎斯莱——是个诚实的人，"她继续说，"所以他一知道他妻子的这份阔气是谁赏赐的……"

"什么？"乔治惊恐地叫起来，"他怎么知道？"

"全都清楚了……"克莱尔回答，努力压着自己的声音。

不幸的人脸色煞地发白，低声嗫嚅着：

"那么……你也？……"

"呵，我早在黎斯莱之前就已经知道。你记得，昨天从萨维纳回来我向你说过，我在那儿听到了非常残酷的事情，我知道是这样的话，哪怕坐十年牢我都不去。"

"克莱尔！"

在感情一阵冲动下，他举步想朝妻子身边走去，但她那张脸是那么冷冰冰，那么凄然而同时又那么坚毅，在她那凛然不可侵犯的冷淡中饱含着那样的绝望之情，使他不敢贸然去拥抱她而只能低声喁喁："饶恕我！……饶恕我！……"

"当然，你对我的平静会感到奇怪，"刚强的女人说，"但我所有的眼泪都在昨天流光了。如果你以为我是为了我们的破产流泪——你错了。年轻力壮的人，就像我和你，这样懦弱是不能容忍的。我们有向贫困作斗争的足够力量并且能够正视它……不。我哭的是我们毁灭了的幸福，是你，是那种使你失去自己唯一的忠实的女友的丧失理智的行为。"

在一片像是来自万里无云的蓝天的明媚阳光照耀下，她在这一刹那显得非常美丽，这种美是西陀涅从来不可能有的，西陀涅漂亮的脸蛋，它所具有的光彩和那种带有挑逗性的放浪的魅力像是由一种下等剧院脚灯的人工灯光打出来的。

如果过去在克莱尔的脸上有着某种冷色和矜持，那么现在它在惊惶、疑虑和情欲的痛苦中变得大为生色。这恰似金块之获得价值只能在铸币厂打上钤记以后，现在这张美丽的盖着痛苦的印记的女人面孔，就含有自昨天以来那种新的能增添它的美色的表情。

乔治入迷地望着她。现在，她离他那么远，他们之间已然出现这样的隔阂，在他看来她反倒显得更可爱，更娇柔和更动人。在这种新的爱情产生的同时，他止不住良心的责备、失望和愧赧，一下跪在妻子面前。

"不，不，你起来，"克莱尔说，"要是你知道，你使我想起……要是你知道，昨天夜里我在自己脚边看到了一张多么虚假而又充满仇恨的脸……"

"我……我不是假的……"乔治冲动地表白，"克莱尔，我恳求你……看在我俩的孩子面上……"

这时有人敲门。

"起来! 你看, 生活在召唤我们……" 她低声地说, 含着痛苦的微笑, 而后问敲门的仆人有什么事。

"黎斯莱先生请老爷到下边办公室去。"

"好," 她回答着, "告诉他这就来。"

乔治抬脚往门口走, 但她拦住了他 : "不, 还是我去。暂时还是不要让他见到你。"

"可是……"

"是的, 我是这样想。你不知道, 他有多么气愤, 狂暴得跟什么似的, 这个遭你欺骗的不幸的人……要是你看到他昨天夜里怎么拧自己妻子的手……"

她说着, 眼睛直盯着他, 怀着一种对她本人来说是很痛苦的好奇心。但乔治并不感到惊慌, 只是回答说 : "我的生命此刻是属于这个人的了。"

"它也是属于我的, 因而我不希望你上那儿去。在我父亲的家里已经闹得够丢人的了。我真不敢想 : 要是整个工厂知道出了什么事。大家都在窥视着我们, 盯着我们。今天工厂能开工并且使所有这些好奇的眼光转移到干活上去, 完全仗着全体工长的威信。"

"可这会给人印象, 似乎我躲起来了。"

"要光这样还不错! 你们男人全都是这样! ……你们可以在罪大恶极的犯罪行为面前决不停步, 你们可以面不改色地欺骗妻子、朋友……可是想到你们可能被人指责为胆小鬼, 你们就觉得受不了……真的, 还是听我的话。西陀涅走了, 永远走了, 而如果你一定要出去, 我倒要认为你是想去找她。"

"好, 我不出去……" 乔治说, "我一切都听你的。"

克莱尔就向下边泼拉纽斯的办公室去了。

黎斯莱在房间里背着手来回踱步，就跟平素那么平静，从外表看谁也不会想到自昨夜起在他生活中出现了这样的事件。至于西吉斯蒙，那简直就是喜笑颜开：期票如期清偿，公司名誉保住，依然是白璧无瑕——所有其他问题碍不着他的事。

当弗罗蒙太太出现时，黎斯莱忧郁地笑了笑和摇摇头。

"我就料到您会替他来，可我的问题和您谈不上。我必定得见他和他谈话。今天我们算是幸免于破产，最困难的事过去了，可是我们还有很多事需要磋商。"

"黎斯莱，我的朋友，我恳求您，您再稍等一会儿吧。"

"为什么，绍什夫人？不能白浪费时间……啊，我懂了，您怕我会控制不住自己的愤怒……您放心……您叫他也放心……请您记住我的话：对我来说有比我个人名誉更宝贵的——这就是弗罗蒙公司的名誉。它由于我的过错受到了影响，所以我首先应该改正自己不知不觉就放纵了的邪恶。"

"您对我们的所作所为是无可指摘的，亲爱的黎斯莱，这一点我知道……"

"呵，要是您能看到他的为人，夫人……这简直是圣徒……"西吉斯蒙插了进来，他不敢找自己的朋友多说话，但总想对自己的后悔有所表示。

克莱尔继续说下去："可是您不担心自己吗？人的力量是有限度的……可能，当着那个使您遭受那么多灾难的人的面……"

黎斯莱抓起了她的手，怀着一种真诚的赞美注视着她的眼睛："您真是个妙人，您尽想着我……可见您还是不知道，就凭他对您的变节我也得恨他……但现在对我来说，所有这一切都不存在。在您面前的仅仅是个想和自己合伙人商谈有关公司利益的商人。叫他上这儿来吧，不用害怕，而假如您担心我会控制不住自己——和我们一起待着。我只消看看前主人的女儿就足可使我想起自己的诺言和自己的义务。"

"我相信您，我的朋友。"克莱尔说着就跑去找丈夫。

会面的第一分钟是可怕的。乔治显得脸色发白、激动、可怜。如果让他站在离这个人二十步远，冲着他的枪口等待射击，也要比作为一个免于惩办的罪犯出现在他的面前和掩饰着内心感情、强作镇静地来谈公事要轻松一百倍。

黎斯莱尽量不看他，继续踱着大步，一面说着："……我们公司正经历着严重的危机……今天我们算是逃过了难关；但远不是就这一笔账……我那可诅咒的发明使我长期脱离业务。所幸的是，现在我已解放出来并能着手工作。但必须您也出来工作。工人和职员多少是看主人行事。现在到处敷衍塞责，纪律松弛。今天是一年来第一次按规定时间上班。我指望，您能把这一切整顿好。至于我，我还是再搞图样。我们的模型已经陈旧，新机器得有新的模型。我对这些机器寄予很大的期望，试验的成功出乎我的意料，现在我们将有可能把我们企业提高到应有的高度。前些时候我没有说这个事，因为想着给您来一个意想不到的礼物，可现在……我们之间还有什么意想不到的礼物！……是这样吧，乔治？"

在他声音里所含有的那种痛苦的讽刺，使克莱尔发起抖来，害怕他一下爆发，但他若无其事地接着说下去：

"是啊，我觉得似乎我可以满怀信心地说，半年以后黎斯莱机器将做出辉煌的成绩。但这半年时间有点不好过。必须紧缩开支，能节省的尽量节省。我们有五个美术师——现在只要留两个。拼着不睡觉我把空缺的人的工作补上。此外，从这月起我放弃自己作为合伙人的那份收益。我将像过去那样领工长的工资，多一点都不要。"

弗罗蒙小弟想着要说什么，但克莱尔做着手势不让他说，于是黎斯莱大哥又说下去："我不再是您的合伙人了，乔治。我还是一个职员，我还是像往常那样该怎么就怎么……从今天这一天起，我们的合约宣告无效。我希望是这样，您懂吧，我希望是这样……这种状况一直保留到公司业务走上轨道和我能干……其实，到那时我还想干什么，如果只关系到我一个人。我想要跟您说的就是这些，乔治。您应当加强工厂管理，必须让大家都能看到您，感觉到有主人在，而且我认为所有我们的灾难还有可以挽救的余地。"

在接着而来的沉默中，大家都听到花园里有一阵车轮声，两辆带篷的运家具的大车靠台阶停了下来。

"请原谅，"黎斯莱说，"我得让你们稍等一会儿，拍卖的大车来了，他们要把我楼上的全部家什装走。"

"怎么! 您把家具也卖了? ……"弗罗蒙太太问。

"是的……全部，涓滴归公……我把它归还给公司，它属于公司。"

"这可不行，"乔治表示反对，"我不能容许这样做。"

黎斯莱发怒地一下扭过身来："您说什么? 您不容许什么? "

克莱尔以恳求的姿势制止他。

"对，对……真的……"黎斯莱喃喃着。于是他急速走了出去，以免让一下把他抓住的诱惑力占了上风而最终把郁积在自己心头的东西全部发泄出来。

二层楼上空无一人。早起被解雇的用人都已离去，撇下了一似通常在舞会后第二天所见的那种杂乱无章的房间，它具有一种特殊的外貌，只有那些刚演完一场悲剧和所有东西在肇事人面前还仿佛是惊魂不定在等候着下一场风波的场所才有这种特色。

洞开着的门户、堆在一角的地毯、盛着玻璃杯的托盘、准备开饭而原封未动的台面、跳舞时扬落在所有家具上的灰尘以及混合着潘趣酒、发蔫的鲜花和宫粉香味的舞会气息——所有这些细节黎斯莱刚一进去就不觉为之一怔。

客厅里一片混乱景象，上面杂乱地摊着《奥尔菲赴地狱》①中酒神祭一章的钢琴、仰翻在地像是有什么东西值得它们害怕似的椅子还有使这种毁灭性场面更形突出的鲜艳的帷帐帷幔——所有这些使人想起在那种惊惶的夜里，当人们宴饮正欢而突然闻讯船身触礁、四处都在进水的遇难船上的沙龙……

来人开始搬家具。

黎斯莱茫茫然望着搬运，像置身于陌生人家里一样。

他在某一时期曾如此自豪和如此激赏的豪华排场，现在使他感到难以抑制的恶心。但当他走进妻子的卧室时，他还是有一种不知什么样的激动。

这是个很大的房间，裱着天蓝色缎子，缎子面上蒙着白色花边，地道是个风流女子的香巢。到处乱扔着一截截揉皱的花边贴皮、蝴蝶结、绢花。镜台前的蜡烛已经燃尽，承泪盘滴得满满的，而装饰着提花网边、浅蓝色罗帐整齐地向两侧撩起的床铺，一动未动地站立在这一片荒芜中，看上去犹如是停过女尸的床铺，一架从此不会有什么人再在上面睡觉的供瞻仰的床。

---

① 奥芬巴赫轻歌剧。希腊神话奥尔菲是古代最伟大的音乐家。奥尔菲下地狱，用动听的歌声去要回妻子欧丽蒂丝，但他违反规定，出阴间前回头张望，失去了欧丽蒂丝，自己则被祭酒神的女巫撕死。

黎斯莱走进这个房间时，首先感到有一股无名怒火，想往所有这些东西扑过去，把它们统统撕碎、扯断、捣毁。本来，能使我们想起某一女人的莫过于她的房间……甚至她已经不在人世了，她的容貌依然在她用过的镜子里向您微笑。在所有她触摸过的东西上还留着那么一丝芳泽和温馨。沙发上的靠垫保存着她的倩影，而循着地毯上磨损的花纹可以追寻她来往于镜台和盥洗室的步子。这里，在西陀涅的房间里，最能使人想起她的是她那格子柜，里面摆设着儿童玩具，摆设着中国的小工艺品，细巧精致的扇子，玩偶用的餐具，镀金的小鞋子和一对对相视而立、陶土做的眼神或喜或嗔的小牧童和小牧女。这个格子柜仿佛是西陀涅人格的化身，同时她那一贯庸俗的思想，在卑琐、好虚荣和空虚上也完全配得上这些荒诞的玩意儿。真的，要是昨天夜里黎斯莱在盛怒之下把她脆弱的小脑袋一下砸烂，那么里面掉出来的恐怕不是脑髓，而是一大堆这样的小玩意儿。

可怜人忧郁地在锤子声和搬运夫的来回穿梭中想着这一切，这时突然听到自己背后有一阵小心翼翼但同时又很稳定的脚步声。接着出现了谢伯先生，涨红着脸，气喘吁吁地浑身燥热样子。他以其惯常的傲慢的声调与女婿说起话来：“这是怎么回事？我听说怎么啦，您要搬家？”

“我不是搬家，谢伯先生……我要拍卖。”

小广告人像叫开水烫着似的往上一蹦。

“拍卖？您要拍卖什么？”

“全部。”黎斯莱瓮声说，都没朝他望一眼。

“您听我说，亲爱的女婿，您是个懂道理的人。我的上帝，我并不是说，西陀涅的行为……话又说回来，我什么也不知道。我从来就什么也不想知道……我只是来向您高尚的品格呼吁。

家丑不可外扬，见他的鬼去！不能这样让自己贻笑大方，就像您今天一早起所做的那样。您瞧瞧，在作坊窗口和大门口挤的那帮人！……您这不是成了笑柄了吗？我的亲爱的！"

"这样更好。哪儿丢的名誉——哪儿找回来。"

这种微言大义和对所有责难漠然置之的态度使谢伯大失所望。他马上改变策略，开始用人们跟孩子和疯子说话的严肃而断然的口吻和女婿说起来。

"绝对不行！您没有权利从这里拿走任何东西。作为个人和父亲，我对此表示坚决抗议。您真以为我能容忍让我的女儿流落街头？万万办不到！不要再发疯了，房子里东西一样也拿不走。"

说着，谢伯把门一关，在门前摆开气势汹汹的架势。本来，问题同时也涉及到他的利益，真见了鬼！要知道女儿真是按他的说法流落街头，他本人也没有好果子吃。他威风凛凛地摆起一个愤懑的父亲的架势，可是它没能保持得多久。两只手——两把钳子——夹住了他的腕关节，他也不知怎么就落到房间中间，给搬运夫留下一个自由的入口处。

"谢伯，老兄，好好听我说……"黎斯莱说，一面冲他俯着身子，"什么都有一个极限……一早起我做了难以置信的努力，来控制自己。但现在得让我的怨气稍稍往外倒一倒，它落在谁的头上谁就要倒霉。我会杀人……您还是走吧，快走。"

那种说话的声调和在说话时女婿如此雄辩的颠晃，使谢伯立刻安静下来。他甚至讷讷地说起一些道歉的话来。当然，黎斯莱完全有权这样做。所有诚实的人将站在他这一边……说着谢伯向门口一步步退回去。临出门槛他畏缩地提了个问题，谢伯太太的那份小小养老金是否依然保留。

"是的，"黎斯莱回答，"可就是您尽量不要超出预算；现在我在这里的地位跟过去不一样。我不再是公司的合伙人。"

谢伯惊奇得瞪起了眼睛，脸部马上又出现了那种痴呆的表情，它曾使很多人认为他过去发生的事——就是和奥尔良公爵一样的事故——并不是他无中生有，但他没敢提出丝毫意见。肯定，他女婿叫人掉了包。难道这就是黎斯莱——跟老虎一样因为一句话就竖起背毛能把人杀了？

他赶紧溜之大吉，可是从楼梯一下来，又捡起了那套惯常的傲慢劲，装着胜利者的姿态出了院子。

当所有家具都已搬走，房间变得空无一物时，黎斯莱最后在各个房间转了一遍，接着就拿上钥匙往下面去，以便移交给弗罗蒙太太。

"您可以把房子租出去，"他说，"这对工厂是笔额外的收入。"

"可您怎么办，我的朋友？"

"我？……我有个地方就行。上面顶楼里有张铁床——这对一个职员来说已经够了。因为，我向您重复一遍，今后我仅仅是个职员……一个您对他不会有任何怨言的勤恳和忠诚的职员，我向您保证这一点。"

与泼拉纽斯在一起核对账目的乔治，被黎斯莱的话震动得从房间里跑了出去，哭得喘不过气来。克莱尔也感到非常激动，她走到弗罗蒙公司的新职员跟前说："我以我父亲的名字感谢您，亲爱的黎斯莱。"

"我每时每刻想到的也正是他，夫人。"他直率地回答。

正在这时阿希尔手捧着邮件进来。

黎斯莱拿过来一大堆信件，平静地一封封拆阅着，一面转交给西吉斯蒙。

"这是里昂的订单……为什么圣艾蒂安没有回音？"

他在竭尽全力地深思着公司的业务，同时表现出他内心对隐退和忘却的渴望越强烈，他的头脑也就越冷静和审慎。

突然在那些从信皮纸和格式就能让人感到是公事和急件的大商号信封中，黎斯莱见到有一个小巧玲珑、封印得很仔细的小信封，它也在里面鱼目混珠，开始他都没注意到它。他立刻认出那细长而很硬的笔迹"黎斯莱先生亲启"。

这是西陀涅的笔迹。一看到这笔体，黎斯莱又勾起刚才置身于她楼上房间里的那种情绪。

所有他的爱情，所有一个妻子有外遇的丈夫的愤怒，在他心中升华到像一个杀人犯想铤而走险的程度。她在信里要跟他说什么呢？她又想出什么新的花招？他已经想要折开信封又突然停止。他明白，如果他看完了信，他的勇气就将完蛋。于是他向出纳扑着身子，声音小得几乎听不到地跟他说："西吉斯蒙，老朋友，你愿意帮我个忙吗？"

"当然！"那人热心地叫了起来，感到他的朋友和他说话像往日那么诚恳，有点情不自禁。

"你拿着这个信。我这会儿不想看它。我相信它会妨碍我的思考和生活。你把它藏起来，还有连这一个……"

他从口袋里掏出一个小小的捆扎得很仔细的小包，从金库小窗口递给西吉斯蒙。

"这是我过去一段生活中留下的全部东西，是这个女人留给我的全部东西……我坚决这样做，只要我在这儿的义务还没有完成或完成得不是最理想，我就不见她，也不想看到所有会使我想起她的东西。我必须保持精神上的坚定，你理解吗？……你可以给谢伯家付养老金……如果她本人有什么请求来找到你，你尽量看着办。但永远，什么事也别跟我说……这些小东西在我没有要求归还之前你要谨慎地保管好。"

西吉斯蒙把信和小包在自己桌子的一个暗抽屉里与有价证券锁在一起。黎斯莱重又仔细地阅读邮件，但在他的眼睛面前，纠缠不休地浮现着那些像英国人笔迹那样细长的、出自那只他曾如此经常和如此热情地把它贴在自己心房上的小手的字母。

五
夜总会

弗罗蒙公司的这个新职员是个多么罕见的有良心的人!

日复一日，他的灯在工厂的窗子内第一个燃起，最后一个熄灭。在楼上三层阁楼拨给了他一个小房间，就跟他在某个时期与法朗士居住的完全一样——真正的修道士的小室，有一张铁床和一张放置在弟弟画像下方的光木桌子。

他就这样过着和当时一样的以劳动为生、俭朴和幽居的生活。

他不知疲倦地工作着，按照他的意愿，膳食有人从他过去的小牛奶铺里取来。可是——呜呼！——一去不返的青春和希望使所有这些回忆失去迷人的光彩。所幸的是，他还有法朗士和绍什太太，这是他能够在想起他们时不感到心里发苦的唯一的两个生灵。

绍什太太始终没有离开他，总想着照应他，安慰他；法朗士经常给他写信，但确实，从来就不提西陀涅。黎斯莱料想不定哪个把事情告诉了他，因而在自己信中对这问题也尽量不落痕迹。"总有一天，我有能力让他回来！……"他想。整顿工厂工作和把弟弟叫回来——这就是他的理想，他唯一的企求。

日子就这样一天天地过去：买卖行里蝇营狗苟的忙碌和形影相吊的痛苦的孤独生活在他身上相互交替。每天早晨他从自己的顶楼下来，巡视各个作坊。他的严肃和孤僻的面容，和他那种想博得大家对自己深深尊重的印象，使一度受到损害的秩序得以很快恢复。开始时闲话很多，对西陀涅的不知去向也有各种猜测。有的说是她和情人私奔了，有的说黎斯莱把她撵跑了。而最使大家感到困惑莫解的是合伙人的相互关系，从外表看来还像过去那样平常和自然。其实，有时当他们两人在办公室单独谈话时，黎斯莱会突然哆嗦起来，仿佛在他前面掠过旧事的幻影。他觉得，似乎他在自己面前看到的这双眼睛，这张嘴，整个这张脸在以千变万化的表情诳骗着他。

在这样的时候他恨不得扑到乔治的身上，掐住他的脖子毫不怜悯地掐死他，但对绍什夫人的想念总是克制着他。

难道他的勇气和自持还抵不上这个年轻女人？……不管克莱尔还是弗罗蒙——谁也想不到他内心所经历的变化。在他的行为里仅仅能看出有一种乖离他本性的严厉和倔强。现在黎斯莱大哥往往强使工人接受自己意志，甚至其中有些人，并不体恤他那一夜之间变白了的头发和他那变得苍老的瘦削的脸，但在他那灰蓝色眼睛锋利如剑的目光逼视下也要心里打战。像他这样一个平素对工人非常和蔼温柔的人，现在一遇到稍有违反纪律的事情就发脾气。想来，他是要对自己过去所犯的盲目的对罪恶的迁就，那种现在他认为应该引咎自责的迁就进行报复。

确实，弗罗蒙公司的这个新职员是个罕见的有良心人！

亏得他，工厂的钟尽管已有裂声、老朽和打战，但又获得了旧日的权威，而这个什么都管的人更不容自己有喘气的时间。在自己的生活用度上他节俭得像个学徒工，拿出四分之三的工资给泼拉纽斯以备转交谢伯家，但从不问及他们的情况。一到月底小广告人准时不误地来领取他那笔不大的收入，而且对西吉斯蒙神气活现，一副小食利者的架势。谢伯太太不止一次地试图进入到自己女婿的生活中来，她爱他可怜他，但只要她那绣花披巾在工厂大门一露头，就会迫使西陀涅丈夫拔脚就跑。

因为他所凭借的那种勇气，与其说是真实的，不如说是虚有其表。对妻子的回忆一刻也没有离开过他。她现在情况如何？她在做什么？他甚至差点因为泼拉纽斯从不跟他提及西陀涅而生他的气。最折磨他的是那封信——那封他有勇气不去看它的信。他经常在想着它。唉，要是他真有勇气的话，他早就向西吉斯蒙要过来了。

但有一次，诱惑力看来似乎太强烈了。办公室只有他一个人。老出纳吃饭去了，他一反往常的习惯忘了把自己抽屉锁起来。黎斯莱坚持不住了。他拉开抽屉，开始寻找，翻遍了所有文件，结果还是没有信。显然，西吉斯蒙把它转移到了更保险的地方——可能，他预见到会发生现在这样的情况。在黎斯莱的内心里对这一次受挫倒不见得有很大怨恨：他明确地感到，如果找到了信，他花了那么高的代价得来的勤勉和热心就会完蛋。

在平常日子里多少还好受一些。操心着千百种与工厂有关的事务不让他有一点空闲时间，一到了晚上他疲乏得几乎连床都上不去。可是星期天的日子显得时间无尽地长，叫人不好过……空寂的院子和作坊，使他的思想无着无落。他设法找活干，但因为身边没有其他人一起助兴而感到孤寂。工厂到这时候还得歇口气，他就这样在停工的大厂子里一个人工作着。插上门闩的门，关闭的百叶窗，阿希尔在空荡的院子里与自己的狗打闹的响亮的声音——都在向他陈说他是孤独的。引起这一感觉的还有整个住区，那一声声召唤人们晚祷和凄凉地陨落在人迹稀少的空街上的钟声，那市井繁响的余音——辚辚的车声、手风琴声、叫卖华夫里的呱哒板声——偶尔在破坏着这片寂静，但仿佛也是为了更突出这种寂静。

黎斯莱动笔在纸上画着画，探索着花草的合适搭配，而思想总是不能很好集中在这项工作上，时时在开小差，它一会儿溜向过去的幸福生活，一会儿溜向可怕的劫难，在一番痛苦的折腾以后它又跑回来，问这个依然在桌旁出神的可怜的幻想家："喂，我不在的时候你干了什么啦？"伤心！他什么也没干。

漫长的、凄清的、难受的星期天！尤其难受的是，他灵魂里有着老百姓根深蒂固的对节假日的观念，认为这是人人可以尽情欢乐的光荣的一昼夜休息。若是现在他出去的话，他一见到带着妻子和孩子散步的工人，怕会失声大哭。同时修道士的生活也给他带来了这种生活本身所特有的痛苦：那种笼罩着苦行僧的失望和愤怒，一旦他们看不到为之献身的上帝对他们所做的牺牲给予报酬。黎斯莱所献身的上帝是劳动，但他已不能在劳动中找到安慰或开朗的心境，而且由于对它失去了信念开始诅咒它。

往往在这种内心斗争的时刻，绘画室的门会悄悄打开克莱尔·弗罗蒙走了进来。她怜悯这个在漫长的假日里如此孤独的不幸者，而且总是带着自己的女儿上他这来，因为她深知孩子的抚爱会起到良好的效果。小囡囡已经能走路，她一挣开母亲的手就跑向自己朋友那里去。黎斯莱听到她急促的小步子，觉得背后有她轻细的喘息，就立刻感到好像有一种能使人精神清爽和镇静的什么东西。女孩子一阵天真的无缘无故的大笑，接着就快活地用自己胖胖的小手搂住他的脖子，拿娇嫩的、还从未撒过谎的嘴唇吻他……克莱尔·弗罗蒙站在房门口，微笑着望着他们。

"黎斯莱，我的朋友，"她说，"您该散散步……您工作得太多了。这样会弄出病来的。"

"不，不，夫人……相反……只有工作才能拯救我……它使我不去想……"

在一阵长时间的沉默后，她重又开始说："您听我的话，亲爱的黎斯莱，该尽量忘了它。"

黎斯莱摇摇头。

"忘了……这难道是可能的吗？……有些事情不是我们的力量所能做到的。可以饶恕，但不能忘却。"

谈话几乎总是以女孩把他拉到花园里去而告结束。愿不愿意也得陪着她一起打球或玩沙子，但老伙伴的反应迟钝和萎靡不振很快就使囡囡大为扫兴。于是她停止了游戏，搀住自己朋友的手，开始像大人那样和他在一行行黄杨树间溜达。没过一分钟黎斯莱就已然忘了西陀涅的存在，可是，他自己也没有觉察到这是小手的暖流在发挥她的磁性作用，在安抚着他那颗破碎的心。

可以饶恕，但不能忘却！

克莱尔本身有这个体会：不管她有多大勇气和对义务有多高的自觉意识，她也是什么都不能忘却。对她来说，就同黎斯莱似的，她所居住的环境就是不断地对旧事的提醒。

她周围的事物在残忍地触痛这新愈的创口。楼梯、花园，庭院——所有这些私通的目击者，不会说话的同谋，都包藏着某一段日子的冷酷心肠。而丈夫为使她摆脱痛苦的回忆所表现出来的关切和戒备，他那特意在家里消磨整晚上和每一次都要向她作解释的用心——所有这一切更促使她想起他过去的罪错。有时她真想阻止他，想跟他说："你别尽这样……"
她的信念已经破灭，同时在她痛苦的微笑和任劳任怨的顺从
里可以看到有一种难言的苦楚——就像一个对自己上帝有了
怀疑但还竭力保持着虔诚的祭司的内心感受。

乔治走了一段非常倒霉的路。现在他对妻子产生了爱情，
她心胸的伟大使他折服。在这种爱情的基础里有一种觊觎的
感情。还有因为悲痛的印记——为什么要隐讳这一点？——在
某种程度上代替了克莱尔本性所不具备的娇态，在丈夫的眼
里这方面她始终是不足的。他属于那种喜好征服女性的男子
类型。任性而冷淡无情的西陀涅最符合他性格里这一特点。
在缠绵悱恻的分手后，第二天见到她时就成了漠不动心、一
切都忘了似的，而那种总想征服她的雄心这时会取代他真正
的情欲。平淡无奇的爱情使他生腻，就像没有风暴的航行使
海员感觉腻烦。而这一次，他和妻子的关系已近于要翻船；
这种险境到现在也还没有完全过去。他看到克莱尔与他疏远
了，整个地献身于女儿，现在女儿就是他们之间互相联系的
唯一纽带。妻子的这种生分使她在他心目中变得更美、更动
人，所以，为了再次使她就范，他施展了一个勾引女性的男人
的全部艺术。他明白这不是轻而易举的事，知道这不是跟一
个庸俗的人物打交道，但他并没有绝望。有时在她那温顺和
形似缺乏热情地注视着他一举一动的眼神里会闪过一点差可
捕捉的火花，告诉他可以不用失去信心。

对西陀涅他已不作多想。至于把他们联结在一起的枷锁
那么快就能断开，这没有什么值得奇怪的地方。一对轻薄男女，
他们不具有那种能使他们生死相恋的感情基础。

乔治需要的是印象上的不断变换。西陀涅也不是一个有
持久和强烈的感情的人。这是由虚荣和浅薄的自尊编织的淫

姬荡娃和花花公子的爱情，它既不会使人作忠诚之想，也不可能持久，而只会引起决斗、自杀——人们不仅能从中得到教益，而且还能疗治有害的情欲的悲剧性事件。可能，如果他一见到她又会旧病复发，但那阵逃跑的旋风已如此仓猝地把西陀涅卷向不可能再回来的远方。不管怎样，目前这于他是一大轻松，他可以不依靠撒谎来度日，同时他现在那种满目疮痍和急于求成的处境也像一种新奇事物那样吸引着他。因而这当然是件好事，因为要把公司提高到原有的地位，非得俩合伙人都有莫大的勇气和善良的愿望才行。

可怜的弗罗蒙公司四面八方都有漏洞。所以老泼拉纽斯还得熬过不少惊惶的夜晚，做着期票到期的噩梦和受着可怕的蓝色小神的幻影折磨。但由于精打细算，总还是能做到如期付款。

四台黎斯莱印刷机最终在厂里安装完毕，很快投入了生产。花纸商们开始受到震动。里昂、卡昂、里克斯希姆——一些大工业中心——对这一奇异的"轮转式，十二角隅"机器感到强烈不安。后来有一天来了普罗夏桑兄弟，表示愿意光为共同享用这种专利拿出三十万法郎。

"怎么办？"弗罗蒙小弟问黎斯莱大哥。

黎斯莱冷淡地耸耸肩膀。

"您自己决定……这跟我无关……我不过是个职员。"

这几句冷言冷语立即把弗罗蒙的沾沾自喜劲头压了下去并使他想起情势的严重性——这一点他老记不住。

但等到只剩他和自己亲爱的绍什夫人在一起时，黎斯莱劝告她不能接受普罗夏桑兄弟的建议。

"等等吧……别着忙。过一段时期您可以卖到更高的价钱。"

在这个全部功劳都属于他一人的问题上，他想到的只是弗罗蒙家的利益。他之所以事先要求把自己和他们、他们的利益分开，道理就在这里。

在这期间订货数量在不断增长。印刷的质量和生产过程简化后的降价，排斥了所有的竞争。情况已然很明显，弗罗蒙家可以指望发笔大财，工厂开始呈现出原先的昌盛景象。在所有厂房里，热火朝天干活的有几百工人。老泼拉纽斯趴在账台上连抬头时间都没有，打小花园就能看到他成天坐着，扑在厚厚的收支账本上，把由新机器带来的收入用一笔笔精彩的数字登到账上。

黎斯莱同属如此，既不知道休息，也不知道娱乐。失而复得的好光景丝毫没有改变他离群索居的习惯，连隆隆不绝的机器的响声他也是一如既往地由顶楼的窗子里听着它响。他始终还是那样阴郁和缄默。但有一天厂子听到一个消息，有一部送到曼彻斯特大博览会去的机器获得了金质奖章，这说明作为发明家的成就已得到最终承认。

在午间休息的时候，弗罗蒙太太把黎斯莱喊到花园去，亲自把这愉快的消息告诉了他。

这一次，他那见老的、愁闷的脸露出了满意的笑容。发明家的虚荣，一举成名的骄傲，而主要是，他妻子给公司所造成的灾难他竟能如此漂亮地使它化险为夷，这给了他片刻之欢。他紧握着克莱尔的手，就像过去碰到好日子那样喃喃着"我有福气……我有福气……"

但语调上存在着多大的差别！没有热情，没有欢乐……所能感到的只是一个履行了自己义务的人在道义上的满足——再没有别的。

钟声宣告午休时间结束。黎斯莱像平时一样平静地回到自己楼上开始工作。

可是他坐不住，而且很快就又从楼上下来。无论如何，这消息在他内心引起的波澜要比他初想时大。他在花园里徘徊了一阵，在办公室近旁转来转去，发愁地对着窗口里的泼拉纽斯做着微笑。

"他这是怎么回事？"老头心里纳闷，"他有什么事求我？"

最后到了傍晚，办公室临关门时，黎斯莱决心进去和他谈谈。

"泼拉纽斯，老兄，我想要……"他稍稍停顿了一下，"我希望你能把……信给我……你记得，有一封很小的信和一个小包？"

西吉斯蒙惊奇地看了看他。他天真地以为黎斯莱不再想西陀涅了，以为他完全把她忘了。

"怎么！……你要？……"

"就是！……我希望我已经将功赎罪。我现在也可以稍稍考虑一下个人的事。我为别人着想已经够了。"

"你说得对，"泼拉纽斯说，"那么我们这么办吧……信和小包放在我蒙特鲁日家里。你要的话，我们一起去王宫广场吃晚饭，记得吗，就像那一次？我请客……我们弄瓶陈年好酒，弄点好菜，庆贺庆贺你的奖章！……而后一起上我家去。你把自己的小玩意儿取走，而如果太晚不好回家，'泼拉纽斯小姐，妹子'，可以给你准备床铺，你就在我们那儿过夜……那地方很不错……本来就是个乡村……明天早晨七点我们搭头班公共马车回厂。走吧，老乡，赏我这个面子。不然我可要认为你还在生老西吉斯蒙的气。"

黎斯莱同意了。他想的根本不是庆祝得奖的事，他只希望能尽快打开那封小小的信，他终于取得了看信的权利。

他给自己换了身新的衣服。但由于半年来他没有脱下过工人短上衣，这就显得非同小可。而在厂子里这都成了什么样的事件！当即就有人去通报弗罗蒙太太。

"夫人，夫人！……黎斯莱先生要上哪儿去。"

克莱尔从窗口望了望他，一看到这个体格魁梧的，被悲痛压成驼背的汉子，挽着西吉斯蒙胳臂走路的样子，她忽然有一种深沉而怪异的不安。后来她总是要回想起这个场景来。

在街上人们衷心地向黎斯莱脱帽致意。这种祝贺使他的心头发热：他是如此地需要人们对他的同情。

马车的喧闹震得他有点耳聋眼花。

"我头晕……"他对泼拉纽斯说。

"使劲靠着我，老朋友……别害怕。"

说着泼拉纽斯挺起了身子，怀着那种年轻农夫背着自己村子的圣徒像似的天真而奇妙的骄傲，领着自己的朋友走起来。

最后他们来到了王宫广场。

花园里人山人海。全是来听音乐的。每个人都想找一个坐的地方，嘈杂地挪动着椅子，弄得尘土飞扬。两人急忙进了一家酒店，好躲过这片喧闹。他们在楼下一个大间里找了座位坐下，打那里既能眺望苍翠的树木，还能眺望漫步的游人和在两个无精打采的花坛间的一束喷泉。对西吉斯蒙来说，这个在镜框、枝形吊灯甚至在拷花糊墙纸上都镀了金的酒楼大厅就是豪华的最高标准。雪白的餐巾、精致的小白面包、定价划一不二的菜单——所有这一切使他充满了喜悦。

"嘿，难道这里还不好吗，呃？……"他对黎斯莱说着……

在进这顿豪华的每人两个半法郎的晚餐期间，每上一道菜他都高声表达自己兴奋的心情，同时狠狠地把菜挟满了朋友的盘子："你尝尝……味道真美。"

黎斯莱虽说有心对宴会表示深为领情，但看来总像心里有事并不断向窗外张望。

"你记得吧，西吉斯蒙?……"他突然问。

老出纳的脑子正回想着往事，想着黎斯莱进工厂的最初阶段，回答说："哪里会不记得!……第一次我们在王宫广场吃饭是四六年二月份，那年工厂装起了平版印刷。"

黎斯莱摇摇头。

"不……我是说三年前那件事……在那个值得纪念的夜晚我们就在那儿，对面吃的饭……"

说着他给老出纳指了指弗富尔酒楼那片在落日余晖中，恰似里面有喜筵的枝形吊灯照着的那样闪闪发亮的大窗子。

"是这么回事……"西吉斯蒙低声咕哝着，有点儿发窘，这时他不由想到自己真蠢，把朋友领到这儿勾起他如此痛苦的回忆!

黎斯莱不愿叫人在吃饭的时候扫兴，猛一下端起了高脚杯。

"为你的健康，老朋友!"

他竭力设法变换话题。可是刚过一会儿，自己又转到了原来话题上，同时似乎有点害臊似的小声问西吉斯蒙："你常遇见她?"

"你妻子?……没有，从没见到。"

"她没再来信吗?"

"没有……再没见到信。"

"可是有关她的随便什么消息你总是能听到的。这段日子里她尽在做什么? 她和老两口住着?"

"没有。"

黎斯莱顿时脸色发白。

他原指望西陀涅会回到母亲那里，并跟他一样会为了忘却和赎罪而工作。然后，到哪天他有权利来过问她的时候，再根据情况安排将来的生活。有时，在遥远的，缥缈如梦的憧憬中，他似乎已经看到自己单独与谢伯家在一起，生活在没有任何东西会使他想起过去耻辱的地球的某个被遗忘的角落里。当然，在这方面并没有一个什么明确的计划，但他有这个想法——就像人们对幻灭了的幸福总还老想着它回来那样。

"她在巴黎吗？"他想了想问。

"不……她走了，到现在快有三个月了，而且谁也不知道她在哪儿。"

西吉斯蒙没有往下深说：她是和自己的卡扎邦走的，现在她已经用了他的姓氏，他们一起在外省跑码头；也没有道及她母亲由于与她分离，正处于绝望苦境，只能通过德洛贝尔获得有关的消息。西吉斯蒙认为没有必要把所有这些东西如实说出来，所以在说出"她走了"以后就闭口不言。

黎斯莱也没有勇气再详细盘问。

他们就这样面对面地坐着，在长久的沉默中感到局促不安。突然在花园的树林子下呜呜地响起军乐队的乐声。

奏出的是一个意大利歌剧中的序曲，这支序曲仿佛是为朗朗晴空下群众游园场面谱写的，音响在向空中渐渐扩散时，与燕儿的啁鸣和喷泉珍珠般的水柱的潺潺声混成了一片。

嘟嘟震耳的小号更加烘托出在一个行将消逝的夏日尽头那种软绵绵清新宜人的气氛，在巴黎，夏天的白昼长得如此地使人发困，似乎只有它们才能振聋发聩，这些铜管乐的声音、遥远的车轮声、顽童的叫喊声、游人的脚步声——全都淹没在嘟嘟不绝的声浪里，这些声音使巴黎人感到心头清爽并不亚于每天为他们的漫游场所泼的水。不管是颜色变得黯淡的花朵，不管是在尘土中发灰的树木，不管是脸色热得苍白失神被悲哀和贫困压成佝偻的人们及所有疲乏得躺倒在花园长凳上的大城市的不幸的人——这音乐仿佛使周围一切都能感到轻松和有了一种支持力量。似乎，这洪亮的和声正排空而来，涤荡着他身上的秽气。

黎斯莱立即感到有一种什么样的安慰。

"音乐感人的力量有多大呀……"他眼睛红红地说，接着又放低声音补充说，"我心里非常沉重，老朋友……要是你知道……"

他们支着窗台，就这样默默坐着，直到有人给他们端来咖啡。

最后乐声沉寂，花园里的人都走了。滞留在建筑物壁龛里的灯光一下蹿向屋顶，在上层的楼窗闪过最后一道光芒。偎依在房檐里的燕儿发出最后的啁鸣，向隐去的白昼致敬。

"嗯……我们上哪儿去?"从酒楼出来时泼拉纽斯问。

"随你……"

在不远的蒙佩榭大街上，在一栋房子的底层有家夜总会，很多人都在往里面跑。

"我们不进去看看吗?"泼拉纽斯建议，他希望无论如何得把自己朋友的忧愁给驱散。"那儿的啤酒非常好。"

黎斯莱没有意见，他足有半年没喝啤酒。

这个音乐厅是由原先在这里的一家酒馆改装的。三间大房间的隔墙已经拆除，分界处支起了镀金的圆柱，柱子装饰采用了摩尔式风格——由小小的半月和彩饰构成一条条朱红和粉蓝的伊斯兰教头巾。

别看时间还早，夜总会里已经座无虚席，而且还没等您进去，只消一看到所有这些坐在小桌子边的人就已经喘不过气来。紧里面，被一排圆柱半挡着的舞台上，刺眼的炽热的煤气灯下挤着一群穿白连衣裙的女人。

我们的朋友费了好大的劲儿，在一圆柱后找到了一块小地方，从那儿只能瞅见半拉舞台，这时在台上演唱的是个穿着黑色燕尾服和戴着黄手套的大个先生，烫着卷发，油头粉面的样子，他用颤动的声音唱着：

金色鬃毛的狮美人！
莫拿鲜血来开心，
留神：我在放哨！

观众——带着自己妻子和女儿的本地区小买卖人——看来是大为轰动，特别是女人。这个在旷野里守护着自己羊群并敢向狮子大声疾呼的穿着晚礼服的漂亮牧人，他对所有这些小铺老板来说是不可企及的理想。因此，所有这些女士们，尽管她们举止庄重，装束朴素，带着那种像用模子刻出来的内掌柜的笑容，她们还是渴望着去吞这爱情的钩子、难受地冲着歌手痛苦地翻白眼。说来可笑，当她们望着舞台的眼光一落到自己丈夫——那些坐在妻子对面安静地品着啤酒的可怜男人身上时，它就骤然变了样，变成鄙夷和恶狠狠的样子："你呀，你可没那个本事在狮子鼻子跟前放哨，而且还穿着黑燕尾服和戴黄手套……"

这时丈夫的眼光似乎是在回答："是啊……这是个好样的，没得说！……"

黎斯莱和西吉斯蒙对这类英勇气概看都不看，他们津津有味地品着啤酒，没有把注意力放到音乐上。但就在抒情歌曲终了和一阵掌声、尖叫和鼓噪中，泼拉纽斯突然啊了一声："哼……怪事……像是……嘿，对，错不了……是他——德洛贝尔！"

确实，名演员就坐在紧靠舞台的第一排上。露出了他那开始花白的烫过的小卷发和半拉脑袋。他吊儿郎当地靠着圆柱，手拿着帽子，像初次下海的演员似的打扮得花里胡哨，上浆的白衬衣使人为之目眩，在黑燕尾服钮孔里，就像骑士团一样招摇地插着朵山茶花。他装着不可一世的样子时而向人群瞥上一眼，时而以一种献殷勤的面色和鼓励的诙笑专注着舞台，作着一种准备向什么人鼓掌的样子，可是向谁——泼拉纽斯从自己的位置看不清。

当然，这家夜总会里出现德洛贝尔不是什么稀奇的事，因为他所有晚上都是在外面胡调。可同时，泼拉纽斯看到在同一排位子——在观众里面——那个多愁善感的女教师道勃森夫人的天蓝色女帽和银灰色眼睛时，老出纳顿时产生了一种不知什么样的慌乱感觉。在一片烟雾和形形色色的人群中，这两个隔得那么近的脸，它们给西吉斯蒙的印象犹如一场沉重的噩梦中的两个幽灵。他自己都不知道为什么突然替自己的朋友担起心来，于是他想尽快地把他从这里带走。

"走吧，黎斯莱……这儿会把人憋死……"

他们站了起来——黎斯莱倒是无所谓，走不走两可。

但就在这时，由钢琴和几把小提琴组成的乐队开始奏出了一节不知什么样的奇异的前奏曲，引起了全场的好奇。开始听到有人在喊："安静！……安静！……请坐下！"

朋友俩只好重又坐到了自己位置上。这时黎斯莱开始激动起来。

"我知道这个旋律，"他想，"我在哪儿听到过？"

打雷般的掌声和泼拉纽斯突然的一声低呼，使他不由抬起了眼睛。

"我们走，我们走……我们出去……"出纳说，一面使劲拽他。

可是已经晚了。黎斯莱看到了自己的妻子，她正向着台边走来，并带着职业舞蹈演员的笑容向观众点头致意。

她身上穿着一件像那天夜里舞会上的白连衣裙，只是她现在的装束没有当时那样豪华，并且慵懒得令人感到有失体面。

胸部开着天蓝色切口的连衣裙几乎就要从肩上滑下来，轻软的淡黄色头发披拂着，一直遮住了前额，颈子上闪耀着浮华的珍珠项链，要说它是真的，个儿未免又大了些。

德洛贝尔说得对：她真的需要有一种名士派的放浪生活。

她的姿色开始具有一种难以名状的无忧无虑的色调，这种色调是那种水性杨花型女人的特征，她们往往随波逐流、每况愈下，直至落到任何力量也无法再使她们回到纯洁的空气和阳光中来的巴黎地狱的最底层。

而她对自己的角色有着多良好的自我感觉! 她的舞台动作表现得有多自信! 呵，要是她能看到有个躲在圆柱后面的人，从大厅深处紧紧盯住她的那种可怕而满心绝望的眼光——她的笑容里就不会有这种无耻的安详，她的声音里也不会有那种为了啼唱道勃森太太所能教给她的唯一的一支情歌的靡靡之音：

可怜的小东西齐齐姑娘!
小东西的脑袋瓜叫爱情给弄昏啦，

　　叫爱情给弄昏啦！

　　黎斯莱一下站起来，泼拉纽斯怎么使劲也拽他不住。

　　"坐下，坐下……"大家向他叫唤。

　　不幸的人什么也没听见。

　　他望着自己的妻子。

　　小东西的脑袋瓜叫爱情给弄昏啦！——

　　西陀涅重复着，忸怩作态。

　　有那么一瞬间，他满心想要扑到台上去，把那里的全部东西统统砸烂。一个个红圈圈开始在他眼前浮动旋转，莽撞的狂怒占领了他。

　　但他立即感到羞耻和厌恶，并急忙从大厅里一路上翻桌倒椅地跌跌碰碰出来。那些慌了神的倒霉的资产者追在他的屁股后面一阵诅咒。

六
西陀涅的报复

西吉斯蒙在蒙特鲁日住了二十余年，还从没有回家那么晚而不先通知妹妹。无怪乎泼拉纽斯小姐这时要感到惶惶不安。老处女和哥哥因观点和利益的一致而结合在一起，因而两人相处非常和睦。在最近几个月来，她对出纳的忧急愤慨真是感同身受，一直到现在，哪怕芝麻粒儿大的小事仍足以使她心惊肉跳。每次当西吉斯蒙回家晚了一些，她就得想："我的上帝，厂子里可千万别出什么事儿哟！"

所以说，这天夜里虽然鸡埘里的所有居民都已上了栖架，进入了梦乡，同时饭菜也已经原封未动地从桌上撤走，泼拉纽斯小姐却还提心吊胆地一直坐在矮矮的小饭厅里等着哥哥。

终于在将近十一点时，门铃响了。畏缩的、悲哀的铃声，完全不像西吉斯蒙平常那种果断的铃声。

"是您在按铃，泼拉纽斯先生？"老处女从台阶上问。

果然，是他，但不是一个人。他后面跟着一个高大的，有点驼背的人。进门时他精神不振地问了声好，直到这时泼拉纽斯小姐才认出是黎斯莱大哥，她最后一次见着他是在新年出去拜客那一天，也就是在工厂这场戏演出前不久。

她眼看要冒出几句表示同情的话来，但见到两个男子垂头丧气的样子，她知道应该沉默。

"泼拉纽斯小姐，妹子，您给我的床上铺上干净的床单褥子。我们的朋友黎斯莱，能在我们家里过夜，我们感到很荣幸。"

老处女赶紧跑去准备房间，而且在整理的时候几乎是带着一种柔情的体贴，因为很清楚，除"泼拉纽斯先生，阿哥"外，黎斯莱就是男性中唯一的无可指摘的男子。

西陀涅的丈夫从夜总会出来时，情绪处于极端激昂状态。

他挽着泼拉纽斯胳膊，浑身一阵阵哆嗦地走着。现在已经不存在去蒙特鲁日取信取小包的问题。

"别管我……你走……"他对西吉斯蒙说，"我需要一个人待一会儿。"

但对方说什么也不肯在这样危难时刻把他扔下。他不让黎斯莱看出来，把他引得离工厂越来越远。老出纳情急生智来了话头，所以他一路上尽跟自己朋友谈论法朗士，谈论他所如此钟爱的亲人法朗士。

"是啊……这——是手足之情……真正的，忠实的……这种爱是不会背叛的，它可以不用害怕……"

说着已经过了巴黎热闹的中心区，在最终插入圣马歇郊区前，他们就沿着种植园的堤岸街走着。黎斯莱顺从地跟在出纳后面，泼拉纽斯的话使他得到了安慰。

他们就这样走到了一溜都是制革厂和大烘仓，从厂房的栅栏隔墙望出去，就能见到一点苍溟天色的皮埃弗河岸；而后就到达蒙特苏里平原——这片广袤的土地在巴黎这条巨龙天天喷烟吐雾殃及四邻植物的淫威下，正在苟延残喘，并将成为不毛之地。

自蒙特苏里到蒙特鲁日要塞不过几步之遥。现在泼拉纽斯可以不费吹灰之力就把自己的朋友拉到家里去。他实心地认为，他那安宁的住所和他与妹妹的融洽相处能让这个被痛苦压倒的人先领略一下一旦与法朗士共同生活时的幸福。而事实也是这样，他们才一进去，小屋子的魅力就表现出来了。

"对，对，你说得对，老朋友，"黎斯莱说着，一面在低矮的客堂里大步地来回走着，"我不应该再想这个女人。她对我来说已经死了。现在整个世界上，我就——只有法朗士一个人……我还没有决定，我把他叫回来呢还是自己上他那儿去……我只知道我们将生活在一起……我总是那么幻想着能有个儿子。这回我找到了，找到我的儿子啦。我不需要再找旁人……真可怕，我竟出现过想死的念头……绝对不! 这倒正趁了有些人的心! 我要活着和我的法朗士一起，为了他活着。"

"好啊!"西吉斯蒙喝起彩来，"我就愿意见到你这样。"

这时，泼拉纽斯小姐进来说房间已经准备好。

黎斯莱为给她招来许多麻烦表示歉意……

"你们这地方那么好，你们那么幸福……我甚至都不好意思，把我的苦难带到你们这儿来。"

"嗨，老朋友，你不也能为自己创造这样一种幸福吗？"西吉斯蒙说着，满脸春色，"我有妹妹，你——有弟弟。我们有什么不足的？"

黎斯莱微微一笑。他已经看到自己与法朗士在一个和这同样宁静的教友派信徒的小屋里。

按理，泼拉纽斯把他带到这儿来，这主意就是够妙的。

"走，睡觉去吧，"他得意地说，"我让你见识见识你的住处。"

西吉斯蒙·泼拉纽斯的卧室是在底层。这是个很大的房间，陈设很朴素，但很舒适，窗头床顶有细纱的帷幔，每把座椅都备有一块方方正正的小地毯，铺在发亮的砌成方块形的地板上。就是弗罗蒙妈妈亲自出阵也挑不出什么毛病——这儿的整齐和干净都到了这种地步。在当作书柜用的搁架上，立着几本书:《渔人指南》、《乡村模范主妇》、《巴列姆计算表》。在这个小角落里,集中了房主人所有在生活中备用的东西。

老泼拉纽斯骄傲地看看四周。一切都分毫不差:倒上水的玻璃杯——在胡桃木小桌上,刮脸刀盒子——在梳妆台上。

"那么,黎斯莱……你用得到的东西这儿都有了。如果你还需要什么东西,柜橱都没上锁,你打开拿就是了。看,从这儿望出去,风景多美……这会儿已经黑了,到明天早晨,起来的时候,你就能看到我们这里天气有多好。"

他敞开窗子。天上开始掉下大颗的雨点;夜空中划过一道道闪电,时而照亮着一长溜栽着罕见的电线杆的墩子坡面,时而照亮着暗炮台的黑洞洞的门……有时值勤的巡逻队的脚步声,枪托碰击声或马刀叮铃声使人想起自己正置身于战争地带。这就是泼拉纽斯夸奖的所谓"美丽风景",景色是够惨的,如果从一般意义说它还能够称为风景的话。

"那就祝你晚安……做个好梦……"

老出纳已经到了门口,这时黎斯莱叫了他一声:"西吉斯蒙!"

"呃?"那个答应着停了下来。

黎斯莱微微有点脸红,嘴唇一阵颤动,如同一个人想着要说什么而又强自压了下去,结果只说了句:"不,不……没什么……晚安,老朋友。"

在饭厅里,哥哥和妹妹还在久久地窃窃私语。泼拉纽斯说到了在这个要命的夜里所发生的事情,说到碰上西陀涅的事。因而您可以想象,谈话里应该有多少个"唉,这些女人哪!"和"唉,这些男人哪!"终于,花园小门落了锁,泼拉纽斯小姐上楼回到了自己房间,而西吉斯蒙就在她隔壁小房间里安顿下来。

半夜他突然被妹妹惊慌的声音喊醒。

"泼拉纽斯先生，阿哥！"她呼唤着。

"啊？"

"您听见了吗?⋯⋯"

"没有⋯⋯怎么回事？"

"呵，这实在太可怕了⋯⋯好像是叹长气，可是那么重，那么伤心⋯⋯从楼下房间⋯⋯"

他们细细谛听着。院子里下着瓢泼大雨，这种很有点像树叶喧嚣声的哗哗雨声，在这里——开阔地带——常勾起人一种孤单和荒凉的感觉。

"是风⋯⋯"泼拉纽斯说。

"我肯定，不是⋯⋯嘘！⋯⋯您听。"

在雷电交作中，如同号哭似的，听到有种怨诉的声音在那儿声嘶力竭地念着一个名字："法朗士！⋯⋯法朗士！⋯⋯"

在这叫声中有着一种幽愤、不祥的东西。

当年那些听到被钉在十字架上的基督，绝望地向苍天呼喊"Eli, Eli, iamma sapacthai！"①的人，想必也会受到此时笼罩着泼拉纽斯小姐的那种同样的迷信恐惧的折磨。

"我害怕⋯⋯"她低声说，"您是不是去看看⋯⋯"

"不，不，我们别去惊动他。他在怀念自己弟弟⋯⋯可怜的人！也就是这个念头还能让他轻快一些。"

于是，老出纳又睡着了。

第二天早晨，他同平时那样从要塞围墙传来的起床号中醒来——在一圈营房当中有间小屋，有司号掌握作息时间。

泼拉纽斯小姐已经起床并喂过母鸡。她一见西吉斯蒙就

① "我的上帝，我的上帝，为了什么你把我抛弃！"。(《新约》, 第二十七章)

向他走去，微微有点焦急的样子。

"奇怪！"她说，"黎斯莱的房间什么声息都没有，然而窗子却朝外开着。"

西吉斯蒙听着奇异，跑去敲朋友的门。

"黎斯莱！……黎斯莱！"他不安地叫唤着，"黎斯莱！……你在房里吗？……你睡着了？"

不见回答。他推开了门。

房间里很冷。使人感到院子里的潮气整宵都在往这打开的窗洞里灌。一看床上，泼拉纽斯心想："他没睡过觉……"真的，被子一点皱褶都没有，同时房间里的所有东西都在说明，这是一个忐忑不安的不眠之夜；那盏忘了熄灭的熏黑的灯，和在失眠的烦渴中倒得见底的长颈水瓶……但最终使老出纳一下慌了神的，是五斗橱一个拉开的抽屉，朋友交托给他的信和小包就藏在那里。

信已不在原处。解开的小包放在桌上，里面露出一张照片——西陀涅十五岁那年的照片，放长了一截的连衣裙，前额梳成分式的较着劲的头发，还不是那么落落大方的小姑娘的腼腆姿态——所有这些把旧日的小谢伯，勒·米勒小姐的女徒工塑造成一个与现在的西陀涅完全不同的人。可能正因为这样，黎斯莱保存了这张照片——作为不是对妻子，而是对"囡囡"的怀念。

西吉斯蒙大为震惊。

"这得怪我……"他向自己说，"不该把钥匙留在……可是谁能想到他还在想她？……他都跟我发誓，说是这个女人对他已不再存在……"

泼拉纽斯小姐进来了，不安的心情从她脸上可以清楚地看出来。

"黎斯莱先生走了……"她说。

"走了?……难道小门没有上锁?"

"他从院墙上爬出去的……有脚印。"

他们紧张地相互看了一眼。

"这——就是那封信……"泼拉纽斯想。

显然,妻子的信向黎斯莱透露了一种严重情况,使他一分钟也不能在这里耽搁。同时为了不惊动主人,他像小偷似的翻出窗户悄悄走了。为什么?……有什么目的?

"您看着吧,妹子,"老泼拉纽斯说,一面急忙穿起衣服,"您看着吧,这个女坏蛋一定又在跟他要什么把戏。"

老处女试着要安慰他,但老头一个劲儿说起自己的口头禅来:"我不升(信)!……"

一穿好衣服,他就从屋里跑了出去。

被夜间暴雨冲出许多坑洼的地上,直到花园小门都可以看到黎斯莱的一溜脚印。看样子他摸黑就走了,因为菜地小畦和花垅被到处乱伸的脚踩得一塌糊涂。围墙上可以看到白色的擦痕,一处墙头有些轻度坍落。哥哥和妹妹出来,到了周围的路口。这里脚步的痕迹渐渐消失了,但能看出黎斯莱是向奥尔良方向走的。

"也许,我们是一场虚惊,"泼拉纽斯小姐说,"可能他就是回厂里去了。"

西吉斯蒙摇摇头。唉,要是他把全部想法都说出来的话!……

"回家里去吧,妹子……我去了就能打听出来……"

说着,老"不升"像风似的跑了起来,他那白色的长鬃耸得比平时更高。

跟往常这个时间一样,周围路上不断有大兵、菜园主、哨兵、遛马的勤务兵和推着小车的随军商贩在来回流动，熙熙攘攘，与每天早晨在要塞周围所见一样。泼拉纽斯大步流星地蹿过了所有这混杂的人群，突然他停住了。在左边的要塞墙根旁，有所不大的正方形建筑物，粉墙上面写着几个黑色大字：

巴黎市采石场入口处

他看到房子前面聚集着一帮人：士兵和税务员的制服大衣交织着郊区流浪汉的又脏又皱的短打。老头下意识地走了过去，在带有铁梁的拱门下面，小石凳上坐着一个税务员，像是在比画什么东西似的猛打着手势，一面说着："他就在这儿，我现在坐着的地方被发现的……他大概是坐着上吊，拼命一抽索环……瞧，就是那么……可以说，他是坚决想死，因为他口袋里还发现有剃刀——大概要是绳子断了，就用刀子。"

"可怜的人！"人群中有谁叹息了一声。

接着是另一个，发抖的、激动得结结巴巴的声音胆怯地发问：

"而您确信他是死了？"

大家瞅着泼拉纽斯笑了起来。

"嘿，真是个怪人！"税务员说了他一句，"老实对您说，早晨我们把他解下来抬到步兵营房去的时候，他就已经完全硬了。"

营房距离不远，可是西吉斯蒙·泼拉纽斯费了难以置信的努力才到了那里。不管他向自己怎么辩解：自杀事件在巴黎多呢，特别像在要塞沿线和汹涌的海边，每天还不都有人在收拾不知名的尸体——可是说什么也不能把早起紧压在他心头的恐怖的预感驱散。

"啊，您是想来了解吊死的人！"一个在营房入口值勤的军士对他说，"那儿，那就是他！"

尸体就搁在一个板棚内的支架上，上面从头到脚搭着一件骑兵大衣，显出那种类似僵硬的尸体给殓衣所造成的特殊褶痕。一群军官和几个穿着粗麻布裤的大兵不时地从远处向这方向眺望，像在教堂里那样叽叽喳喳说着话。

而在有高大窗子的耳房里，团队的一名医生在写着确证死亡的记录。西吉斯蒙正好找上了他。

"我想看一看尸体。"他胆怯地请求。

"看吧……"

在走近支架时，他一时动摇起来，接着突然下定决心，一下掀开了军大衣，见到了那张肿起的脸和紧裹在浸透雨水的衣服里的巨大而木然不动的身体。

"她还是把你断送了，我的老朋友……"泼拉纽斯唱唱诉说着，接着就号啕大哭，跪倒在地上。

军官们都跑了过来，好奇地观察着仍还露着的死者。

"您来看一看吧，医生，"其中有一个人说，"他有个手紧攥着，似乎捏着什么东西。"

"还真是这样，"医生也看出来了，往前走了几步，"有时在最后的惊厥中会有这种现象……您记得在沙弗林诺①那阵吗？巴尔第少校就是这样手里捏着自己女儿的肖像项链，结果我们费了好大劲才把它掏出来。"

说着他设法去掰开那只僵硬的、像抽筋般紧紧攥着的手。

"这是封信！"他说。

---

①　在意大利北部。1859 年 6 月 24 日法、奥两国在该处附近有过一场浴血战斗。国际红十字会就是因瑞士理想主义者亨利 · 杜南目睹沙弗林诺之役中四万人死伤而无人料理而发起的。

他想把它读出来，但有个军官把信纸拿了过来，交给了一直还跪着的西吉斯蒙。

"您看看，先生……可能这是死者的遗嘱。"

西吉斯蒙·泼拉纽斯站了起来。房子里光线显得很黯淡，他摇晃着走到窗前，泪眼模糊地看了那封信："是的，我爱你，爱你……比以往任何时候更爱你，并直至永远……斗争和抵抗无能为力？……爱情的力量不是我们所能抗拒的……"

这是一年前法朗士写给哥哥妻子的信。西陀涅在遭驱逐后的第二天，为了向黎斯莱，同时向法朗士进行报复，把信寄给了丈夫。

黎斯莱能够经受妻子的变心，但弟弟的变心彻底把他打倒了。

当西吉斯蒙知道事情的全部真相时，他愣在了那儿……他手拿着信站着，木然地望着打开的窗子外面。

钟声打了六点。

远处，在望不见的、响声隆隆的巴黎上空，升起了一片沉浊的、炙热的、镶着红边和黑边的颤巍巍烟幕，仿佛出现在战地上空的硝烟……钟楼，白色的屋面，一个不知什么教堂的镀金圆顶渐渐地冲出重雾，开始焕发出晓醒时刻的千姿百态。接着，耸立在层层叠叠屋顶上空的千百个烟囱，像出航前的轮船开始断续放出蒸汽，迎风飞舞……

一天生活开始了……前进，机器！灾难永远属于落伍的人！……

一阵莫名的愤怒袭过老泼拉纽斯心头。

"啊，坏蛋……坏蛋！……"他叫喊着，挥动着拳头，但不知道这些话他是向谁而发——对那个女人还是对这座城市！

1874

译后记

阿尔封斯·都德（1840—1897）是19世纪法国文学史上一位重要作家。他以自己清新的风格在当时法国文坛独树一帜。

都德出生在法国南部尼姆（现加尔省会），由于幼时父亲的小织造厂破产，都德自十六岁起不得不过独立的劳动生活。十八岁时，都德离开家乡依附在巴黎一家公司任职的哥哥，开始为《费加罗日报》及其他杂志撰稿。不久被介绍到第二帝国的一位显赫人物德·莫尔尼公爵处任秘书，因而有机会去科西嘉、阿尔及尔等地作公事旅行并接触政界人物。1867年与从事过创作的裘丽哀·阿拉结婚。1866—1868年连续发表取材于故乡日常生活的《磨坊文扎》和反映十六—十八岁期间个人经历的《小东西》。1870年普法战争爆发，都德参加了近卫军，陆续发表了充满爱国主义情思的著名短篇《柏林之围》、《最后一课》、《新教师》等（后收集在1873年的《月曜日故事集》内）。

1870—1890年都德致力于长篇创作，出版了《弗罗蒙小弟与黎斯莱大哥》（1874）、《富豪》（1877）、《流放中的王子》（1879）、《努马·卢梅斯当》（1881）、《萨芙》（1884）、《不朽者》（1881）、以及《戴达伦》三部曲（1812—1890）。这些作品大都刻画了贵族资产阶级、议会政客，学者名流和演员的腐朽堕落、尔虞我诈的生活场景。此外还发表了文学回忆录《巴黎三十年》、《一个作家的回忆》，以及几个剧本。1897年都德在剧场突然发病去世。

对阿尔封斯·都德作品的评介，我国国内大都集中于有中译本的几种著作，特别是短篇。对于他的一些有分量的长篇则介绍得还很不够，其中包括《弗罗蒙小弟与黎斯莱大哥》。

去年译者有幸看到这部作品的原著和俄译本，并注意到评论界对这部作品的推崇和重视。1925年，孙俍工编了一本《世界文学家列传》，在都德篇内有这样一段文字："真正把他的名加入大家之列的作品是《年幼的弗罗门和年长的里斯列》。他因此作而得了学士院的赏金。"

研究都德生平及其创作的人恐怕都会承认，在都德的创作生涯中存在着一条明显的分界线，它的年代应该确定在19世纪60年代末70年代初，这正是都德与裘丽哀·阿拉结合以后的数年，《弗罗蒙小弟与黎斯莱大哥》是他的成名作，它奠定了都德的文学地位。

《弗罗蒙小弟与黎斯莱大哥》系作者根据本人舞台剧《小弗罗蒙》改写，题名借用故事所发生的巴黎一家企业名称（犹如西方惯用的××兄弟公司，××父子公司）。1875年俄译本译为《一家商号的故事》。译者考虑到国内习惯，认为不妨改用现在的书名：《巴黎姑娘》。

《巴黎姑娘》以巴黎马莱区一家素负盛名的弗罗蒙工厂为背景，通过西陀涅——一个女徒工出身的巴黎少女的性格形成和堕落，描写了善与恶的斗争，提出了资本主义社会伦理道德和价值标准问题。小说于1874年以连载形式在巴黎《公益报》(Bieu pnblic) 发表后，引起了巨大反响，翌年发行单行本，获得法兰西学士院国家奖。此后几十年间在法国重版十二次以上，被转译

---

① 都德婚前只发表过一些优美动人的短篇。都德自认为：假如没有妻子，一定会那么任性和疏忽地写东西。我要求艺术的完美，全是他的努力。在我的著作里，每一页她都细心斟酌过，修改过……

成英、德、西、俄、瑞士、丹麦等多种语言出版。

　　小说之所以取得成功，不仅由于它是继巴尔扎克之后具有自己独特风格的优秀作品，反映了第二帝国时期的巴黎生活（都德似巴氏作法，在书目下附加了"巴黎场景"的小标题），而且因为作品塑造了几个性格鲜明的典型人物。

　　都德在文学创作中，没有巴尔扎克的广度，但往往有巴尔扎克的深度（列宁曾用都德笔下戴达伦形象，来揭露和揶揄资产阶级社会的夸夸其谈，这并不是偶然的）。在《巴黎姑娘》中，暴发户、百万富翁老伽蒂努瓦的形象甚至比巴尔扎克笔下的高老头更为可信。都德没有慷慨地赋予伽蒂努瓦以高老头那样的儿女深情，而仅仅是让他在心坎里掠过"那么一种即使在最冷酷的老人心中也不会绝对没有的迟暮的温情"。所以当孙女克莱尔在破产前夕登门求援时，他一个子儿也没借给她。而"名演员"德洛贝尔和小食利者谢伯，在都德神来之笔的涂抹下，足使所有文学作品中同类人物黯然失色。

　　如同所有优秀的批判现实主义作家一样，都德在创造戴西蕾、德洛贝尔太太，以至泼拉纽斯小姐这样一些被侮辱与被损害的妇女群像时，显然伴随着作者强烈的感情活动。但他的笔触是那么轻、幽默而蕴藉，与契诃夫或狄更斯有异曲同工之妙，无怪英国人把他称为法兰西的狄更斯。

　　书中着墨最多而且最成功的人物自然是西陀涅。作者从小说开场，西陀涅与瑞士侨民黎斯莱的婚礼一下转到了她过去的历史，像是在明白无误地告诉读者，她性格的形成正是受到典型环境的制约，她是巴黎这样一个特定的资本主义大城市的产物。随着年龄的增长，西陀涅资产阶级人生观和价值观不断得到加强和膨胀。在这中间，读者可以清楚看出是资产阶级颠倒了的审美标准在起作用，一个想跳出贫困生活的女徒工经不住物质生活的引诱，在一步步向险诈、狠毒、道德败坏的资产阶级人物演化。从这个人物身上，读者很容易感到，西陀涅的形象与巴黎的形象已融为一体。小说最终，作者借西吉斯蒙之口喊出了"啊，坏蛋……坏蛋！……"之后，又加上了自己的话："但不知道这些话他是向谁而发——对那个女人还是对那座城市。"

因此，黎斯莱的死决不是一般意义上的悲剧。他在这钟声又打过了六点，巴黎上空出现了像战地硝烟似的烟幕中，读者感受到的是善良和正义的倒下，作为一种个人努力，在强大的资本主义社会里是无力的。

小说之所以至今还具有强大的生命力，正因为它与人们本身的体验能发生强烈的共鸣。

自然，对贤妻良母型的克莱尔，善良和正义化身的黎斯莱，瘤姑娘戴西蕾的遁居生活，有些地方写得有些夸张，但从整个效果来看没有很大损害。

都德文笔的清新细腻，始终是他文学上成功的得力因素。

由于译者水平所限，谬误或不妥之处一定很多，望读者加以指正。在成书最后阶段曾得到郝德山同志的帮助，并此致谢。

徐吉贵

八一年五月于北京

图书在版编目（CIP）数据

巴黎姑娘 /（法）都德著；徐吉贵译. –– 南昌：
百花洲文艺出版社, 2014.5
（外国文学经典阅读丛书. 法国文学经典）
ISBN 978–7–5500–0931–8

Ⅰ. ①巴⋯ Ⅱ. ①都⋯ ②徐⋯ Ⅲ. ①长篇小说 – 法
国 – 近代 Ⅳ. ①I565.44

中国版本图书馆CIP数据核字(2014)第072445号

巴黎姑娘

[法]都 德 著

徐吉贵 译

出 版 人	姚雪雪
责任编辑	余 茳 龚晴瑜
美术编辑	彭 威
制 作	张诗思
出版发行	百花洲文艺出版社
社 址	南昌市红谷滩世贸路898号博能中心A座9楼
邮 编	330038
经 销	全国新华书店
印 刷	江西千叶彩印有限公司
开 本	787mm×1092mm 1/16 印张 19.5
版 次	2014年9月第1版第1次印刷
字 数	250千字
书 号	ISBN 978–7–5500–0931–8
定 价	32.00元

赣版权登字 05–2014–109

邮购联系 0791–86895108
网 址 http://www.bhzwy.com
图书若有印装错误，影响阅读，可向承印厂联系调换。